Mord mit Marzipan

Jutta Mehler, Jahrgang 1949, hängte frühzeitig das Jurastudium an den Nagel und zog wieder aufs Land, nach Niederbayern, wo sie während ihrer Kindheit gelebt hatte. Seit die beiden Töchter und der Sohn erwachsen sind, schreibt Jutta Mehler Romane und Erzählungen, die vorwiegend auf authentischen Lebensgeschichten basieren, sowie Krimis mit der Hobby-Ermittlerin Fanni Rot oder dem Ermittlerinnen-Trio Thekla, Hilde und Wally.

JUTTA MEHLER

Mord mit Marzipan

KRIMINALROMAN

emons:

Bibliografische Information der Deutschen Nationalbibliothek
Die Deutsche Nationalbibliothek verzeichnet diese Publikation
in der Deutschen Nationalbibliografie; detaillierte bibliografische
Daten sind im Internet über http://dnb.d-nb.de abrufbar.

© Emons Verlag GmbH
Alle Rechte vorbehalten
Umschlagmotiv: photocase.com/Francesca Schellhaas
Umschlaggestaltung: Tobias Doetsch
Gestaltung Innenteil: César Satz & Grafik GmbH, Köln
Druck und Bindung: CPI – Clausen & Bosse, Leck
Printed in Germany 2015
ISBN 978-3-95451-664-3
Originalausgabe

Unser Newsletter informiert Sie
regelmäßig über Neues von emons:
Kostenlos bestellen unter
www.emons-verlag.de

Dieser Roman wurde vermittelt durch die Aulo Literaturagentur.

Unsere Pflichten, das sind die Rechte anderer auf uns.

Friedrich Nietzsche

1

Nachmittags im Café Bredl in Deggendorf

»Vier Wochen Kartoffeldiät im Arsch«, sagte Hilde.

Obwohl Thekla ihr recht geben musste, schüttelte sie den Kopf. Sie begriff einfach nicht, weshalb Hilde sich darin gefiel, eine derart derbe Ausdrucksweise an den Tag zu legen.

»Dann hänge ich halt noch mal vierzehn Tage an«, erwiderte Wally und stach in ihre Doga-Schnitte.

Wovon nicht abzuraten wäre, dachte Thekla.

Schon die paar Pfunde, die Wally (vier Wochen lang ausschließlich Kartoffeln essend) abgenommen hatte, zeigten eine frappierende Wirkung.

Sie sieht richtig hübsch aus, fand Thekla.

Wallys Gesichtszüge wirkten markanter, weniger krötenhaft, weil die Wangenknochen deutlicher hervortraten und die Glupschaugen unter dunkel gefärbten Augenbrauen etwas zurückwichen. Die Nase zeigte erst jetzt, wie apart sie war, und an den Mundwinkeln waren zwei Grübchen erschienen, die von Wallys fliehendem Kinn ablenkten, das in einen allerdings nun etwas faltigen Hals überging.

Der ihrem Alter entspricht, dachte Thekla, und bei Weitem besser aussieht als ein Krötenkropf.

Weniger Spuren hatte das Abspecken an Wallys Figur hinterlassen. Sie wirkte nach wie vor mollig, obwohl der Wulst um ihre Taille etwas geschrumpft war. Wallys schicke, locker fallende Bluse in figurfreundlichen Brauntönen tat jedoch ein Übriges, sie schlanker erscheinen zu lassen.

Alles in allem wirkte Wallys Erscheinung gefällig, ansprechend, geradezu attraktiv.

Mit etwas gutem Willen würde sie für fünfzig durchgehen, dachte Thekla. Im Gegensatz zu Hilde, der man Jahrgang 1948 schon von Weitem ansieht.

»Und du glaubst, mit ein paar Pfund weniger und den Tipps von dieser Stilberaterin kannst du deinen Mann ab sofort bei der Stange halten?«, fragte Hilde schmallippig.

Wally schluckte ein lila Veilchen aus Marzipan und sah Hilde mit waidwundem Blick an.

Thekla sprang ihr bei. »Um Sepp Maibiers Eskapaden geht es doch gar nicht.«

»Nicht?«, fragte Hilde schnippisch. »Um was dann? Bist du auf ein Techtelmechtel aus, Wally? Willst du es ihm heimzahlen?«

In Wallys Augen sammelten sich Tränen.

Erneut sah sich Thekla genötigt, sie in Schutz zu nehmen. »Es geht darum, dass Wally sich gut fühlt. Dass sie nicht meint, sich verstecken und vergraben zu müssen, weil alle Welt sie belächelt und bespöttelt.« Sie legte eine fast drohende Betonung auf das letzte Wort.

Hilde zog erstaunt die Augenbrauen hoch, und Thekla konnte geradezu hören, was ihr durch den Kopf ging: *Hast du sie nicht selbst oft genug belächelt? Wegen ihres Aussehens, hauptsächlich aber wegen ihrer Einfältigkeit? Meinst du etwa, man ist weniger töricht, wenn man besser aussieht?*

Warum nicht?, dachte Thekla. Gutes Aussehen stärkt das Selbstbewusstsein. Wenn Wally mehr auf sich hält, kann sie sich besser entfalten, und wer weiß, was dann zum Vorschein kommt?

»Wie sind sie denn, diese Doga-Schnitten«, wandte sie sich freundlich an Wally, »die der Konditormeister Bredl extra für die Gartenschau kreiert hat?«

Wally schluckte ein Vergissmeinnicht aus Zuckerglasur. »Lecker. Und gar nicht schwer nachzubacken. Das würdest sogar du hinkriegen, Hilde.«

»Der Teufel soll mich holen, wenn ich Doga-Schnitten backe«, rief Hilde, aber Wally achtete nicht auf sie.

»Schau her.« Sie zerlegte den Rest ihrer Doga-Schnitte in einzelne Schichten. »Unten ist eine Lage Blätterteig, den gibt es fertig zu kaufen. Dann kommt die Eiercreme. Na ja, die ist nicht so einfach herzustellen, wenn sie wirklich gut sein soll. Dann kommt wieder eine Lage Blätterteig, und die ist oben mit Marmelade und Fondant glasiert und mit Blüten verziert.«

Thekla steckte sich einen Bissen ihrer Sarah-Bernhardt-Torte in den Mund. Was Konditormeister Bredl unter diesem Namen anbot, entsprach – wie Wally ihr versichert hatte – in jeder Hinsicht der Agnes-Bernauer-Torte aus dem Krönner. Thekla fand allerdings, dass Wally da nicht ganz recht hatte, obwohl die Sarah-Bernhardt-Torte wie die Agnes Bernauer aus Mokkacreme und Mandelbaiser hergestellt war. Der Unterschied bestand allerdings in der Konsistenz und darin, dass Sarah Bernhardt eindeutig mehr Zucker enthielt. Dennoch war sie es zufrieden. Der Geschmack war ungefähr der gleiche.

Einzig mit dem Versprechen, auch bei Bredl würde Thekla ihr Lieblingsgebäck finden, hatten Hilde und Wally sie dem Krönner abspenstig machen können – zumindest für den kommenden Sommer, in dem Deggendorf außergewöhnlich populär sein würde, weil dort am 25. April die »Donaugartenschau – Landesgartenschau« eröffnet worden war.

Wally besaß bereits eine Dauerkarte.

Hilde und Thekla hatten sich jedoch strikt geweigert, jeden Montag nach dem Treffen zum Kaffee einen Rundgang auf der »Doga« zu machen, um sich »an der je nach Jahreszeit wechselnden Blütenpracht zu erfreuen und sich Anregungen für den eigenen Garten zu holen«.

Hilde hatte Wally eine harsche Abfuhr erteilt. »Um den Westhöll'schen Garten kümmert sich Rudolf, und saisonale Blütenpracht hat jeder halbwegs gepflegte Kreisverkehr zu bieten. Ein zweites Mal bringen mich keine zehn Pferde dorthin. Für die Kinderspielplätze bin ich zu alt und für den Nepp an den Buden zu sparsam.«

Wie meistens hatten Hildes rüde Worte einen handfesten Kern.

Thekla fand, dass auf dem Gelände der Gartenschau ja alles recht hübsch angelegt war und wert, während der sechs oder sieben Monate ihrer Dauer ein-, zwei-, eventuell sogar dreimal besichtigt zu werden; aber ganz bestimmt nicht allwöchentlich. »Nein«, sagte sie, »so weit werde ich es sicher nicht treiben. So weit reicht meine Begeisterung für Gartendeko nicht, auch wenn man auf der Doga versucht hat, allen Altersklassen und Neigungen gerecht zu werden.«

Hilde hatte laut aufgelacht, als Thekla das aussprach. »Wie heißt es so schön: Allen Menschen recht getan ist eine Kunst, die niemand kann.«

Ja, dachte Thekla, so ist es. Und weil ich für Rummel und Jahrmarkt nicht viel übrig habe, begnüge ich mich mit einem Strauß Tulpen auf dem Wohnzimmertisch.

Sie hatte sich allerdings vorgenommen, Ende Juni, zur Rosenblüte, die Anlagen ein zweites Mal zu besichtigen. Einen dritten Rundgang wollte sie Mitte September machen, wenn die Herbstblumen blühten.

Hildes Stimme riss sie aus ihren Gedanken. »Nach dem Kaffee gehen wir zusammen auf die Gartenschau.«

Thekla glaubte, sich verhört zu haben. »Sagtest du nicht vorige Woche: ›Keine zehn Pferde bringen mich ein zweites Mal dorthin.‹?«

»Das war vor dem Mord«, antwortete Hilde trocken.

Sowohl Thekla als auch Wally klappte die Kinnlade herunter.

Thekla fing sich als Erste. »Meine Güte, Hilde, wovon redest denn du?«

»Von Hanni Stern«, erwiderte Hilde, »stand doch in allen Zeitung—«

»In den Zeitungen stand«, schnitt ihr Thekla das Wort ab, »dass eine Hanni S., als sie über den Bordstein steigen wollte, gegen eine von diesen angemalten Bojen, die auf der Wiese herumstehen, gestolpert und so unglücklich mit dem Kopf auf einer scharfen Kante aufgeschlagen ist, dass sie eine Hirnblutung bekommen hat und daran gestorben ist.«

Hilde verzog den Mund zu einem überheblichen Lächeln. »Das soll ihm mal einer vormachen, sagt Ali. Übrigens kannte er die Tote. Sie heißt Hanni Stern.«

Alois Schraufstetter. Thekla versuchte, ein Stöhnen zu unterdrücken. El Commandante. Ach nein, Kommandant der Deggendorfer Feuerwehr war er ja gar nicht mehr. Schraufstetter war zum »Kreisbrandrat« gewählt worden und damit jetzt Chef sämtlicher Feuerwehren im Landkreis, wie Hilde ihr und Wally neulich erzählt hatte. »Und das sind sage und schreibe dreiundneunzig«, hatte sie in so großtuerischem Ton erklärt, als sei Schraufstetter zum Oberbefehlshaber der NATO ernannt worden.

»Hat er als Brandpapst nichts Besseres zu tun, als die Ermittlungsergebnisse der Polizei in Frage zu stellen?«, sagte Thekla und bereute es sofort, denn umgehend kam von zwei Seiten Protest.

Wally in quengelndem Ton: »Thekla, du bringst unserer heiligen Kirche viel zu wenig Respekt entgegen.«

Hilde mit scharfer Stimme: »Ali besitzt eben das, was man Zivilcourage nennt. Und die Bürger im Landkreis honorieren das. Die Kommunalwahlen haben es deutlich gezeigt.«

Thekla überging Wallys Tadel, doch Hilde nickte sie zu. Sie honorierte Alis Einsatz ja auch, hatte ihm bei der Kreistagswahl selbst drei Stimmen gegeben. Aber musste er Hilde unbedingt diesen Floh ins Ohr setzen? Mord! Was für ein gefundenes Fressen. Hilde würde sich in Ermittlungen stürzen wie Conan in die Schlacht.

»Ali hat das sicher nicht ernst gemeint«, sagte sie.

Bevor Hilde widersprechen konnte, pflichtete Wally ihr bei. »Bestimmt nicht. Wir haben doch selber gesehen, dass die Bojen oberhalb vom Weg stehen. Hanni Stern hat sie sich näher anschauen wollen und muss gestolpert sein.«

Thekla beeilte sich, das zu bestätigen: »So steht es ja auch in der Zeitung.«

Hilde zog die Brauen hoch. »Und steht auch drin, warum sich die Stern dabei rückwärtsbewegt hat?«

»Wieso rückwärts?«, fragten Thekla und Wally unisono.

Hildes Stimme hob sich. »Verflucht und zugenäht. Stellt euch doch nicht dämlicher, als ihr seid. *Hanni Stern ist mit dem Hinterkopf aufgeschlagen!*« Gemäßigter fuhr sie fort: »Die Verletzung befindet sich am Hinterkopf, schreibt die Zeitung. Das heißt doch, dass sie der Boje den Rücken zugedreht haben muss, als sie auf sie drauffiel.«

Thekla machte einen letzten Versuch, abzuwenden, was nun kommen würde. »Sie kann sich doch im Fallen gedreht haben.«

Hildes Antwort darauf machte ihr bewusst, dass sie ihr damit auf den Leim gegangen war. »Wollen wir nicht an Ort und Stelle ein paar Studien betreiben? Oder brichst du damit schon dein Hochzeitsversprechen?«

Sie hatte es also nicht vergessen. Natürlich nicht. Hilde hatte weder vergessen noch Thekla verziehen, dass sie Heinrich Held am Tag ihrer Trauung versprochen hatte, sich nie wieder durch private Mordermittlungen in Gefahr zu bringen.

Dieses Versprechen hatte Thekla gern gegeben, weil sie Heinrichs Bitte nur allzu berechtigt fand. War sie nicht beide Male, die sie sich mit Hilde und Wally auf Mörderjagd begeben hatte, nur knapp mit dem Leben davongekommen? Wie töricht, unverantwortlich und leichtfertig wäre es, ein weiteres Mal so ein Risiko einzugehen?

Hilde hatte für Theklas Entschluss nicht das geringste Verständnis aufgebracht. Im Gegenteil, sie hatte die Vereinbarung mit Heinrich als Verrat gesehen, als Treuebruch gegenüber ihr und Wally und allem, was sie verband.

Seither, dachte Thekla, ist Hilde noch weit mürrischer geworden als je zuvor und ihre Ausdrucksweise noch weit drastischer.

Wally legte ihr die Hand auf den Arm. »Komm mit, Thekla. Wir gehen ja nur auf die Gartenschau, da spricht doch nichts dagegen – oder?«

Nein, dachte Thekla, damit bringen wir uns nicht in Gefahr, und keiner kann behaupten, ich wäre wortbrüchig geworden.

Wohl oder übel tat sie ihre Zustimmung kund. Dann leerte sie mit einem Zug ihre Kaffeetasse, um die Stimme ihres Gewissens zu ersäufen, die ihr vorhielt, dass sie damit den ersten Schritt in eine fatale Richtung tat.

2

Am späten Nachmittag auf dem Gelände der Donaugartenschau

Anstatt bei den Stadthallen in die Neusiedler Straße einzubiegen, setzte Thekla den Blinker nach links.

»Wo verdammt willst du denn hin?«, fuhr Hilde auf.

Sie und Wally waren am Café Bredl bei Thekla zugestiegen, weil alle drei es für zweckmäßiger gehalten hatten, Hildes Wagen dort stehen zu lassen und nur Theklas Auto zu nehmen. Sie würde die beiden dann später wieder am Café absetzen.

»Auf die andere Seite der Donau«, antwortete Thekla ungerührt. »Ich will in Fischerdorf parken.«

Sie steuerte den Wagen über die Brücke, über die man auf der B 11 den Fluss querte, wobei ein kurzer Blick auf die Deichgärten zu erhaschen war.

»Wenig los heute«, konstatierte Hilde.

»Kein Wunder bei dem regnerischen Wetter«, meinte Wally.

»An der Ackerloh gäbe es Parkplätze noch und noch«, mäkelte Hilde. »Und du gondelst nach Fischerdorf.«

»Wenn schon Donaugartenschau«, beschied ihr Thekla, »dann will ich durch die Fischergärten spazieren. Die haben mir neulich von allen Anlagen am besten gefallen.«

Hilde rümpfte die Nase. »Hätte ich mir denken können, dass du auf den Natur-pur-Stuss abfährst. Kräutergärtchen, Wasserläufchen, hier ein bisschen Moor, dort ein bisschen Sand. Man kommt sich vor wie in einem irischen Landhausgarten. *My home is my castle*«, fügte sie spitz hinzu.

»Entspannend, tröstlich, anmutig«, gab Thekla kühl zurück.

Hilde grunzte abfällig.

Als Thekla in Fischerdorf auf den Parkplatz am Bahndamm einbog, den man extra für die Doga angelegt hatte und der noch irgendwie unfertig wirkte, trat ein junges Mädchen in gelber Warnweste an den Wagen, um drei Euro Parkgebühr zu kassieren.

»Wucher«, grummelte Hilde, ohne sich darum zu scheren, ob das Mädchen sie hörte. »Beutelschneiderei.«

Auf diese Seite der Donau hatte sich kaum jemand verirrt. Thekla zählte fünf geparkte Autos und entdeckte zwei Fußgänger, die offenbar vom Ort her kamen.

Der Weg zum Eingang mit seinem Schotterbelag und den zerrupften, staubigen Büschen am Rand wirkte noch unfertiger als der Parkplatz, aber Bauarbeiter waren nirgends in Sicht. Vermutlich hatten sie Feierabend.

Wie grau und trist sich der Zugang auch präsentierte, gleich hinter der Kasse wurde es grün.

Am »Garten Eden« hätte Thekla sich ganz gern ein wenig aufgehalten. Sie hätte an den Gewürzkräutern schnuppern und die Gemüsesetzlinge begutachten wollen. Im »Wüstengarten am Bayerwald« hätte sie gern die Kakteen bewundert und im Sumpfgebiet die fleischfressenden Pflanzen, aber Hilde trieb sie unnachgiebig weiter.

Auch Wally machte einen vergeblichen Versuch, Hilde zu einer Verschnaufpause zu bewegen. »Aber die Bojen rennen uns doch nicht weg, Hilde. Die stehen in einer halben Stunde noch genauso da wie jetzt.«

Hilde würdigte Wally keiner Antwort. Sie war ohnehin schon zwanzig Schritte voraus und hielt stracks auf den speziell für die Gartenschau errichteten Fußgängerübergang zu, der in einem sanft geschwungenen Bogen über den Fluss führte und die Fischergärten mit dem Hauptareal verband. Thekla erinnerte sich, wie sie sich auf dem Brücklein in seltsamer Weise heimisch gefühlt hatte, als sie es bei ihrem ersten Besuch der Doga überquerte.

Das liegt an dem gemütlichen Holzboden, dachte sie nun und verhielt den Schritt. Und daran, dass die Konstruktion so viele Krümmungen aufweist. Der Steg scheint sich in der Mitte zu verjüngen, das seitliche Fachwerk scheint sich nach innen zu neigen, was einen grottenartigen Eindruck erweckt. Man kommt sich geborgen vor – aber keinesfalls eingesperrt.

Hilde war auf halbem Weg über die Brücke stehen geblieben. Als Thekla und Wally zu ihr aufgeholt hatten, hob sie den Zeigefinger und deutete anklagend zu Boden. »Zehn Millionen Euro. Zehn Millionen Euro Steuergelder für eine Gartenschaubrücke.«

Bevor Thekla etwas darauf antworten konnte, eilte Hilde weiter, und es fehlte nicht viel, dass sie dunkle Wolken ausstieß wie der Drache des schwarzen Rauches.

Thekla warf einen Blick zurück, ehe sie Hilde folgte, und sagte sich, das Brücklein sei jeden Cent wert.

Später – nach Abschluss der Gartenschau, um genau zu sein – würde es offiziell als Fußgänger- und Radfahrerbrücke dienen. Hilde tat also dem Stadtrat (dem das Bauwerk vermutlich zu verdanken war) unrecht, wenn sie es quasi als Eintagsfliege abstempelte, als kurzlebig und durchaus entbehrlich.

Theklas Gedankengang wurde von Wally unterbrochen: »Schön ist die neue Brücke schon geworden. Aber sie hat halt viel zu viel gekostet. Nicht nur Geld. Denn viel schlimmer ist, dass beim Bau ein Arbeiter umgekommen ist. Himmelmutter, dass aber auch immer so was Schreckliches passieren muss.«

Thekla erinnerte sich vage an einen Zeitungsartikel über einen Schweißer, der abgestürzt war, weil sich seine Schutzkabine aus der Verankerung gerissen hatte.

Ein tragisches Unglück, wie es eben bedauerlicherweise vorkommen kann, war damals der Tenor der Berichterstattung gewesen, und genauso hatte es sich vergangene Woche verhalten, als von Hanni Sterns Tod berichtet worden war. Zugegeben, Hanni Stern hätte auch anderswo stolpern und sich tödlich verletzen können. Aber der Schweißer? Ging sein Ableben nicht eindeutig auf das Konto der Doga?

Thekla fragte sich, inwieweit der Unfall des Schweißers die Debatte über das Für und Wider der Gartenschau neu angeheizt hatte, bei der es in erster Linie um den Kosten-Nutzen-Effekt ging.

Die Brücke schlägt mit zehn Millionen und einem Menschenleben auf der Negativseite zu Buche, dachte Thekla gerade, als sie Hilde, die bereits das andere Ufer erreicht hatte, scharf nach rechts abbiegen und in Richtung des Donaustrandes stürmen sah. Oder doch mit zwei Menschenleben? Wo sonst als auf dieser Gartenschau hätte sich Hanni Stern an einer Boje den Schädel einschlagen können?

»Warum rennt sie bloß so?«, beschwerte sich Wally.

»Weil sie Blut geleckt hat«, murmelte Thekla so leise, dass Wally es nicht hören konnte.

Hilde war vor einer Gruppe birnenförmiger Gehäuse aus Metall zum Stehen gekommen, die – falls Thekla alles richtig verstanden hatte – normalerweise zum Festmachen von Wasserfahrzeugen oder als Markierung im Wasser dienten. Für die Gartenschau waren sie bunt bemalt und auf einem Wiesengelände zu einem »Bojengarten« angeordnet worden. Etwas unterhalb der Wiese führte einer der asphaltierten Hauptwege der Doga entlang.

Hilde deutete auf die gut dreißig Zentimeter hohe Bordsteinkante, die das Arrangement von dem darunterliegenden Gehweg trennte. »Überzeugt euch doch selbst davon, was passiert, wenn man zu den Dingern hochsteigen will und dabei stolpert.«

Sie machte es vor, indem sie den linken Fuß oben platzierte, dann den rechten nachzog und dabei absichtlich mit der Schuhspitze gegen die Kante stieß. Der Anprall ließ sie nach vorne kippen, sodass sie sich mit beiden Händen am Rand der vordersten Boje abstützen musste, um nicht mit der Stirn auf eine der scharfkantigen Halterungen aufzuschlagen, die wohl zur Befestigung von Signallampen benutzt wurden.

Triumphierend drehte sie sich um. »Habt ihr es gesehen? Man knallt mit dem Gesicht drauf, wenn man sich vorwärtsbewegt. Und wie man sich dabei eine Verletzung am Hinterkopf zuziehen kann, soll mir mal einer erklären, Herrschaftszeiten.«

Thekla machte eine wegwerfende Geste. »So, wie du es gerade vorgemacht hast, kann es sich nicht abgespielt haben, das ist klar. Aber vielleicht hat es sich ja so zugetragen.«

Sie stellte den linken Fuß auf den Bordstein, zog den rechten nach und stieß absichtlich mit der Schuhspitze gegen die Kante, genau so, wie Hilde es getan hatte. Aber als sie den Impuls zu fallen verspürte, warf sie sich herum und riss dabei die Arme nach oben.

Erst als sie rückwärtskippte, blitzte in ihrem Kopf der Gedanke auf, dass sie einen schweren Fehler begangen hatte. Im nächsten Moment würde sie aufschlagen und sich am Hinterkopf verletzen wie Hanni Stern. Doch bevor sie diesen Gedanken zu Ende denken konnte, fühlte sie sich gepackt und festgehalten. Dann legte sich ein Arm um ihre Schultern und zog sie auf den Gehweg zurück.

»Das hätte aber dumm ausgehen können«, sagte eine sympathische Stimme.

Thekla hob den Blick.

Der Arm um ihre Schultern gehörte zu einem jungen Mann, der sie noch einen Augenblick lang besorgt anschaute, bevor er sie losließ.

»Danke«, sagte Thekla. »Mir ist gar nicht klar gewesen …«

»… wie schnell man stolpern kann«, beendete der junge Mann den Satz lächelnd.

Thekla nickte. Besser, es dabei zu belassen.

»Das war verdammt gut reagiert, junger Mann«, ließ Hilde sich vernehmen. Und kopfschüttelnd fügte sie hinzu: »Bis mir aufgegangen ist, was Thekla da veranstaltet, ist es zum Eingreifen schon zu spät gewesen.«

»Zufall«, antwortete der junge Mann bescheiden. »Ich stand genau im richtigen Winkel.«

Ja, dachte Thekla. Aber wo bist du hergekommen?

Sie konnte sich nicht erinnern, ihn zuvor gesehen zu haben.

Während ihm nun auch Wally – die stets etwas länger brauchte, um sich zu fassen – für seine reaktionsschnelle Aktion dankte, betrachtete Thekla ihn genauer.

Seit sie die sechzig überschritten hatte, fiel es ihr zunehmend schwerer, das Alter junger Leute zu schätzen. Der Bursche konnte ebenso gut dreißig wie zwanzig Jahre alt sein. Die blonden Haare, lässig geschnitten und windzerzaust, gaben ihm das Aussehen eines Lausbuben. Doch die grauen Augen wirkten ernst und irgendwie sorgenschwer. Wegen ihres Beinahe-Missgeschicks?

Nein, dachte Thekla. Die Sorge in seinen Augen steckt tiefer. Sie wohnt seit einiger Zeit schon dort.

Ihr Blick glitt an der Gestalt des Mannes hinunter, registrierte eine saloppe Windjacke, abgetragene Jeans und Sportschuhe.

Was einen jungen Kerl wie ihn wohl an einem Werktagnachmittag auf die Gartenschau führt?, wunderte sie sich. Sie war schon drauf und dran, ihn danach zu fragen, kam jedoch nicht zu Wort.

»Schönen Tag noch und passen Sie auf, wo Sie hintreten«, verabschiedete er sich und war im nächsten Moment in Richtung Bogenbach verschwunden.

»Wo ist der denn so schnell hergekommen?«, sagte Thekla an Hilde gewandt, die jedoch bloß abwinkte.

»Ist doch egal. Hauptsache, er hat richtig reagiert, sonst hätte dein Leben an dieser mit Blümchen bemalten Boje geendet wie das von Hanni Stern.«

Theklas Blick saugte sich an den von Schulkindern bunt bemalten Bojen fest und registrierte die Aufschriften: »Mittelschule St. Martin«, »Realschule Plattling«, »Grundschule Mietraching«.

»Da hat dir die Himmelmutter aber einen besonders tüchtigen Schutzengel geschickt«, sagte Wally.

Thekla nickte zerstreut. Weshalb hatte der junge Mann eingreifen müssen? Ach ja.

Sie wandte sich erneut an Hilde. »War meine Vorführung überzeugend genug? Hast du gesehen, wie einfach es ist, im Vorwärtsgehen zu stolpern und rücklings zu fallen?«

Hilde zog die Brauen hoch. »Aber nur, wenn man dabei Pirouetten dreht. Und warum hätte Hanni Stern das tun sollen?«

»Weil sie verhindern wollte, mit dem Gesicht aufzuschlagen«, sagte Thekla. »Ist es nicht eine ganz automatische Reaktion, sich von der Bedrohung wegzudrehen?«

»Das denkt auch die Polizei«, vermeldete eine Stimme in Theklas Rücken.

Ehe sie sich nach dem Sprecher umwandte, bemerkte sie, wie sich Hildes Wangen mit einer feinen Röte überzogen. Und noch bevor sie seiner ansichtig wurde, dachte sie schon: der Brandpapst, aha.

Das Spiel war also abgekartet. Hilde hatte sie und Wally an den angeblichen Tatort geführt und dafür gesorgt, dass ihr der Urheber der Mordtheorie zu Hilfe kam, um die nötige Überzeugungsarbeit zu leisten. Deshalb also hatte sie es so eilig gehabt. Sie wollte den Rädelsführer nicht verpassen, weil sie darauf brannte, sich wieder einmal in Mordermittlungen zu stürzen.

Hildes Therapie gegen ihren Weltverdruss, dachte Thekla fast belustigt. Besser als Sahnetorte, besser als Likör, besser, als die Kunden des Bestattungsinstituts zu vergraulen.

Ihre Erheiterung verflog rapide, als ihr wieder einfiel, welche Konsequenzen Hildes Faible für sie und Wally bereits gehabt hatte.

»Fraglos hätte es sich auch so abspielen können«, sagte Schraufstetter in diesem Moment. »Selbstverständlich hätte sich Hanni Stern – vorausgesetzt, dass sie gestolpert ist – aus einem Reflex heraus herumwerfen und rücklings auf die Boje fallen können.«

Daraufhin machte er eine Pause, während der er eindringliche Blicke von Hilde zu Thekla und zu Wally schweifen ließ. Dann erst brachte er das anstehende »Aber« aufs Tapet. »Aber mein Bauch sagt mir was anderes.«

Der scheint mir sowieso gehörig gewachsen zu sein seit dem vergangenen Jahr, dachte Thekla boshaft.

Schraufstetter hatte inzwischen weitergesprochen, doch Thekla wurde erst wieder aufmerksam, als er sagte: »… ich würde die Version ja hinnehmen, aber nach allem, was passiert ist …«

Seine Stimme versandete.

Mätzchen, dachte Thekla. Er will uns neugierig machen. Wirft die Angel aus.

Prompt biss Wally an. »Was ist denn passiert? Das musst du uns erzählen, Ali.«

Schraufstetter lächelte ihr zu und hakte sie unter. »Dafür suchen wir uns aber ein gemütliches Plätzchen zum Hinsetzen.«

In den Deichgärten standen die Ruhebänke so weit voneinander entfernt, dass kaum Gefahr bestand, belauscht zu werden. Die Sitzflächen waren allerdings noch feucht, weil es den ganzen Vormittag geregnet hatte. Seit Kurzem zeigte sich jedoch sporadisch die Sonne, deshalb konnten Jacken sowie Regenmäntel abgelegt und als Unterlage benutzt werden.

»Hanni Stern hat eindeutig Sorgen gehabt«, sagte Schraufstetter. »Vielleicht auch Angst. Jemand muss sie bedroht haben, warum sonst hätte sie –«

Er konnte nicht zu Ende sprechen, weil Wally herausplatzte: »Und du meinst, der hat sie umgebracht?« Sie presste entsetzt beide Hände auf den Mund und rollte die Augen.

»Ich befürchte schon«, erwiderte Schraufstetter.

»Und wer soll dieser Angstmacher sein?«, erkundigte sich Thekla geschäftsmäßig.

Schraufstetter sah sie verstört an. »Wenn ich das wüsste, müsste ich euch nicht behelligen.«

»Am besten ist, du erzählst der Reihe nach, Ali«, mischte sich Hilde ein, »und fängst ganz von vorne an.«

»Ja, ganz von vorne, Ali«, echote Wally und griff nach seiner Hand.

Thekla musste sich das Lachen verbeißen.

Schraufstetter tätschelte Wallys Hand, als er zu berichten begann: »Ich kenne Hanni Stern ja schon seit etlichen Jahren –«

»Du hast ihr die Haare gemacht?«, unterbrach ihn Wally, was ihr von Hilde ein tadelndes Zischen und von Ali ein Kopfschütteln eintrug.

Soweit Thekla gehört hatte, war der Friseursalon Schraufstetter geschlossen, seit Ali zum Kreisbrandrat gewählt worden war.

Bestimmt keine leichte Entscheidung, überlegte sie. Schließlich blickten die Schraufstetters auf eine lange Tradition zurück.

Es war davon die Rede gewesen, dass Alis Großvater bereits 1921 ein Badergeschäft in der Bahnhofstraße eröffnet hatte.

Bader, dachte Thekla mit einem Schmunzeln. Baderwaschl, so nennt Ali sich heute noch gern.

Der hatte inzwischen weitergesprochen. »… ich kenne Hanni aus ihrer Zeit als Sachbearbeiterin im Bauamt. Anfangs haben wir uns nur gegrüßt, wie man es halt so macht, wenn man sich in dem Gebäude, wo man beruflich zu tun hat, über den Weg läuft.«

»Was hast du denn im Bauamt zu tun?«, warf Thekla nun ein.

»Na, zum einen bin ich Stadtrat, und zum andern bin ich auch schon vor meiner Zeit als Kreisbrandrat mit Brandschutzverordnungen vertraut gewesen. Da bleibt es nicht aus, dass man dort und da zurate gezogen wird.«

Eine Pause trat ein. Offenbar hatte Schraufstetter den Faden verloren.

Hilde kann ihm zu Hilfe. »Aber mit der Zeit habt ihr euch besser kennengelernt.«

»Wie? Ja, ein bisschen. Hanni hat mich oft nach technischen Einzelheiten gefragt. Sie hat nämlich ihre Arbeit sehr gewissenhaft gemacht, besonders was den vorbeugenden Brandschutz betrifft. Und da hat sie auch völlig recht gehabt. Im Ernstfall rächt sich nämlich der kleinste Fehler. Wenn die Feuerwehrzufahrt beispielsweise in einer Kurve verläuft, muss …«

Thekla hörte nicht mehr hin. Ali ritt sein Steckenpferd. Es konnte eine Weile dauern, bis er wieder zur Sache kam.

Sie versenkte den Blick in das Tulpenfeld vor ihren Augen und registrierte, dass sich in den weißen Blütenteppich ein paar lila Tupfer eingeschlichen hatten.

Wechselbälger, dachte sie amüsiert.

»Feuerwiderstandsklasse F 30«, sagte Schraufstetter gerade.

Thekla ließ den Blick zum Spielplatz »Weidenversteck« schweifen, der ziemlich verlassen dalag. An einem der Klettergerüste lehnte eine einsame Gestalt in Jeans und Windjacke.

»Hanni hat das alles sehr streng genommen«, wiederholte Schraufstetter soeben. »Alles! Und wenn Verordnungen akkurat eingehalten werden müssen, entstehen Kosten, die der Bauherr lieber vermeiden möchte. Ärger ist also vorprogrammiert im Baureferat – und das nicht nur, was die Brandschutzverordnung betrifft. Jeder neue Flächennutzungsplan setzt im Stadtrat wochenlange Debatten in Gang. Denkt bloß an den seltenen Schwammerl, der fast das Bauprojekt auf den Kreuth-Wiesen zum Erliegen gebracht hätte.«

Hilde und Wally nickten einhellig, während Thekla sagte: »Wenn ich recht verstehe, ist Hanni Stern wegen ihrer Unerbittlichkeit nicht gerade beliebt gewesen. Man hat sie also bedroht?«

Schraufstetter nickte. »Na sowieso. Gedroht wird in den Amtsstuben ständig. Aber je lauter die Flüche ausfallen, desto weniger muss man sie ernst nehmen. Bedenklich wird es nur, wenn …«

»Wenn was?«, drängte Thekla.

Schraufstetter hob die Schultern. »Ich kann es nicht recht erklären. Hanni hat nicht wirklich was zu mir gesagt. Sie ist nur immer blasser geworden, und eines Tages hat sie hingeschmissen.«

»Den Job?«, fragte Thekla perplex.

»Sie ist zu einer Baufirma gewechselt. Als Sekretärin. Schlechter bezahlt. Längere Arbeitszeiten.«

Was nicht heißen muss, dass sie um ihr Leben fürchtete, dachte Thekla. Vielleicht ist ihr das ständige Hickhack einfach zu viel geworden. Die Anfeindungen, die Vorwürfe, die Bestechungsversuche. Ich an ihrer Stelle hätte vermutlich genauso gehandelt. Seelenfrieden für ein paar Mäuse weniger im Monat.

Hilde betrachtete die Sache offenbar in einem anderen Licht.

»Die Stern muss ja eine Todesangst ausgestanden haben, sonst hätte sie doch den sicheren Job bei der Stadt nicht aufgegeben.«

»Oh nein«, pflichtete Wally ihr bei. »Das hätte sie bestimmt nicht getan, wenn sie sich im Bauamt noch sicher hätte fühlen können.«

»Das meine ich eben auch«, sagte Schraufstetter.

Thekla seufzte schwer. Drei gegen einen. Damit war das Urteil gefällt. Es lautete: Hanni Stern ist ermordet worden. Das Motiv stand ebenfalls fest: Rache wegen eines vereitelten Bauvorhabens oder so ähnlich.

Irgendwie dünn, dachte sie. Hanni Sterns Tod konnte dem Mörder außer der Befriedigung etwaiger Vergeltungsgelüste keinen Nutzen mehr bringen. Logischer wäre es gewesen, sie zu ermorden, solange sie noch im Bauamt beschäftigt war, um dann ihren Nachfolger unter Druck setzen oder schmieren zu können, was auch immer.

Thekla rieb sich die Augen, die zu brennen anfingen, weil sie lange Zeit in eine schillernde Pfütze am Rand des Gehwegs gestarrt hatte.

»Wer sitzt denn jetzt auf ihrem Platz im Bauamt?«, fragte Hilde.

»Hans Koller«, erwiderte Schraufstetter. »Wohnt noch nicht lange im Landkreis. Unbeschriebenes Blatt.«

Was nicht heißt, überlegte Thekla, dass er nicht jemandes Protegé ist. Was, wenn dieser Jemand eine Marionette ins Bauamt geschleust hat? Einen Mittelsmann, den er in der Hand hat? Gewisse Anträge würden dann durchgehen wie – wie geschmiert eben. Andere dagegen würden abgelehnt werden. Niemand würde sich darum kümmern, weil sich statistisch gesehen nichts änderte. Niemandem würde etwas auffallen außer … Außer der vorherigen Sachbearbeiterin. Sie würde womöglich ein Muster erkennen.

Hierin lag ein Mordmotiv, das Thekla ganz und gar nicht dünn erschien. Aber wie sollte die Tat ausgeführt worden sein? Hätte der Mörder Hanni Stern mit Gewalt gegen die Boje geworfen, dann hätten doch Indizien zurückbleiben müssen. Blutergüsse an den Körperstellen, wo er sie gepackt hatte, eventuell sogar Kampfspuren.

Apropos Kampf, dachte Thekla, hat denn niemand etwas beobachtet? Es müssen doch Leute in der Nähe gewesen sein.

Sie fragte Ali danach.

Der zuckte die Schultern. »Anscheinend nicht. Jedenfalls hat sich wohl keiner gemeldet und eine Aussage gemacht.«

Thekla schaute sich um und stellte fest, dass der Bojengarten ziemlich abseits der Hauptattraktionen lag. Die befanden sich im Stadthallenpark und südlich vom Haupteingang. Hier, zwischen Fluss und Wiese, konnte es sich schon ergeben, dass eine Zeit lang niemand des Weges kam. Zumal an einem Werktag.

»Wo und wie setzen wir an?«, fragte Hilde soeben.

Nirgends und gar nicht, hätte Thekla am liebsten geantwortet, was ihr nichts weiter als vorwurfsvolle Blicke aus drei Augenpaaren und von Hilde ein »Verdammt noch mal, du wirst doch einen Mörder nicht ungestraft davonkommen lassen wollen?« einbringen würde.

Aber sie hatte Heinrich ein Versprechen gegeben.

Offenbar erinnerte sich Hilde im selben Moment daran, denn sie sagte: »Du musst Heinrich ja nicht auf die Nase binden, was wir vorhaben.«

»Oh«, machte Wally. »So ein Schwindel würde der Himmelmutter aber gar nicht gefallen.«

Und mir auch nicht, dachte Thekla. Ich werde Heinrich reinen Wein einschenken. Er wird mein Dilemma verstehen.

Heinrich würde sofort begreifen, dass sie zwischen die Fronten geraten war. Sicher würde er das. Aber wie würde er darauf reagieren?

Schraufstetter riss Thekla aus ihren Gedanken. Er hielt Hilde zum Abschied die Hand hin. »Höchste Zeit für mich. Ortstermin. Der Erweiterungsbau in Mainkofen soll bald bezogen werden, dabei hapert es mit dem Brandschutz noch gewaltig.« Während er sprach, hatte er Hildes Hand in seine Rechte genommen und legte nun auch noch die Linke darüber.

Dergestalt mit Hilde verbunden, sprach er weiter: »Du weißt ja, dass ich eine Menge um die Ohren habe, seit ich Kreisbrandrat geworden bin. Aber du kannst jederzeit bei mir anrufen – *jederzeit.* Ich bin immer für dich ... für euch da.«

Thekla misslang es, ein Grinsen zu unterdrücken, als sie zusah, wie Hildes Wangen sich wieder röteten.

3

Gegen Abend im Bestattungsinstitut Westhöll

»Zum Henker«, fluchte Hilde laut und schlug mit der flachen Hand aufs Lenkrad, »wie kommen wir an Leute, die etwas über Hanni Stern wissen könnten? Thekla hat verdammt noch mal recht. Wir kennen kein Schwein, das mit der Stern gut bekannt oder verwandt war, und wir haben keinen Schimmer von den Sauereien, die in Baureferaten denkbar sind.«

So hatte Thekla sich zwar nicht ausgedrückt, aber gemeint hatte sie es in etwa so.

Hilde bog in den Innenhof des Bestattungsinstituts ein und würgte den Motor mitten auf dem gepflasterten Platz ab. Egal, wo sie den Wagen abstellte, in den nächsten Stunden würde er niemanden stören. Rudolf befand sich mit einer Leiche auf dem Weg nach Kempten, und Pfeffer hatte sich den Tag freigenommen.

Das bedeutete jedoch, dass Hilde umgehend im Büro nachsehen musste, ob etwas Dringendes zu erledigen war.

»Der Organist kann bis morgen warten«, murmelte sie, nachdem sie den ersten Anruf abgehört hatte. »Ich hab dem Knallkopf doch schon zweimal gesagt, dass die Witwe vom ehemaligen Landtagsabgeordneten das Schrattenbach-Requiem will und nicht das c-Moll von Mozart. Wie dämlich ist denn der Kerl? Wenn er das Schrattenbach nicht draufhat, muss er es halt einüben.« Sie schüttelte den Kopf. »So, so, der Altbürgermeister ist gestorben«, sagte sie während der nächsten Aufnahme. »Wurde auch Zeit. Er hat ja nicht mal mehr seine Frau und seine Kinder erkannt. Um den kann sich Pfeffer morgen kümmern.«

Als sie den dritten Anruf abhörte, begann sie zu strahlen. »Glück muss man haben. Verdammtes, saumäßiges Glück.«

Hilde verdankte ihr Glück dem Umstand, dass ihr Neffe Rudolf im ganzen Landkreis als freundlich, zuvorkommend und hilfsbereit bekannt war, weshalb das Bestattungsinstitut Westhöll volle Auftragsbücher verzeichnen konnte. Rudolf schien genau zu wissen, was seine Kunden von ihm erwarteten, und er besaß die Gabe, empathisch auf sie einzugehen. Er galt als respektvoll und behutsam im Umgang mit den Verstorbenen, als geduldig und einfühlsam im Kontakt mit den Lebenden. Kurz und bündig: Sein Erbgut wies nicht die geringste Spur der Gene seiner Tante auf.

Die nahm soeben den Hörer ab, um den Anruf zu beantworten, der sie in solch freudige Erregung versetzt hatte.

Als Bernhard Stern sich meldete, sprach sie ihm in erprobten Worten ihr Beileid aus, wobei sie einen derart teilnahmsvollen Ton in ihre Stimme legte, wie ihn noch nie zuvor jemand von ihr gehört hatte.

Obwohl er den Grund seines Anrufes bereits auf dem Anrufbeantworter angegeben hatte, teilte ihr Stern noch einmal mit, dass er das Bestattungsinstitut Westhöll mit der Beerdigung seiner Frau beauftragen wolle. Der Leichnam sei jetzt freigegeben, sagte er, sodass ein weiterer Aufschub unsinnig sei.

»Unsinnig und ungerechtfertigt«, säuselte Hilde ins Telefon. »Ich werde noch heute persönlich bei Ihnen vorbeikommen, um die erforderlichen Unterlagen abzuholen und alle wichtigen Punkte mit Ihnen zu besprechen.«

Stern schwieg einen Moment lang, als hätte ihn Hildes Entgegnung überrascht, erklärte sich jedoch einverstanden.

Hilde missachtete etliche der Geschwindigkeitsbegrenzungen zwischen Granzbach und der kleinen Ortschaft Reberg, die Stern als Wohnort angegeben hatte.

»Schwachsinn«, rief sie erbost. »Was für ein Unfug. Sechzig, achtzig, wieder sechzig – ihr könnt mich mal.«

Weil sie, außer in ein, zwei Kurven, nie weniger als achtzig Kilometer pro Stunde fuhr, benötigte sie nur zwanzig Minuten, um nach Reberg zu gelangen. Dann brauchte sie jedoch gut noch mal so lang, bis sie das Haus der Sterns fand.

»An der Dorfstraße«, hatte Stern gesagt. »Nicht zu verfehlen.«

»Idiot«, knirschte Hilde zwischen den Zähnen, als sie die angegebene Hausnummer nicht entdecken konnte. »Von wegen an der Dorfstraße. An der verdammten Dorfstraße gibt's keine Nummer 22.«

Sie musste zwei Passanten fragen (ein junges Mädchen, das als Antwort nur gleichgültig die Schultern zuckte; und eine Frau mittleren Alters, die ihr mit zwei Einkaufstaschen entgegenkam und diese erst abstellen und verschnaufen musste, bevor sie antworten konnte), um in Erfahrung zu bringen, dass das gesuchte Haus von Bäumen und einer Scheune verdeckt war, sodass man es von der Dorfstraße aus nicht sehen konnte.

»Hätte er doch sagen können, der Trottel«, schimpfte Hilde, während sie über einen schmalen, gepflasterten Weg darauf zuging.

Als Stern auf ihr Klingeln hin öffnete, fiel es ihr schwer, eine sanftmütige Miene aufzusetzen. Um bei der Wahrheit zu bleiben, es gelang ihr nicht im Mindesten, weil Sanftmut ihrem Naturell so wenig gegeben war wie einem Bulldozer Grazie. Mit einiger Mühe brachte sie es jedoch fertig, einen freundlichen Ton anzuschlagen.

Bernhard Stern führte sie in ein modern eingerichtetes, erstaunlich behagliches Esszimmer und rückte ihr einen Stuhl am Tisch zurecht, auf dem bereits die Geburts- und Sterbeurkunde seiner Frau sowie einige andere Schriftstücke bereitlagen.

»Sie haben ja schon alles parat«, sagte Hilde anerkennend.

Sterns Umsicht versöhnte sie ein wenig. Geschäftsmäßig begann sie, die erforderlichen Daten aufzunehmen: Familienstand der Verstorbenen, Mädchenname und so weiter. Sie war froh über die vertraute, geradezu mechanische Betätigung, die ihr Zeit verschaffte, sich zu sammeln und sich auf den nächsten Schachzug vorzubereiten, von dem eine Menge abhing.

Sobald sich auch nur die kleinste Chance bot, wollte sie einhaken, um an Informationen zu kommen. An Auskünfte über Hanni Sterns Privatleben, ihr Umfeld, ihren Arbeitsplatz – den früheren, aber auch den neuen –, einfach alles, was aus Bernhard Stern herauszuholen war.

Der passende Augenblick fand sich, als die Sterbebilder zur Sprache kamen.

Hilde hatte einige als Muster mitgebracht. »Rechts außen wird normalerweise ein christliches Motiv aufgedruckt – meistens ein Kreuz, wie Sie sehen –, und drunter kommt ein Sinnspruch. Den müssten Sie noch aussuchen.«

Dafür brauchte Stern nicht lang. Er entschied sich für: »Tod! Eine Welt von Schmerzen liegt in diesem Worte.«

»Oberhalb vom Spruch kommt das Foto hin«, sagte Hilde.

Daran, ein Foto der Verstorbenen bereitzulegen, hatte Stern nicht gedacht.

»Wir finden schon was«, sagte Hilde eilig. »Ich helfe Ihnen dabei. Kein Problem, wenn andere Personen mit drauf sind. Mein Neffe hat da ein Computerprogramm, das kann ausschneiden, retuschieren, Hintergründe verändern, einfach alles. Wo bewahren Sie denn Ihre Fotos auf?«

Stern wirkte etwas verwirrt. »Auf dem PC. Ich kann die Dateien ja später noch durchgehen und Ihnen ein, zwei Fotos per E-Mail schicken.«

Hilde hatte jedoch nicht vor, sich mit einer elektronischen Botschaft abspeisen zu lassen. »Haben Sie denn kein Album, das wir uns ansehen könnten? Wir müssen ja im Vorfeld entscheiden, wie Ihre Frau auf dem Sterbebild wirken soll, fröhlich oder ernst, jugendlich oder gesetzt?«

»Natürlich haben wir Alben von früher«, antwortete Stern. »Aber die Fotos darin kommen kaum in Frage. Sind ja viel zu alt.« Er brütete eine Weile vor sich hin. Dann rieb er sich über die Stirn. »Hanni hat hin und wieder ein paar von den neueren entwickeln lassen, aber nie irgendwo eingeklebt. Wo hat sie die denn hingetan?« Nach einer Pause beantwortete er die Frage mit einem unbestimmten: »Sie müssen in ihrem Schreibtisch sein.«

»Dann sehen wir doch nach«, sagte Hilde viel zu schnell, was ihr einen argwöhnischen Blick eintrug.

Sie biss sich auf die Lippen. Mist, wenn sie nicht aufpasste, würde Stern sie hinauskomplimentieren.

Reiß dich zusammen, befahl sie sich. Mach keinen Fehler. Was du hier erfahren kannst, ist jede Mühe wert.

Sie rang um ein liebenswürdiges Lächeln. »Wir sollten das Foto fürs Sterbebild gemeinsam aussuchen. Glauben Sie mir, das macht es für Sie leichter.«

Stern erhob sich. »Wollen Sie mitkommen?«

Hilde wollte nichts lieber als das.

Das Haus der Sterns war hell und geräumig. Eine breite Treppe führte aus der fast quadratischen Diele ins Obergeschoss, wo von einem kleinen Flur mehrere Türen abgingen.

Stern öffnete die erste.

Hanni Stern hatte sich offensichtlich ein eigenes Arbeitszimmer eingerichtet. Warum auch nicht? Platz war mehr als genug vorhanden, denn Kinder hatte das Paar keine; zumindest hatte Stern eben keine erwähnt.

Den Raum dominierte ein wuchtiger Schreibtisch aus den fünfziger Jahren, dessen Arbeitsplatte mit Kunstleder bezogen war. Ein ziemlich bejahrter Monitor und eine Computertastatur befanden sich darauf, außerdem eine Orchidee im Keramiktopf, ein Schreibset, ein paar unbeschriebene Blätter und ein Foto im Silberrahmen, das Hanni Stern und ihren Mann in Badekleidung an einer felsigen Küste zeigte. Zwischen den beiden balancierte ein etwa fünfzehnjähriges Mädchen über einen angeschwemmten Baumstamm.

Waren die Sterns etwa doch nicht kinderlos?

Hilde deutete auf das Foto. »Ihre Tochter?«

Stern schüttelte den Kopf. »Die Schwester meiner Frau. Sie ist etliche Jahre jünger als Hanni und hat immer sehr an ihr gehangen. Wir haben sie ein paarmal mit in Urlaub genommen. Inzwischen ist Sonja erwachsen und wohnt in München, besucht uns aber regelmäßig.«

Aus der Geburtsurkunde, die sie soeben vorgelegt bekommen hatte, wusste Hilde, dass Hanni Stern dreiunddreißig Jahre alt gewesen war, als sie starb. Das Foto auf dem Schreibtisch zeigte sie mit etwa Ende zwanzig. Damals hatte sie die braunen Haare lang getragen. Sie flatterten im Wind. Das Gesicht war voller und die Figur ein wenig molliger als auf dem Bild, das nach dem Unfall in der Rubrik »Totenbrett« in der Zeitung abgedruckt gewesen war. Auf dem Zeitungsfoto hatte Hanni Stern auffällig hager ausgesehen. Ihre Wangen wirkten eingefallen, ihr Mund war ein dünner Strich, ihr mutloser Blick fixierte einen Punkt hinter der Kamera. Das Zeitungsbild stammte – wie der Fußnote zu entnehmen gewesen war – von einem ehemaligen Kollegen aus dem Bauamt, der es während einer Feierstunde anlässlich der

Einweihung irgendeines öffentlichen Gebäudes aufgenommen hatte. Dem Datum nach musste es kurz vor Hanni Sterns Ausscheiden aus der Stadtverwaltung entstanden sein.

Was für ein Unterschied, dachte Hilde. Hanni Stern hat sich innerhalb weniger Jahre von einer hübschen, wenn auch ein bisschen melancholisch wirkenden jungen Frau in ein verkniffenes, geknicktes Etwas verwandelt.

»Ihre Frau hat bei der Stadtverwaltung gearbeitet«, sagte sie beiläufig zu Stern.

Er nickte, dann schüttelte er den Kopf. »In letzter Zeit nicht mehr. Sie hat gewechselt. Zu einer Baufirma.«

Hilde machte eine höflich abwartende Miene und hoffte, Stern würde ihr den Namen der Firma nennen.

Er tat ihr den Gefallen. »Kreil«, sagte er. »Bauunternehmung Kreil.«

»Kreil?«, wiederholte Hilde fragend. »Stadtrat, Eisschützenkönig, Bauunternehmer?«

»Richtig«, antwortete Stern. »Die Kreils sind ja keine Unbekannten im Landkreis. Das Baugeschäft von Arthur Kreil ist allerdings recht bescheiden. Im Vergleich zu den hiesigen Größen jedenfalls. Aber Hanni wollte ... sie wollte ...« Er wusste nicht weiter.

»Weniger Stress am Arbeitsplatz«, schlug ihm Hilde vor.

»Weniger Ärger, weniger Verantwortung, weniger Leute«, bestätigte Stern.

»Und das hat Kreil ihr geboten?«, fragte Hilde.

Stern ließ ein halbes Lächeln sehen. »Für weniger Geld. Aber Hanni hat gesagt, dass sie gern auf die paar Euro verzichtet.« Er war um den Schreibtisch herumgegangen und hatte die breite Schublade unter der Arbeitsplatte geöffnet.

Hilde registrierte, dass die Rollläden vor den Fächern links und rechts des Fußraums geschlossen waren, stellte jedoch mit Erleichterung fest, dass die Schlüssel steckten. Sie folgte Stern, blieb hinter ihm stehen und schaute ihm über die Schulter, während er in der Schublade herumkramte.

Ihr Inhalt ähnelte dem Tausender von Schreibtischschubladen in Büros und Arbeitszimmern.

Krimskrams, dachte Hilde, nichts als Krimskrams. Sie ließ den Blick über Stifte und Tesafilm schweifen, über ein Paket Papiertaschentücher, verschiedenfarbige Merkzettel, gebündelte Werbeflyer, eine Tüte Hustenbonbons und eine samtbezogene Box, nach der Stern jetzt griff.

Er öffnete sie und förderte einen Packen Fotos zutage, den er auffächerte wie ein Kartenspiel.

Wie Hilde auf den ersten Blick sah, handelte es sich fast durchweg um Urlaubsfotos. Hanni und Bernhard am Strand, unter einem Wasserfall, neben einer Palme, auf einem Boot. Manchmal war Hannis Schwester mit auf dem Bild. Älter inzwischen, blond, schlank, hübsch. Die restlichen Fotos identifizierte Hilde als solche, wie sie bei Familienfeiern gemacht werden. Sie zeigten jeweils eine Gruppe von Personen sehr unterschiedlichen Alters, die etwas gequält in die Kamera lächelten.

Mit spitzen Fingern zog sie eines dieser Bilder aus der Sammlung und musterte es angelegentlich. »Ihre Familie?«

Stern nickte nur zerstreut, während er ein paar der Urlaubsfotos auswählte und auf die Schreibtischplatte legte, aber Hilde ließ sich nicht abschrecken. Sie deutete auf eine pummelig wirkende dunkelhaarige Frau gut in den Fünfzigern. »Das muss Ihre Mutter sein, Herr Stern. Sie sehen ihr ähnlich.«

Stern warf einen kurzen Blick auf das Foto und nickte erneut. »Meine Mutter, mein Bruder, Hannis Eltern … Das da vielleicht.«

Hilde brauchte einen Moment, bis sie wusste, wovon er sprach. Als es ihr dämmerte, beugte sie sich beflissen über das Foto, das Stern zur Seite gelegt hatte. Sie begutachtete es sehr gründlich, während sie das Familienfoto unbemerkt in ihre Jackentasche gleiten ließ.

Das von Stern ausgewählte Bild zeigte Hanni allein auf einer Art Planke sitzend. Sie schaute mit fast sehnsüchtigem Blick in die Ferne.

»Ja, das«, stimmte Hilde zu, nachdem sie einige Augenblicke lang den Atem angehalten hatte. Doch Stern schien ihr Manöver nicht aufgefallen zu sein. »Das eignet sich hervorragend. Wir nehmen es als Brustbild. Ab hier ungefähr.« Sie deutete auf den mittleren Knopf von Hanni Sterns Bluse.

»Es ist drei oder vier Jahre alt«, sagte Stern.

Seine Frau wirkte auf der Aufnahme zwar älter als auf dem Foto am Schreibtisch, aber bei Weitem nicht so hager und vergrämt wie auf dem Zeitungsbild. Nur wenn man genau hinsah, konnte man Anzeichen von etwas wie Resignation erkennen.

Stern nickte wieder und lehnte das Foto an den Topf mit der Orchidee. Dann legte er die restlichen Bilder zurück in die Box und verstaute sie in der Schublade, die er mit einem Ruck zuschob.

Hilde schaute begehrlich auf die geschlossenen Seitenfächer des Schreibtisches. Sie trug sich mit dem Gedanken, einen Schwächeanfall vorzutäuschen und um ein Glas Wasser zu bitten. Stern würde aus dem Zimmer gehen müssen, um es zu holen, vielleicht sogar in die Küche hinunter, was ihr einige Minuten Zeit verschaffen würde.

Da klingelte es an der Haustür.

Stern entschuldigte sich und verließ das Zimmer.

»Grandios«, entschlüpfte es Hilde, kaum dass Stern draußen war. Sie bückte sich und löste die Verriegelung des rechten Rollladens. Mit einem leisen Quietschen glitt er herunter. Nach einem kurzen Blick in die Fächer zog sie ihn bereits wieder hoch. Hier drin gab es nur Fachbücher, Broschüren, gebundene Verordnungen und Vorschriften.

Hilde machte ein paar Schritte nach links und öffnete den Rollladen auf der anderen Seite.

Die Fächer dahinter waren mit bunten Aktendeckeln vollgestopft.

Privates oder Berufliches?, fragte sie sich.

Was auch immer, die Akten mussten durchgesehen werden.

Sie zog ein paar heraus und merkte schnell, dass sie Unterlagen enthielten, wie man sie gemeinhin sammelt und aufbewahrt: In grünen Ordnern waren offenbar Privatkorrespondenz und bezahlte Rechnungen verwahrt worden; blaue enthielten Versicherungsscheine; gelbe Bankunterlagen und so weiter. Außerdem gab es graue. Die befanden sich ganz unten, und ihr Inhalt hatte eindeutig mit Bauprojekten zu tun. Doch selbst wenn Hilde genug Zeit gehabt hätte, sie zu studieren, was hätten sie ihr schon sagen können? Kurz entschlossen griff sie nach den drei Aktendeckeln, die zuunterst lagen, und steckte sie in ihre große Handtasche. Wem sollten sie schon fehlen? Bernhard Stern kümmerte sich bestimmt nicht um Relikte aus dem Baureferat.

Als sie den Rollladen soeben schließen wollte, weil auf der Treppe Schritte zu hören waren, bemerkte sie, dass hinter den Aktenordnern etwas Glänzendes hervorlugte. Sie griff ein weiteres Mal in die Öffnung, bekam es zu fassen, zerrte es heraus und ließ es augenblicklich in der Tasche verschwinden.

Den Rollladen wieder zu schließen hatte sie keine Zeit mehr, denn Stern stand bereits in der Tür. Sie ging auf ihn zu, sodass ihm die Sicht versperrt war.

Er sah sie ein wenig verlegen an. »Es tut mir leid, ich …«

Hilde ließ ihn nicht lange nach Worten suchen. Wozu ihn noch traktieren? Die Fundstücke aus dem Schreibtisch steckten in ihrer Tasche, und hinsichtlich der Beerdigung war das Nötigste besprochen.

»Wir haben ja schon alles erledigt«, sagte sie konziliant. »Ich muss Sie gar nicht länger aufhalten.«

Stern wirkte erleichtert. Hilde ging an ihm vorbei und stieg vor ihm die Treppe hinunter.

Unten in der Diele lehnte ein junger Mann am Treppengeländer, der ihr interessiert entgegensah. Hilde hätte schwören mögen, ihm irgendwo schon einmal begegnet zu sein, aber ihr wollte nicht einfallen, wo.

»Daniel Hauser, unser Nachbar«, stellte Stern ihn vor. »Und mein bester Kumpel bei der Wasserwacht. Bis zum Dunkelwerden im Hengersberger Freibad. Das waren Zeiten … Daniel hilft mir mit den Bank- und Versicherungsangelegenheiten. Um solche Sachen hat sich Hanni all die Jahre gekümmert. Und ich steh jetzt da …«

»Das schaukeln wir schon«, sagte Hauser.

Als er sprach, fiel Hilde ein, woher sie ihn kannte. Er war es gewesen, der Thekla davor bewahrt hatte, rücklings auf die scharfkantige Halterung an der Boje zu stürzen. Sie musterte ihn ungeniert. Er trug jetzt einen blauen Baumwollpullover mit V-Ausschnitt, darunter ein gestreiftes Hemd und dazu eine graue

Hose. Die blonden Haare waren ordentlich gekämmt. So wie er nun aussah, konnte man ihn sich gut hinter einem Bankschalter oder in einer Anwaltskanzlei vorstellen.

»Was für ein Zufall«, sagte sie. Es klang ein wenig provokant.

Er lächelte freundlich. »In der Tat. Was führt Sie denn hierher?« Stern beeilte sich, Hildes Anwesenheit zu erklären.

Hausers Miene hatte sich verdüstert. »Hanni wird uns fehlen ...«

Hilde vermerkte das »uns« und hakte nach. »Ihnen und Ihrer Familie?«

Hauser nickte irritiert, weshalb Stern sagte:

»Daniel ist der Sohn von Herbert Hauser. Hauser Immobilien. Den Firmennamen müssten Sie eigentlich kennen.«

Hilde konnte sich nur mit Mühe davon abhalten, durch die Zähne zu pfeifen. Wer im Landkreis kannte Immo-Hauser nicht? Angesehen, geachtet, geschätzt, wohlhabend.

»Sie arbeiten in der Firma Ihres Vaters?«

Daniel Hauser schüttelte den Kopf. »Im Baureferat.«

Diesmal entwich Hilde ein leises Schnauben, das sie mit einem Räuspern zu vertuschen suchte. »Dann sind Sie ein Kollege von Hanni Stern gewesen?«

Daniel bejahte. Doch bevor er mehr dazu sagen konnte, hob Bernhard Stern die Hand und streckte sie Hilde hin. »Danke, dass Sie sich extra herbemüht haben.«

Hilde war schon auf halbem Weg zu ihrem Wagen, als ihr einfiel, dass Stern diesen Daniel Hauser als seinen Nachbarn vorgestellt hatte.

Mal sehen, wo er wohnt, sagte sie sich und machte kurz entschlossen kehrt. Sie ging bis zu Sterns Gartenpforte zurück, an der sie stehen blieb und sich umsah.

Offenbar grenzte Sterns Grundstück auch rückseitig an die Dorfstraße, die wohl irgendwann abknickte, sodass sie sowohl im Osten als auch im Norden daran vorbeiführte. Nordseitig verwehrte eine Fichtenhecke den Blick darauf. An der Südseite verlief der Zufahrtsweg, der – wie Hilde erst jetzt feststellte – hier noch nicht endete. Sie folgte ihm weiter und kam an einen hohen Zaun aus edel wirkenden Metallstäben, der das Grundstück der

Sterns vom Nachbaranwesen trennte. Dahinter, zwischen akkurat beschnittenen Büschen und Bäumen, lugte ein weiß getünchtes Gebäude hervor. Der Zaun setzte sich den Weg entlang fort, ließ jedoch eine breite Zufahrt offen, die anscheinend durch ein elektrisch gesteuertes Schiebetor geschlossen werden konnte. Daneben befand sich eine kleine Pforte.

»Nobel«, murmelte Hilde.

Sie studierte die Namen auf dem Messingschild an der Pforte, wo zwei Klingelknöpfe angebracht waren.

»Herbert und Ella Hauser« und »Daniel Hauser«.

Daraus zog Hilde den Schluss, dass Daniel unverheiratet war und im Haus seiner Eltern wohnte.

Gemächlich schlenderte sie weiter, folgte dem Weg, der nun einen Bogen beschrieb. Als sie am Ende der Kurve anlangte, ließ die Bepflanzung des Grundstücks einen freien Blick auf das Haus zu.

Eine großzügig angelegte Terrasse – teils von Säulen eingefasst, die einen darüberliegenden Balkon stützten – erstreckte sich über die gesamte Längsseite. Im Bereich der durch den Balkon entstandenen Überdachung standen elegante Korbstühle um einen runden Tisch gruppiert. Weiter links, wo die Bedachung endete, plätscherte ein Springbrunnen zwischen kugelförmig geschnittenen Buchsbaumbüschen in hohen Töpfen.

Auf dem Rasen vor der Terrasse stand ein Strandkorb, wie man sie von Sylt kannte.

»Nobel«, wiederholte Hilde. »Bei Immo-Hauser geht's ganz schön nobel zu.«

Was ja nicht verwunderlich war, wie sie sich eingestehen musste, denn Herbert Hauser galt als der bedeutendste Makler im Landkreis. Seine Firma wickelte die ganz großen Objekte ab, und er selbst stand in hohem Ansehen. Zum einen wegen seiner Integrität und seiner redlichen Geschäftsführung, zum andern wegen seiner freundschaftlichen Kontakte zu Stadträten, Behördenleitern, Geschäftsleuten weit über den Landkreis hinaus.

Rudolf, ging es ihr durch den Sinn, ist auch so einer, der weiß, wie man Vertrauen schafft. Rudolf wird's noch weit bringen. Wenn er nicht jeden Cent in seinen Fuhrpark, seine Arbeits- und

Ausstellungsräume und in sein Handwerkszeug stecken würde, hätte er sich längst so ein Häuschen im Grünen hinstellen können – mit Pool sogar und einem chinesischen Gartenpavillon.

Hildes Blick ruhte auf dem Strandkorb, während sie darüber nachdachte, warum Daniel Hauser wohl noch bei seinen Eltern wohnte und nicht längst eine eigene Familie gegründet hatte. Alt genug war er ja. Wenn er und Bernhard Stern bei der Wasserwacht Kumpels gewesen waren, mochten sie ungefähr denselben Jahrgang haben.

Der Heiratsurkunde hatte Hilde entnommen, dass Bernhard Stern 1980 geboren und demnach vierunddreißig Jahre alt war. Als Geburtsdatum seiner Frau war der 3. April 1981 angegeben.

Hanni konnte durchaus mit den beiden befreundet gewesen sein. Im Hengersberger Freibad traf sich der halbe Landkreis, früher jedenfalls, als es das Elypso noch nicht gab.

Daniel und Hanni. Alte Freunde. Nachbarn. Kollegen.

»Ich frage mich, was noch?«, sagte Hilde halblaut.

Nachdenklich spazierte sie bis zum Ende des Zauns, wo der Weg endete. Eine dichte Hecke versperrte die Sicht auf das dahinterliegende Gelände. Hilde orientierte sich anhand der Kirchturmspitze, die alles überragte, und gelangte zu der Ansicht, dass jenseits des Gehölzes das neue Baugebiet von Reberg lag: die kleinen Einfamilienhäuschen, die man von der Umgehungsstraße aus sehen konnte. Sie warf einen letzten Blick in die Runde, registrierte ein letztes Mal die gepflegten Anlagen, die sauber gefegten Gehwege, dann machte sie sich auf den Rückweg.

Kurz hinter der Einfahrt zur Hauser-Villa kam ihr ein Wagen entgegen.

Als sie fast auf gleicher Höhe mit ihm war, bremste er ab und blieb stehen, um sie vorbeizulassen. Wäre er einfach weitergefahren, hätte Hilde aus der Fahrspur auf den grasbewachsenen Streifen rechts des Weges treten müssen, der vom gestrigen Regen noch nass und schmierig war.

Sie dankte dem Fahrer des weißen Mercedes Cabriolet mit einem Nicken und bedauerte, dass das Verdeck geschlossen war, denn sie hätte gern einen eingehenden Blick auf Herbert Hauser geworfen, weil sie ihn nie persönlich kennengelernt hatte.

Hilde zweifelte keinen Augenblick daran, mit dem Chef von Immo-Hauser zusammengetroffen zu sein. Wer sonst in Reberg konnte sich wohl so ein Auto leisten?

Zu Hildes Erstaunen glitt das Seitenfenster herunter, als sie die Fahrertür passierte. »Wollten Sie zu uns?«

Hilde blieb stehen und schüttelte den Kopf. »Ich habe nur einen kleinen Spaziergang gemacht. Es ist so schön ruhig hier abseits vom Verkehr auf der Dorfstraße.«

Herbert Hauser musterte sie amüsiert. »Spaziergänger verirren sich eigentlich recht selten hierher.«

Hilde konnte sich nun sicher sein, dass sie es mit dem renommierten Makler zu tun hatte. Sie erinnerte sich, ihn ab und zu im Zusammenhang mit einem spektakulären Besitzerwechsel in der Tageszeitung abgebildet gesehen zu haben. Hauser war etwa Ende fünfzig, hatte volles graues Haar und markante Gesichtszüge. Er strahlte Ruhe, Gelassenheit und eine gewisse Souveränität aus.

Seine amüsierte Miene hatte sich inzwischen gewandelt und einen fragenden, beinahe fordernden Ausdruck angenommen, sodass Hilde nicht umhinkonnte zu erklären: »Ich habe mit Ihrem Nachbarn, Herrn Stern, etwas zu besprechen gehabt.«

Hauser seufzte. »Bernhard, der arme Kerl. Er hat kürzlich seine Frau verloren.«

»Deshalb bin ich bei ihm gewesen«, sagte Hilde, ohne sich über die Vieldeutigkeit ihrer Worte im Klaren zu sein.

Unversehens öffnete Hauser die Fahrertür, wodurch Hilde gezwungen war, ein Stück beiseitezutreten, stieg aus dem Wagen und streckte ihr die Rechte entgegen. »Entschuldigen Sie. Ich habe mich nicht einmal vorgestellt: Herbert Hauser.«

»Westhöll.« Hilde reichte ihm die Hand, fühlte einen sanften Druck und eine angenehme Wärme. Überrascht verspürte sie das Bedürfnis, sich dieser Wärme noch eine Weile überlassen zu dürfen.

Doch Hauser hatte sich bereits von ihr gelöst. Er legte die Stirn in Falten, als müsse er scharf nachdenken. »Westhöll? Vom Bestattungsinstitut in Granzbach?«

Hilde nickte.

»Dann müssen Sie Rudolfs Tante sein. Er hat von Ihnen

gesprochen, damals, als wir ihm das angrenzende Grundstück vermittelt haben, weil er erweitern wollte.«

Hilde schluckte. Sie argwöhnte, dass Rudolf nicht viel Gutes über sie gesagt hatte.

»Hat Stern das Bestattungsinstitut Westhöll mit Hannis Beerdigung beauftragt?«, fragte Hauser.

Hilde nickt erneut. Verdammt, sie benahm sich ja wie ein Schulmädchen.

»Eine vernünftige Entscheidung«, sagte Hauser. »Rudolf ist bekannt für sein Einfühlungsvermögen und für seine Professionalität. Wenn Bernhard *mich* gefragt hätte, hätte ich ihm auch zu Westhöll geraten. Aber offenbar ist er ja selbst ...« Hauser unterbrach sich und lächelte. »Ah, Daniel wird ihm den Tipp gegeben haben.«

»Die beiden sind wohl gut befreundet?« Hilde hatte ihr Gleichgewicht zurückgewonnen.

»Sehr gut«, bestätigte Hauser. »Daniel, Bernhard und Hanni haben an den Wochenenden oft etwas zusammen unternommen. Hin und wieder ist auch Hannis Schwester dabei gewesen – Sonja. Eine Zeit lang habe ich befürchtet, zwischen ihr und Daniel bahne sich was an.«

»Befürchtet?«, echote Hilde verwundert.

Hauser rieb sich das Kinn, unschlüssig, was er antworten sollte. »Nun gut, eigentlich ist es ja kein Geheimnis, dass Daniel mit Tanja König verlobt ist.«

Hilde riss die Augen auf. »Mit der Tochter vom Landtagsabgeordneten?«

Hauser lächelte stolz. »Tanja studiert BWL in den USA und lebt schon seit zwei Jahren in Massachusetts. Im Sommer macht sie ihren Abschluss. Dann wird Hochzeit gefeiert, und die beiden treten als Teilhaber in meine Firma ein.« Als von Hilde keine Antwort darauf kam, fügte er redselig hinzu: »Höchste Zeit, höchste Zeit. Ich habe viel zu viel auswärts – hauptsächlich rund um München – zu tun. Deswegen wird es wirklich Zeit, dass Daniel hier das Regiment übernimmt. Und man wird ja nicht jünger.« Er rieb sich den Nacken. »Auf einmal stellen sich Gebrechen ein, die man gar nicht brauchen kann.« Er schnitt ein gepeinigtes Gesicht. »Gelenkentzündungen, Arthrose, was weiß ich. Und ehe man sich's versieht, hat einen der Physiotherapeut in der Mangel. Dreimal wöchentlich. Wie gesagt, höchste Zeit, dass Daniel antritt.«

»Bedacht geplant«, sagte Hilde endlich. »Umso mehr erstaunt es mich, dass Daniel im Bauamt angestellt ist, anstatt an seinem zukünftigen Arbeitsplatz zu sitzen.«

»Auch das war bedacht geplant«, erwiderte Hauser. »Nirgendwo hätte er mehr Einsicht in die Bautätigkeit im Landkreis gewinnen können als bei einem Job im Bauamt. Die paar Jahre, die er zwischen Studienabschluss und Einstieg in die Firma sozusagen seine Hausaufgaben macht, werden sich noch gründlich auszahlen.« Hauser schmunzelte. »Und dank der humanen Arbeitszeiten im öffentlichen Dienst kann Daniel nebenbei noch ein wenig in der Firma mithelfen. Vor ein paar Tagen hat er allerdings Urlaub genommen – an beiden Arbeitsplätzen ...«

Hauser hatte den letzten Satz halb zu sich selbst gesprochen und war daraufhin verstummt. Jetzt sah er Hilde beinahe verstört an. »Wie komme ich bloß dazu, Ihnen all das zu erzählen?«

Hilde zuckte die Schultern. »Man kommt halt ins Gespräch.«

»So ist es«, erwiderte Hauser. Er warf einen Blick auf seine Armbanduhr und streckte ihr dann hastig die Hand hin. »Es freut mich, Sie kennengelernt zu haben, Frau Westhöll, aber jetzt muss ich mich sputen. Der Physiotherapeut wartet schon auf sein Opfer. Kommen Sie gut heim«, setzte er hinzu, bevor er wieder in seinen Mercedes stieg, den Motor anließ und auf die Einfahrt seiner Villa zurollte.

Keine Frage, dass Hauser sich zu Hause behandeln lässt, dachte Hilde, als sie zur Dorfstraße zurückeilte, wo sie ihren Wagen stehen gelassen hatte. Der hat es wohl kaum nötig, im Wartezimmer einer Kassenpraxis darauf zu hoffen, dass er an die Reihe kommt.

Sie betätigte die Entriegelung, stieg ein, steckte den Zündschlüssel ins Schloss, wollte ihn drehen, hielt jedoch mitten in der Bewegung inne, weil ihr die kleine Schatulle in den Sinn kam, die sie in Hanni Sterns Schreibtisch entdeckt hatte.

Wozu warten, bis sie daheim war? Ebenso gut konnte sie jetzt auf der Stelle nachsehen, was sich darin befand.

Hilde angelte nach ihrer Tasche, die sie auf den Rücksitz geworfen hatte, und begann, darin herumzukramen. Letztendlich musste sie die drei Aktenordner herausziehen, um unter den restlichen Gegenständen wühlen zu können. Nach einem ungeduldigen »Herrgott, wo ist das verdammte Ding denn bloß?« hielt sie das Fundstück aus Hanni Sterns Schreibtisch in den Händen. Sie drehte es ein paarmal hin und her und betrachtete es eingehend.

Es handelte sich um eine flache silbrig glänzende Box in Größe und Form eines Zigarettenetuis.

Hilde drückte auf den winzigen Knopf, der den Verschluss arretierte, und der Deckel sprang auf.

Im ersten Moment dachte sie, die Schatulle sei leer. Das Innere war mit grauem Papier ausgeschlagen, sodass sie das Schwarz-Weiß-Foto nicht sofort wahrnahm, weil es sich kaum davon abhob. Erst als die matt glänzende Oberfläche ein Lämpchen am Display des Autoradios spiegelte, wurde sie darauf aufmerksam.

Hilde schob den Nagel des rechten Zeigefingers unter den Rand des Fotos und löste es heraus.

Es dauerte einige Sekunden, bis ihr klar wurde, was es zeigte.

»Ein Ultraschallbild«, stieß sie überrascht hervor.

War Hanni Stern schwanger gewesen?

Aber warum hatte niemand etwas davon gesagt?

Bernhard Stern hatte kein Wort darüber verlauten lassen, Ali ebenso wenig.

Hilde starrte das Bild an, auf dem sie außer unterschiedlichen Grautönen nichts erkennen konnte, und dachte nach.

Falls Bernhard Stern durch den angeblichen Unfall nicht nur seine Frau, sondern auch sein Kind verloren hatte, würde er dieses zusätzliche Unglück für sich behalten?

Durchaus möglich, entschied Hilde. Es an die große Glocke zu hängen, um dann ständig darauf angesprochen zu werden, würde ihn ja nur noch mehr in Verzweiflung stürzen.

Aber Ali?

Ali wusste nichts davon. So eng war er ja nicht mit Hanni. Sie hatte keinen Grund gehabt, ihm davon erzählen.

Die empörende Frage war die: Wieso hatte Hanni Stern das

Ultraschallbild ihres Kindes zuhinterst in der untersten Schreibtischschublade aufbewahrt? Und die mögliche Antwort darauf war alarmierend: Sie hatte die Schwangerschaft vor ihrem Mann geheim gehalten. Womöglich, weil er nicht der Kindsvater war.

Wenn dem so war, überlegte Hilde, und Bernhard war dahintergekommen, dann hatte er ein geradezu klassisches Motiv, seine Frau umzubringen.

Ein triumphierendes Lächeln wollte sich auf ihr Gesicht stehlen, doch sie verbat es sich, voreilige Schlüsse zu ziehen. Vielleicht gab es ja eine ganz andere Erklärung dafür, dass dieses Ultraschallbild in einem Versteck gelegen hatte. Es konnte eine alte Aufnahme sein, ging es Hilde durch den Kopf. Eine Aufnahme, die Hanni Stern selbst oder ihre Schwester als Embryo zeigt.

Verdammt, das hörte sich logisch an und machte dummerweise Sterns klassisches Motiv zunichte.

Aber was war richtig? Wie konnte man die Wahrheit herausfinden?

»Ich brauche das Datum«, rief Hilde. Wenn sie wissen wollte, wie alt die Aufnahme war, musste sie feststellen, wann sie gemacht worden war.

Sie warf einen Blick auf die Rückseite des Fotos, deren glänzendes Weiß nur ihre vor Aufregung gerötete Nase reflektierte. Gereizt drehte sie es wieder um und begann, es intensiv zu studieren. Ihre Augen tasteten Kreise und Bögen ab, folgten hellen und dunklen Linien, hafteten auf Punkten und formlosen Flecken und drangen letztendlich zur Einfassung des Bildes vor.

Dort entdeckte Hilde die Beschriftung. Sie befand sich am oberen linken Rand und war ziemlich verwischt, sodass man sie kaum noch erkennen konnte.

Hilde setzte ihre Brille auf.

Neben einer Reihe von Zahlen, die ihr nichts sagten, fand sie das Datum und den Namen »Dr. Kauder«.

Die Aufnahme war ziemlich genau zwei Monate alt.

Also doch Hannis Kind, sagte sich Hilde, von dem sie keinem erzählt hat. Und nun fragt sich: Wer ist der Vater?

4

Zur selben Zeit in der Tischlerei Maibier

»Wir brauchen Hinweise, Spuren, Anhaltspunkte, Auskünfte«, hatte Hilde gesagt, als sie den Wagen an der Scheuerbacher Brücke anhielt, wo sie Wally gewöhnlich aussteigen ließ. »Da müssen wir uns ganz schön ranhalten.«

»Ranhalten«, seufzte Wally.

Aber ja doch, sie genoss es, mit so einer wichtigen Aufgabe wie Ermittlungen in einem Mordfall (angeblichen Mordfall, um es korrekt auszudrücken) betraut zu sein. Sie liebte es, mit Thekla und Hilde Ermittlungsergebnisse zu besprechen, Theorien aufzustellen, unbrauchbare Hypothesen zu verwerfen und neue Ansätze zu suchen. Sie betete Ali Schraufstetter geradezu an, weil niemand sonst sie so zuvorkommend behandelte wie er. Aber wenn man sie sich selbst überließ und eigenständiges Handeln von ihr erwartete, dann fühlte Wally sich ganz einsam und verzagt.

Seit einer halben Stunde hockte sie nun untätig in der Küche. Seit einer Viertelstunde starrte sie kummervoll aus dem Fenster.

»So viel Zeit möchte ich auch mal haben.«

Wally zuckte zusammen. Sie hatte das Hereinkommen ihres Mannes komplett überhört, obwohl er beim Gehen immer aufstampfte, als müsse er beim Heimatabend einen Ländler hinlegen.

»*Geh i mit der Durl*«, stampf, stampf, »*tanz i mit der Durl*«, stampf, stampf, »*fort nach Schweinau mit der Durl*«, stampf, stampf, stampf, stampf …

Sepp Maibier warf einen Blick auf die Zeitung von vergangener Woche, die aufgeschlagen vor Wally lag. Sie hatte die Seite mit dem Artikel über den Unfall von Hanni Stern herausgesucht und das Foto der jungen Frau fixiert, als würde es ihr einen Fingerzeig geben, wenn sie nur lange genug hinschaute. Nach einer Viertelstunde hatte sie resigniert und den Blick zum Fenster gewandt.

»Ich hätte ihr eine Beileidskarte schreiben sollen«, sagte Sepp.

Wally machte ein entsetztes Krötengesicht. Hatte er den Verstand verloren? Toten schickte man keine Karten, man legte ihnen Blumen aufs Grab.

Sepp schien selbst zu merken, wie abwegig sich das anhören musste, was er soeben von sich gegeben hatte, denn er fügte erklärend hinzu: »Ihrer Mutter hätte ich schreiben sollen. Die ist nämlich die letzten zwei Schuljahre in meiner Klasse gewesen.«

Das überraschte Wally. »In der Scheuerbacher Volksschule?«

Sepp verdrehte die Augen. »Nein, in der Baumschule in Viechtach.«

Wally presste die Lippen aufeinander. Wenn sie etwas Vernünftiges aus ihm herausbekommen wollte, musste sie überlegt zu Werke gehen.

Sie stand auf, um ein Glas aus dem Hängeschränkchen zu holen, weil Sepp soeben den Kühlschrank geöffnet und nach einer Bierflasche gegriffen hatte.

Er schenkte sich ein und trank.

Plötzlich spürte sie seine Hand auf ihrem Po.

»Fesch schaust aus, jetzt, wo du abgespeckt hast. Fesch. Macht sich gut, das Bluserl.«

Wally trug eine helle Sommerhose und dazu eine dezent gemusterte Tunika, die lose darüberfiel. Thekla hatte ihr dazu geraten, als sie sich vor einiger Zeit im Einkaufszentrum Degg's über den Weg gelaufen waren.

Verlegen strich Wally den Stoff über den Hüften glatt. Wann hatte ihr Mann das letzte Mal ein freundliches Wort über ihr Aussehen verloren? Vor ihrer Hochzeit. Danach bestimmt nicht mehr.

Sepps Hand wanderte ihren Rücken hinauf und schob sich unter ihrer Achsel durch. »Ich glaub, ich geh heut gleich heim nach der Gemeinderatssitzung.« Die Hand hatte ihr Ziel erreicht. »Und wenn wieder nix wie gestritten wird, dann hau ich schon früher ab.«

Wally wagte nicht recht, sich über Sepps Interesse an ihr zu freuen. Befangen sagte sie: »Warum soll denn gestritten werden?«

Sepp winkte ab. »Ums neue Sportheim geht's.«

Wally sah ihn erstaunt an. »Ich hab gemeint, die Sache ist vom Tisch, weil das Bauamt Ärger macht?«

Sepp hatte sein Glas abgestellt und ließ nun auch die andere Hand auf Wanderschaft gehen. »*War* vom Tisch. Aber dann hat die Sachbearbeiterin«, er nickte zu dem Foto in der aufgeschlagenen Zeitung hinüber, »ihren Posten aufgegeben, und ihr Nachfolger legt die Vorschriften nicht halb so eng aus. Der genehmigt sogar einen großen Anbau, und deshalb wird wieder heiß über ein Wirtsstüberl debattiert.«

»Müsste die Gemeinde nicht einen Pächter haben, bevor sie im Sportheim eine Gastwirtschaft aufmacht?«, fragte Wally.

»Haben wir«, antwortete Sepp, ließ von ihr ab und griff wieder nach seinem Glas. »Grandelwürmer, der Hausmeister – *er* nennt sich ja ›Sportwart‹ –, packt es an.«

»Wie will er das denn schaffen, ganz allein?«, erwiderte Wally verwundert. »Dem ist doch voriges Jahr die Frau weggestorben.«

Sepp grinste schief. »Hat nicht lange auf eine neue warten müssen. Und weißt du, wer ihn sich geangelt hat?«

Wally schüttelte den Kopf. Sie hatte nichts darüber reden hören. Falls aber doch, dann hatte sie es wohl wieder vergessen. Sie kannte ja Grandelwürmer nur dem Namen nach, hatte ihn kaum einmal aus der Nähe gesehen. Im Grunde interessierten sie weder das Sportheim noch dessen Hausmeister.

Sepp pochte mit dem Zeigefinger auf das Foto von Hanni Stern. »Ihre Mutter. Meine alte Schulkameradin Helga Weiss. Damals hat sie ja noch Kupfer geheißen.«

Vor lauter Anstrengung, das Gehörte zu verdauen, machte Wally ihr Krötengesicht.

Sepp runzelte die Brauen und wandte sich ab. »Wart nicht auf mich. Vielleicht wird's ja doch später.« Damit stiefelte er davon.

Wally hatte sich wieder auf den Stuhl fallen lassen. Hanni Sterns Mutter und Grandelwürmer waren ein Paar. Das hieß doch, dass sie in Scheuerbach wohnte. Zusammen mit Grandelwürmer in der Hausmeisterwohnung vom Sportheim, oder?

Helga Weiss, geborene Kupfer. Die Namen sagten Wally nichts, was eigenartig war, weil die eingesessenen Scheuerbacher Bürger Namen trugen wie Brandzeichen: Maibier. Grandelwürmer. Haberklopfer.

Aber Kupfer?

Hanni Sterns Mutter mochte ja eine Zeit lang in Scheuerbach zur Schule gegangen sein, eine Hiesige war sie bestimmt nicht. Wahrscheinlich in jungen Jahren weggezogen.

Helga Weiss.

Nie gehört.

Nie getroffen.

Trotzdem.

Wally würde sich an sie heranmachen und sie dazu bringen müssen, ihr von Hanni zu erzählen. Vielleicht wusste Helga Weiss, warum ihre Tochter den Posten im Bauamt aufgegeben hatte, warum sie in letzter Zeit auf Ali so sorgenvoll gewirkt hatte; und vielleicht konnte ihr Wally dies und das entlocken. Vielleicht aber auch nicht.

So oder so, Wally musste mit Helga Weiss reden, weil es nicht anging, eine solche Chance zu vertun.

Sie konnte Hildes Stimme geradezu hören: »Mach schon. Worauf wartest du noch?«

Mehr oder minder wartete Wally darauf, dass ihr dämmerte, wie sie mit Helga Weiss ins Gespräch kommen sollte.

»Los jetzt, später ist zu spät«, würde Hilde garantiert drängeln und Wally in die Seite knuffen.

Der Gedanke an Hildes Tatkraft zog sie seufzend vom Stuhl hoch.

Doch plötzlich glitt ein Lächeln über ihr Gesicht. Wie hatte Ali gestern noch augenzwinkernd gesagt: »Mannschaft vollzählig, Fahrzeug fahrbereit, zum Abmarsch fertig! Angriffstrupp vor!«

Noch immer lächelnd eilte Wally in den Flur, schlüpfte in bequeme Schuhe, klemmte sich die Handtasche unter den Arm und verließ das Haus.

Der Sportplatz lag am Nordostzipfel von Scheuerbach, gut zwanzig Gehminuten von der Tischlerei Maibier entfernt.

Wally kreuzte die Hauptstraße in Höhe der Moosbachbrücke und überquerte den winzigen Scheuerbacher Marktplatz, der sich gewöhnlich um achtzehn Uhr (wenn die Sparkasse, der Metzger, der Bäcker und der Zeitungskiosk ihre Türen schlossen) drastisch leerte. Auch am heutigen Abend wirkte er wie von Frau Holle ausgeschüttelt.

Ohne einer Menschenseele zu begegnen, erreichte Wally den Pausenhof vor der Grundschule, eilte an der Mauer entlang und bog wenig später in eine Sackgasse ein, deren Eingang ein chronisch überfüllter Altglascontainer verunzierte. Sie wich den Scherben aus, die überall herumlagen, und hielt flott auf das Sportheim zu, das sich am Ende der Sackgasse befand. Dahinter lag der Sportplatz.

Die Scheuerbacher Kirchturmuhr schlug acht.

Vom Sportplatz her waren weder Rufe noch sonstige Geräusche zu hören, die angedeutet hätten, dass dort jemand trainierte. Die Parkbuchten gegenüber dem Sportheim zeigten sich samt und sonders leer.

Das liegt an der Gemeinderatssitzung, bei der es ums Wirtsstüberl geht, dachte Wally. Deswegen trainiert der FC heute nicht, der Verein will da mitreden. Und die Kinder sind längst nach Hause gegangen, weil sie wissen, dass sie das Feld um sechs Uhr räumen müssen.

Nachmittags war der Sportplatz gewöhnlich von den Nachwuchsspielern belegt, die von FC-Veteranen trainiert wurden. Scheuerbach rühmte sich, mehr Nachwuchs auszubilden als Moosbach und Granzbach zusammen.

Grandelwürmer hat also schon Feierabend, sagte sich Wally.

Und frisch ist es auch geworden, stellte sie fest.

Unwahrscheinlich, dass der Hausmeister noch draußen arbeitete – und selbst wenn. Ja wenn, dann konnte sie ihn in ein Gespräch verwickeln, aber wie ihn dazu bringen, sie mit Helga Weiss bekannt zu machen?

Wally blieb vis-à-vis vom Sportheim stehen und wandte sich wie immer in schier aussichtslosen Fällen an die Himmelmutter. »Bitte, bitte mach, dass ich mich mit der Helga Weiss unterhalten kann. Lass ihr einfallen, zum Altglascontainer zu gehen oder zum Postkasten am Schulhaus oder einfach spazieren.«

Wie schon oft zuvor wurde Wally auch diesmal erhört. Halbwegs jedenfalls.

Das Sportheim erstreckte sich, durch einen Bordstein und

einen schmalen Grünstreifen getrennt, linkerseits der Sackgasse. Die Wohnung des Hausmeisters hatte man nachträglich ein wenig zurückgesetzt angebaut, sodass davor eine windgeschützte Veranda entstanden war. Dort erschien auf einmal eine Frau mittleren Alters, klein und mollig, dunkel gekleidet. Einen Augenblick später tauchte Grandelwürmers hagere Gestalt auf. Er stellte eine Trittleiter in die Mitte der Veranda und bestieg sie. Die Frau reichte ihm eine Blumenampel.

Helga Weiss?

Wer sonst?, beantwortete sich Wally ihre Frage selbst.

Sie starrte hinüber und fragte sich, was sie tun sollte. Die Himmelmutter hatte Helga zwar aus dem Haus geschickt, es jedoch versäumt, für eine direkte Begegnung zwischen ihr und Wally zu sorgen. Offenbar erwartete sie, dass Wally den Rest selbst in die Hand nahm.

Aber wie?

»Hallo, ihr zwei, was macht ihr denn da?« zu rufen kam wohl kaum in Frage. Grandelwürmer – als barsch und wortkarg bekannt – würde ihr bestenfalls den Mittelfinger zeigen.

Wally tippte nervös mit dem rechten Fuß an die Bordsteinkante. Helga Weiss befand sich keine zehn Meter von ihr entfernt, war aber gleichwohl unerreichbar. Und in wenigen Minuten würde sie wieder verschwunden sein, denn die Blumenampel hing bereits an ihrem Haken, und Grandelwürmer klappte soeben die Trittleiter zusammen.

Himmelmutter, wie schaffe ich es bloß, dass Helga auf mich aufmerksam wird?

Der rettende Einfall kam Wally, als ihre große Zehe schmerzhaft an den Bordstein stieß.

Wie hatten es Hilde und Thekla heute Nachmittag angestellt, einen Sturz vorzutäuschen?

Wally trat etwas zurück, nahm Maß und machte dann einen großen Schritt vorwärts, wobei sie die Schuhspitze an die Kante prallen ließ. Der Aufschrei, der ihr dabei entwich, war nicht gespielt, ebenso wenig wie das darauffolgende Torkeln und Hinfallen.

Wally landete auf allen vieren, musste jedoch nicht lange so ausharren. Schon wenige Sekunden später fühlte sie sich links und rechts an den Armen gepackt und hochgezogen.

»Haben Sie sich verletzt?«, fragte Helga Weiss besorgt.

Wally setzte zu einem Kopfschütteln an, verwandelte es jedoch hastig in ein Nicken und sagte: »Ein bisschen, glaube ich. Mein Knie tut weh.«

Grandelwürmer und Helga stützten sie fürsorglich, führten sie zur Veranda und von dort in das dahinterliegende Wohnzimmer.

Helga nötigte sie auf einen Polsterstuhl. Mit den Worten »Ich mach Ihnen einen Arnikaumschlag« eilte sie aus dem Raum.

Grandelwürmer schob einen Hocker heran und bedeutete Wally, die Beine draufzulegen.

»Oh«, piepste Wally. »Ich möchte Ihnen wirklich keine Umstände machen.«

»Passt schon«, brummte Grandelwürmer.

Himmelmutter, dachte Wally, hoffentlich ist seine Lebensgefährtin gesprächiger.

Die kam soeben mit einem Stück Stoff und einem Handtuch zurück. »Wo tut es denn weh?«

Wally zeigte auf ihr rechtes Knie.

Helga bückte sich, streifte Wallys rechtes Hosenbein hoch und wickelte zuerst den feuchten, scharf nach Arnika riechenden Baumwollstoff, dann das Handtuch um das angeblich lädierte Knie. Sie warf noch einen prüfenden Blick auf ihr Werk, bevor sie zu Wally aufsah. »Jetzt brauchen Sie aber auch eine schöne Tasse Tee mit einer großen Portion Rum – auf den Schrecken.«

Als sie das Zimmer erneut verlassen wollte, hielt Grandelwürmer sie zurück. »Ich mach das schon. Leiste du ihr Gesellschaft.«

Helga Weiss nickte ihm lächelnd zu. Dann setzte sie sich gegenüber von Wally aufs Sofa.

»Es tut mir so leid –«, begann Wally.

Helga Weiss ließ sie nicht ausreden. »Was für ein Glück, dass wir mitbekommen haben, wie Sie gestürzt sind. Sonst hätten Sie womöglich versucht, sich nach Hause zu schleppen. Das wäre Ihrem verletzten Knie gar nicht gut bekommen.« Sie musterte Wally einen Moment lang nachdenklich. Plötzlich hellte sich ihre Miene auf. »Sie müssen Frau Maibier sein. Ja, natürlich,

Sie sind es. Bap hat mich mal zur Schreinerei mitgenommen, da habe ich Sie im Vorgarten arbeiten sehen.« Sie erhob sich, beugte sich über den Couchtisch und streckte die Hand aus. »Helga Weiss.«

Wally ergriff sie und machte: »Oh … ähm …«, dann fragte sie: »Sind Sie nicht die Mutter von Hanni Stern?«

Helga sank aufs Sofa zurück. Ihre Augen füllten sich mit Tränen. Sogleich vergaß Wally, dass sie eine Verletzung vorgetäuscht hatte, stand auf, ging hinüber, ließ sich neben Hannis Mutter nieder und legte ihr den Arm um die Schulter. »Der Herrgott sollte nicht zulassen, dass einer Mutter das Kind wegstirbt.«

Helga wischte sich die Augen und machte eine Geste, die wohl besagen sollte: »Aber er tut es.«

Daraufhin war es eine Weile still. Helga Weiss schluchzte verhalten, Wally strich ihr beruhigend über den Rücken.

Unvermittelt fuhr Helga Weiss auf: »Der Umschlag. Er ist heruntergerutscht.«

Handtuch und Baumwollstoff hingen lose um Wallys Knöchel.

Wally brachte beides an Ort und Stelle, während sie sagte: »Erzählen Sie mir doch ein bisschen von Ihrer Tochter.«

»Von Hanni?«

»Von Hanni. Wie war sie denn als Kind? Ist sie schüchtern gewesen oder ein Wildfang? Hat sie lieber Kleider angezogen oder lieber Hosen? Hat sie lieber Pommes gegessen oder Eis?«

Helga Weiss lachte leise. »Eis. Schokoladeneis mit Nussstückchen. Das gab's aber nur in Susis Eisdiele.«

»Susis Eisdiele?«

»In Winzer. Hat sich leider nicht lange gehalten. Ende der Neunziger musste sie schließen.«

Wally drückte Helgas Hand. »Aber da ist Hanni ja schon alt genug gewesen, mit dem Auto in eine Eisdiele nach Hengersberg oder Deggendorf zu fahren.«

»Ja, und außerdem hat sie sich später aus Eis schon nichts mehr gemacht.«

»Eher aus Konditorwaren?«

»Zwetschgendatschi. Zu Anfang September hat Hanni immer schon darauf gewartet, dass die Zwetschgen reif werden. Und

wenn es dann so weit war, habe ich alle paar Tage Zwetschgendatschi backen müssen.«

»Mit Hefeteig«?

»Meistens habe ich Mürbteig gemacht, weil es schneller
geht ...«

Sie redeten und redeten.

Bap Grandelwürmer – sein voller Vorname lautete Baptist,
aber wer hätte ihn je so genannt? – hatte eine Kanne Tee sowie
zwei Tassen hereingebracht, war wieder hinausgegangen und mit
einer Flasche Rum und einem Schälchen Kandiszucker zurück-
gekommen. Er hatte eingeschenkt und den Raum dann erneut
verlassen.

Inzwischen war die Teekanne leer, der Pegel in der Rumflasche
hatte sich zwei Fingerbreit gesenkt.

Grandelwürmer erschien in der Tür und deutete auf den Tisch.
Als Helga Weiss nickte, trat er ein und griff nach der Kanne.
Wenig später brachte er sie gefüllt zurück.

»An Peter und Paul vor fünf Jahren haben sie geheiratet«, sagte
Helga Weiss.

Im Laufe des Gesprächs hatte Wally erfahren, dass Helga Weiss
zusammen mit ihrem verstorbenen Mann Franz viele Jahre lang
in der kleinen Marktgemeinde Winzer an der Donau eine Korbflechterei betrieben hatte.

Wally kannte den Ort nicht nur aufgrund der Schlagzeilen, in
die er im Jahr zuvor geraten war, als die Jahrhundertflut Fischerdorf und Teile Niederalteichs überschwemmt und Winzer nur
knapp verschont hatte. Jahrzehnte zuvor, in den Siebzigern,
als Korbmöbel gerade schwer in Mode waren, hatte sich Sepp
Maibier anlässlich ihres ersten Hochzeitstages dazu breitschlagen
lassen, mit ihr dorthinzufahren und in einer der Korbflechtereien,
für die Winzer berühmt war, eine Sitzgarnitur aus dem exotischen
Rattanholz zu erwerben.

Damit hatte er Wally einen Herzenswunsch erfüllt, was in den
folgenden Jahren nie mehr vorkommen sollte.

Leider hatte Wally sich nicht lange an den handgearbeite-
ten Möbelstücken erfreuen können, denn schon nach kurzer

Zeit begannen sich die Schlingen zu lösen, die das Gestänge zusammenhielten. Wally fixierte sie mit dem Heftgerät von Sepps Schreibtisch, was eine Weile vorhielt, aber irgendwie liederlich aussah. Reklamieren durfte sie nicht, weil der Lieferant inzwischen eine neue Balkonverkleidung bei Maibier bestellt hatte.

Nachdem ungefähr ein Jahr später sämtliche Umwicklungen vor Heftklammern strotzten, verfrachtete Sepp die Garnitur pünktlich zum Abholtermin für Sperrmüll an den Straßenrand.

Ob die unzulänglichen Befestigungsschlingen Schuld trugen oder ein Wandel des Einrichtungsgeschmacks, mag ungewiss sein, sicher aber ist, dass mit Korbflechterei in Winzer bereits Ende der Achtziger nicht mehr viel zu verdienen war.

»Jahr für Jahr ist es schlechter gelaufen mit dem Korbgeschäft«, erzählte Helga Weiss jetzt. »Die Kundschaft ist zu den Baumärkten abgewandert und hat sich da mit Terrassenmöbeln, Tragekörben und Blumenständern aus Kunststoff eingedeckt. Das Rattan ist aus den Wohnzimmern verschwunden und aus den Schlafzimmern sowieso.« Sie hob resigniert die Schultern.

Die Freude darüber, dass Hanni Schule und Ausbildung mit Bestnoten abschloss und bald auf einem sicheren Posten bei der Stadtverwaltung saß, wurde getrübt durch das endgültige Aus der Weiss'schen Korbflechterei, ein Familienunternehmen seit 1896.

»Der Franz hat das nicht gepackt«, sagte Helga Weiss.

»Und Hanni?«, fragte Wally. »Wie ist sie mit alldem zurechtgekommen?«

»Ich weiß es nicht. Hanni ist mit den Jahren immer verschlossener geworden. Hat uns kaum an ihrem Leben teilnehmen lassen. Irgendwann haben wir nicht mehr gewusst, mit wem sie befreundet ist, wo sie ihre Freizeit verbringt, nichts …« Helga Weiss knetete die Hände in ihrem Schoß. »Eines Tages kam sie dann in Begleitung von Bernhard Stern nach Hause. Ein paar Monate später heiratete sie ihn. Der Bernhard ist ein netter Kerl. Nicht der Schlauste, aber anständig. Betucht ist er auch nicht, aber ein guter Handwerker. Malermeister Haker lobt ihn über den grünen Klee.«

»Der mit dem Berliner Dialekt und den Indianerohrringen?«, fragte Wally.

Helga schmunzelte. »Haker ist zwar ein bisschen schräg, aber ein hervorragender Lehrmeister, sagt Bernhard. Leider hat er ihn nicht einstellen können. Auftragsflaute. Reihum. Deshalb hat Bernhard auch umschulen müssen. Gleich nach der Hochzeit hat er als Verkäufer für Bodenbeläge in einem Deggendorfer Einrichtungsgeschäft angefangen – vier Jahre ist das jetzt her.«

Ihre Mundwinkel senkten sich, was sie wieder tief betrübt aussehen ließ. »Und vierzehn Monate ist es her, dass der Franz gestorben ist.« Sie fuhr sich über Stirn und Augen. »Wenigstens hat er nicht mehr mit ansehen müssen, wie sich Hanni beruflich verschlechtert hat.«

Wally ließ die Teetasse, aus der sie eben wieder trinken wollte, in der Luft schweben. »Wie ist es denn dazu gekommen?«

Helga Weiss zuckte die Schultern. »Sie selbst hat dazu kaum was gesagt. Bernhard meint, im Bauamt hat Hanni irgendwann Probleme gekriegt, wie sie eben am Arbeitsplatz manchmal vorkommen. Sonja hat was von Mobbing geredet.« Sie runzelte die Stirn. »Da kann sie recht haben. Hanni hat bestimmt erstklassige Arbeit geleistet, das schafft natürlich Neider.« Sie wischte sich eine Träne aus dem Augenwinkel. »Aber Hanni hätte es mir doch erzählen können, oder?« Helga Weiss verstummte.

Wally nickte verständnisvoll. »So sind sie halt, die Kinder. Kaum erwachsen, wollen sie ihr eigenes Leben führen und verlangen, dass die Eltern sich raushalten.« Sie hatte die Tasse wieder abgestellt und griff nun erneut danach, als ihr einfiel, dass Helga von jemandem namens Sonja gesprochen hatte.

»War Sonja eine Freundin von Hanni?«, fragte sie.

Helga Weiss hörte sich fast belustigt an, als sie antwortete: »Man kann schon sagen, dass die beiden befreundet waren, aber vor allem waren sie Schwestern.«

»Schwestern?«

Schwestern. Beinahe hätte Wally sich an den Kopf geschlagen. Wieso sollte Hanni keine Geschwister gehabt haben, nur weil bis jetzt noch nicht die Rede auf sie gekommen war?

»Sonja ist deutlich jünger als Hanni.« Helga Weiss wirkte ein wenig verlegen. »Als Hanni klein war, hätten wir wirklich gern noch ein zweites Kind gehabt. Hat aber nicht geklappt, und mit der Zeit findet man sich damit ab, dass es bei einem bleibt. Aber dann ist es doch noch anders gekommen. Ein bisschen spät halt.« Geistesabwesend strich sie über den samtigen Bezug des Sofas. »Mit Sonja war alles viel einfacher. Sie ist so ein offener, geradliniger Mensch.« Helga ließ den Kopf sinken und presste die Hände vors Gesicht. Wally musste sich ihr zuneigen, um zu verstehen, was sie murmelte. »Schlimm, so was zu sagen, aber ich habe mir oft gewünscht, Hanni wäre wie sie …«

Wally begann wieder, ihr über den Rücken zu streichen.

Helga Weiss ließ die Hände sinken. Plötzlich hellte sich ihre Miene auf. »Sonja kommt morgen und bleibt eine ganze Woche hier.« Im nächsten Augenblick weinte sie wieder. »Wir müssen Hanni beerdigen.« Nach einer Weile wischte sie sich die Tränen ab und sah Wally flehentlich an. »Glauben Sie, es wäre leichter, Hanni loszulassen, wenn sie mich nicht so sehr aus ihrem Leben ausgeschlossen hätte?«

Wally schüttelte den Kopf. »Warum sollte es dann leichter sein?«

»Weil ich das Gefühl habe, so tut es doppelt weh«, antwortete Helga.

Eine Zeit lang saßen die beiden Frauen schweigend nebeneinander, bis Wally sagte: »Auf der Doga, als Hanni den Unfall hatte, mit wem war sie denn da unterwegs? Sie wird doch nicht ganz allein herumgelaufen sein? Unternimmt man einen Rundgang auf der Gartenschau nicht lieber mit Freunden?«

Helga Weiss seufzte auf. »Sie und ich vielleicht. Aber Hanni?«

»Noch Tee?« Grandelwürmer war hereingekommen und hatte die Deckenbeleuchtung eingeschaltet. Dann war er an den Tisch getreten, hatte die Kanne geschüttelt und offenbar für leer befunden.

Erst jetzt, als das Zimmer voll erleuchtet war, bemerkte Wally, dass es draußen bereits dunkelte. Zuvor war nur die Sofaecke, in der sie mit Helga Weiss saß, von einer Stehlampe in dezentes Licht getaucht gewesen, sodass man sich dort wie auf einer Insel fühlte und das Drumherum völlig vergaß.

Wally warf einen Blick auf die Wanduhr gegenüber der Sitzgruppe. Halb zehn. Sie würde sich sputen müssen, um noch vor ihrem Mann heimzukommen.

»Oh nein«, rief sie. »Es ist ja schon ganz spät. Ich hätte wirklich nicht so lange bleiben dürfen.«

»Meinen Sie, dass Sie nach Hause laufen können mit dem lädierten Knie?«, fragte Helga Weiss besorgt, als Wally Anstalten machte, sich zu erheben.

Wally erschrak. Sie hatte den Umschlag abgenommen, als das Baumwolltuch trocken war, hatte alles zusammengefaltet und beiseitegelegt und keinen Augenblick mehr daran gedacht, Schmerzen vorzutäuschen.

Jetzt belastete sie vorsichtig das linke Bein – oder hatte sie das rechte als verletzt ausgegeben? Es stand zu hoffen, dass Helga Weiss nicht drauf geachtet hatte. »Alles wieder gut. Ich spüre kaum noch was. Der Umschlag hat wahre Wunder gewirkt. Danke. Vielen herzlichen Dank.« Sie machte ein paar Schritte auf die Verandatür zu. »Sehen Sie, ich kann ganz prima laufen.«

Helga Weiss bestand darauf, sie hinaus und ein Stück die Straße entlang zu begleiten. »Nicht dass Sie noch mal hinfallen. Die Fahrbahn ist in keinem guten Zustand. Überall Schlaglöcher, Rollsplitt und zu wenig Beleuchtung.«

»Taschenlampe?«, grummelte Grandelwürmer.

Helga schüttelte den Kopf. »Vorne bei den Flaschencontainern wird es ja heller, bis dahin geh ich mit, und ich kenne ja die Stolpersteine auf dem Weg. Aber mach vorsichtshalber die Lampe auf der Veranda an.«

Grandelwürmer machte »Mhm«.

Als sie außer Hörweite waren, konnte Wally sich nicht enthalten zu sagen: »Herr Grandelwürmer ist aber nicht gerade redselig.«

Helga Weiss lachte glucksend. »Bap ist schon in Ordnung. Er hat es nicht leicht gehabt im Leben. Ich auch nicht. Und so haben wir uns zusammengefunden.«

Wally musste zugeben, dass Helga recht gehabt hatte. Der Straßenbelag war tatsächlich löchrig und holprig. Was bei Tageslicht wenig ausmachte, weil man sah, wo man hintrat, konnte im Dunkeln gefährlich werden. Sie war froh, sich bei Helga einhaken zu können.

Als die beiden bis auf etwa zwanzig Schritte an die Glascontainer herangekommen waren, tauchten sie plötzlich in den Lichtkreis einer der Lampen, die die Hauptstraße flankierten. Sie erhellte die Abzweigung zum Sportheim, leuchtete ein Stück in die Gasse hinein, ließ die Ecke mit den Containern jedoch im Dunkel.

»Ab hier können Sie allein weitergehen«, sagte Helga Weiss.

Wally reichte ihr die Hand zum Abschied und sagte noch einmal: »Danke.«

»Eigentlich habe ich Ihnen zu danken«, erwiderte Helga Weiss mit einem verschämten Lächeln. »Das Plauderstündchen mit Ihnen hat mir gutgetan, hat mir Trost gegeben.« Sie lächelte befreiter. »Frau Maibier, ich glaube, Sie hat mir der Himmel geschickt.«

Bevor Wally darauf antworten konnte, machte Helga eine unbestimmte Geste in Richtung Marktplatz. »Ich habe nicht viele Bekannte in Scheuerbach, und ich bin auch nicht scharf auf Kaffeekränzchen und solche Sachen. Aber über einen Besuch von Ihnen würde ich mich freuen. Vielleicht haben Sie ja mal wieder Lust, einen Spaziergang zu machen und bei mir hereinzuschauen.« Sie hob mahnend den Zeigefinger. »Sie dürfen nur nicht wieder über die Gehsteigkante fallen.«

Wally versprach, bald einmal vorbeizukommen und den Bordstein zu berücksichtigen.

Helga Weiss lächelte ihr ein letztes Mal zu, dann verschwand sie im Dunkeln.

Wally hielt forsch auf den Lichtschein der Straßenlaterne zu, als sie Glasscherben knirschen hörte. War jemand gekommen, um zu später Stunde noch seine Flaschen zu entsorgen? Sie kniff die Augen zusammen, konnte jedoch vor den Containern keine menschliche Gestalt erkennen. Auch das erwartete Poltern und Splittern, das zu vernehmen ist, wenn Flaschen in einem Blechbehälter landen, blieb aus.

Wally verhielt den Schritt und lauschte.

Ein leises Knirschen, dann Stille. Dann erneut das Geräusch von zerbröselndem Glas, als würde jemand, der auf Scherben steht, sein Gewicht verlagern.

Wally schluckte. Lauerte ihr dieser Jemand etwa auf?

Einen Moment lang war sie versucht, umzukehren und zurückzulaufen, in den Schutz des gemütlichen Wohnzimmers, unter die Fittiche der sympathischen Helga Weiss und des wortkargen Baptist Grandelwürmer. Sie besann sich jedoch und schüttelte heftig den Kopf. Wer sollte ihr auflauern und weshalb? Die einzige Gefahr, die ihr drohte, war, dass Sepp Maibier vor ihr nach Hause kam. Und was dann? Erklärungsnot, Lügen, Argwohn, Ärger.

Wally begann zu rennen.

Beim Schulhof musste sie eine Pause einlegen und eine hübsche Wegstrecke langsam dahinzockeln, bevor sie das Tempo wieder forcieren konnte. Ebenso erging es ihr in der Mitte des Marktplatzes und vor dem Überqueren der Hauptstraße.

Die letzte Etappe nahm sie allerdings im Spurt und kam völlig außer Atem bei der Tischlerei an.

Im Wohnhaus brannte Licht.

Oh nein.

So geräuschlos wie möglich steckte Wally den Schlüssel ins Schloss der Haustür. Doch bevor sie ihn drehen konnte, öffnete sich die Tür und gab den Blick auf Sepp Maibier frei, der mit gefurchter Stirn und erhobener Faust dastand, als wolle er zuschlagen.

»Wo treibst du dich denn so spät noch rum?«

5

Später am selben Abend bei den Steins

Ich muss es ihm sagen, dachte Thekla. Jetzt. Nicht später, nicht morgen, nicht übermorgen. Auf der Stelle muss ich es ihm sagen, wenn ich zusammen mit Hilde und Wally im Fall Hanni Stern ermitteln will.

Wollte sie?

Vielleicht. Vielleicht auch nicht. Was sie jedenfalls nicht wollte, war, das Versprechen, das sie Heinrich gegeben hatte, zurückzunehmen.

Das eine ging aber nicht ohne das andere.

Entscheide dich. Jetzt, befahl sich Thekla.

Sie und Heinrich hatten es sich nach dem Abendessen im Wohnzimmer gemütlich gemacht, das ihnen ihr Bruder Martin gern überließ, weil es ihn nach dem Essen ohnehin ins Dachgeschoss zu seinen Modelleisenbahnen zog.

Das Zimmer wirkte etwas zerzaust, weil die Heirat der beiden einige Veränderungen bewirkt hatte. Der Biedermeiersekretär hatte unterm Fenster eine kahle Stelle zurückgelassen, von der Yuccapalme kündete nur noch ein feuchtdunkler Fleck auf dem Holzboden, und in den Bücherregalen klafften riesige Löcher.

Entgegen ihren Befürchtungen hatte Martin geradezu erfreut reagiert, als Thekla ihm vergangenes Jahr ihren Entschluss mitgeteilt hatte, Heinrich zu ehelichen: »Prima. Da machen wir gleich Nägel mit Köpfen.«

»Das heißt?«, hatte Thekla gefragt.

»Wir verpachten die Apotheke.«

Die Frage »Wann wollen wir uns zur Ruhe setzen?« war in den vergangenen Jahren schon mehrmals Thema gewesen. Martin ging stracks auf die siebzig zu, und Thekla folgte ihm quasi auf dem Fuß. Aber die Apotheke war ihnen im Laufe der Zeit ans Herz gewachsen, und beide fühlten sich noch so rüstig – »strapazierbar«, wie Martin sich ausdrückte –, dass sie bisher davor zurückgeschreckt waren, das Geschäft in fremde Hände zu geben.

Der richtige Zeitpunkt würde schon kommen, hatten sie sich gegenseitig versichert.

Und er war gekommen.

Die Betriebsübergabe sollte zum Jahresende erfolgen. Der Pächter und seine Frau würden die untere Etage des Stein'schen Wohnhauses beziehen, sodass Martin das Ober- und seinen Eisenbahnmodellen das Dachgeschoss blieb. Thekla wohnte theoretisch bereits in Heinrichs Häuschen am Weidenweg, hielt sich jedoch meistens in ihrem früheren Zuhause auf. Solange sie und Martin die Apotheke noch führen mussten, ließ sich das nicht anders gestalten.

Thekla lehnte sich zurück und schloss die Augen. Sie würde ihr Versprechen nicht zurücknehmen. Auf keinen Fall. Mochte Hilde sie dafür mit Verachtung strafen, mit Demütigungen oder einfach nur Frostigkeit. Mochte sie –

Das Anschlagen der Türglocke riss sie aus ihren Gedanken. Heinrich machte Anstalten, aufzustehen, doch sie kam ihm zuvor. »Lass nur. Das ist wohl wieder mal Frau Domen, der das Aspirin ausgegangen ist.«

Es kam recht häufig vor, dass Stammkunden der Stein'schen Apotheke nach Geschäftsschluss an der Haustür klingelten und um ein Medikament baten, das sie angeblich dringend benötigten.

Als Thekla öffnete, sah sie sich Hilde gegenüber.

Davon war sie dermaßen überrascht, dass sie kein Wort hervorbrachte und reglos im Türrahmen stehen blieb.

»Hab ich Hausverbot bei euch?«, fragte Hilde schnippisch.

Beklommen trat Thekla beiseite.

In mehr als einem halben Jahrhundert war Hilde höchstens ein Dutzend Mal bei ihr zu Hause gewesen – und noch nie, noch niemals war sie unangemeldet gekommen.

Wollte sie persönlich dafür sorgen, dass Thekla ihr Versprechen zurückzog? Wollte sie Heinrich vor vollendete Tatsachen stellen? Hatte Hilde vor, so weit zu gehen, um sie zum Mitmachen bei ihren Ermittlungen zu bewegen?

Thekla fühlte Wut in sich aufsteigen, kämpfte sie jedoch nieder.

Was immer Hilde auch tun und sagen würde, die Entscheidung lag bei ihr und war bereits getroffen.

Sie folgte Hilde ins Wohnzimmer, die, nachdem sie Heinrich kurz zugenickt hatte, am Tisch stehen blieb.

»Als ich gemerkt habe, dass sich ein Anfall ankündigt, war bereits Ladenschluss. Die Apotheken schließen ja schon um sieben.«

Verstört blickte Thekla auf. Wovon redete sie?

Erst als Hilde ein Rezept aus ihrer Jackentasche kramte und ihr hinhielt, ging ihr ein Licht auf.

Schon seit Kindertagen litt Hilde sporadisch unter Migräneanfällen. Manchmal häuften sie sich, manchmal blieben sie monatelang aus. Kündigte sich einer an, dann nahm Hilde eine Arznei mit dem verschreibungspflichtigen Inhaltsstoff Triptan und legte sich ins Bett. Meist war sie schon am nächsten Tag wieder auf der Höhe. Aber offenbar hatte sie versäumt, das letzte Rezept beizeiten einzulösen, und stand jetzt ohne ihr Medikament da.

Thekla griff nach dem Rezept. »Ich lauf gleich in die Apotheke rüber.«

Als sie zurückkam, saßen sich Hilde und Heinrich im Erker gegenüber. Hilde hatte eine Fotografie vor Heinrich hingelegt, auf die sie soeben deutete.

»Das ist Hanni, das ihr Mann, Bernhard, das seine Mutter ...«

Also doch. Thekla beschloss, auf der Stelle einzuschreiten. Hildes Plan bestand anscheinend darin, Heinrich einzuwickeln. Aber damit würde Thekla sie nicht durchkommen lassen. Auf keinen Fall.

Mit schnellen Schritten trat sie an die kleine Sitzgruppe. »Ich werde mein ...« Sie stockte, als ihr Blick auf das Foto fiel. »Melissa Stein.« Sie kniff die Augen zusammen, als ob sie damit etwas verändern könnte.

Hilde und Heinrich sahen auf.

»Wo kommt das Foto her?«, fragte Thekla.

»Ich habe ...« Hilde rutschte peinlich berührt auf ihrem Stuhl herum.

Thekla hob fragend eine Augenbraue.

Da sagte Hilde aufsässig: »Das habe ich Bernhard Stern geklaut. Wie du siehst, handelt es sich um ein Familienfoto.«

Theklas Blick senkte sich wieder auf das Bild. Wie war das möglich? Wie kam ihre Cousine Melissa Stein auf das Familienfoto der Sterns?

»Was ist los, verdammt?«, sagte Hilde. »Siehst du Gespenster?«

»Nein«, antwortete Thekla tonlos. »Melissa ist echt, und ihre Söhne sind echt. Ich bin bloß bisher nicht auf die Idee gekommen, den Namen Stern mit ihnen in Verbindung zu bringen.«

Was es dazu noch zu erklären gab, war schnell gesagt.

Theklas Onkel Hugo Stein, Lehrer von Beruf, lebte in den Sechzigern mit seiner Familie in nächster Nachbarschaft der Apotheker-Steins. Die Lehramt-Steins hatten eine Tochter, Melissa, in Theklas Alter. Melissa sah aus wie ein Fässchen und wurde deswegen ständig gehänselt. Sie war aber sehr gescheit. Thekla mochte sie und stand ihr oft zur Seite. Nachdem Melissa die Schule beendet hatte, machte sie eine Ausbildung zur biomedizinischen Laborantin und zog aus Moosbach fort. Die paar Male, die Thekla danach noch mit ihr zusammengetroffen war, konnte man an einer Hand abzählen. Bei diesen Treffen hatte Thekla erfahren, dass Melissa einen Sigfried Stern geheiratet und zwei Söhne geboren hatte, bald wieder geschieden worden war und in mittleren Jahren einen verantwortungsvollen Posten in einem medizinischen Fachlabor übernommen hatte. Seit einigen Jahren aber hatte sie keinen Kontakt mehr mit ihr gehabt.

»Und das hier ist sie?«, vergewisserte sich Hilde. »Der Körperbau könnte hinkommen.«

»Sie ist es«, bestätigte Thekla.

»Einer ihrer Söhne hat also Hanni Weiss geheiratet.« Hilde lachte glucksend. »So klein ist die Welt.«

Heinrich hatte Thekla neben sich auf die zierliche Wiener Bank gezogen und ihr den Arm um die Schultern gelegt. »Der Streit der Pflichten ist der schlimmste.«

Es musste sich um ein Zitat handeln, das Thekla jedoch nicht kannte. Dessen ungeachtet traf es zu.

Hilde griff nach dem Arzneipäckchen, das neben dem Foto lag. Das Bild ließ sie liegen.

»Höchste Zeit, heimzufahren und eine von den Tabletten zu nehmen, bevor das Pochen unerträglich wird und die Sehstörungen anfangen.«

Thekla packte das schlechte Gewissen. Die Sache mit dem Rezept war also doch keine Finte gewesen. Hilde hatte gar nicht vorgehabt, Heinrich mit dem Mordfall zu kommen. Oder doch?

»Seltsam«, sagte Thekla, nachdem Hilde sie mit der Zusicherung verlassen hatte, ihr bleibe noch Zeit genug, um nach Hause zu fahren, bevor der Migräneanfall seinen Höhepunkt erreichen würde. »Seltsam, wie uns Entscheidungen manchmal aus der Hand genommen werden. Ich war fest entschlossen —«

Heinrich ließ sie nicht ausreden. »Ich weiß. Ich habe es dir angesehen. Und ich war so froh.«

Thekla sah ihn ernst an. »Ich muss trotzdem nicht —«

Erneut unterbrach er sie. »Ich fürchte doch.«

Und dabei blieb es.

Lange Zeit später sagte Thekla: »Es wird schon nichts Schlimmes passieren. Bisher haben wir uns ja auch immer irgendwie durchgewurschtelt. Ich verspr-«

Sie stockte, weil Heinrich ganz deutlich anzusehen war, welche Volksweisheiten ihm durch den Kopf gingen: Der Krug geht so lange zum Brunnen, bis er bricht. Es tut kein gut, den Bogen zu überspannen. Man darf den Tag nicht vor dem Abend loben. Laut sagte er: »Du musst bei deinen Ermittlungen wirklich sehr, sehr vorsichtig sein, darfst kein Risiko eingehen.« Nach einer kleinen Pause fügte er hinzu: »Kein Schritt ohne meine Begleitung.«

Thekla nickte geradezu dienstbeflissen. »Ich verspreche dir —«

Heinrich sorgte dafür, dass sie einmal mehr nicht ausreden konnte.

Wieder war es lange Zeit still gewesen im Wohnzimmer. Aus dem Dachgeschoss konnte man leise, ganz leise das Schnaufen von Martins Dampfloks hören.

Irgendwann sagte Thekla: »Wir wissen so gut wie nichts über Hanni Stern, und ich habe – bis ich das Foto gesehen habe – keine Ahnung gehabt, wie wir mehr über sie herausfinden sollen.«

Geistesabwesend strich sie mit der Fingerspitze über den Rand des Bildes. »Melissa war Hannis Schwiegermutter, unglaublich. Ich muss unbedingt mit Melissa reden, muss wissen, wie es ihr geht. Gleich morgen früh ruf ich sie an.«

Sie wandte den Blick vom Foto ab und sah Heinrich an. »Ob sie mir über Hanni Stern viel zu sagen hat, ist allerdings fraglich. Soweit ich mich erinnere, wohnt sie in Kiel, also gut tausend Kilometer weit von Moosbach entfernt.«

Weiter als Rom, ging es ihr durch den Sinn.

»Erzähl mir das bisschen, was du über Hanni Stern weißt«, bat Heinrich.

Thekla kam der Aufforderung nur zu gern nach, und Heinrich hörte ihr schweigend zu.

Als sie verstummte, sagte er noch immer nichts, rieb sich das Kinn, starrte auf den feuchtdunklen Fleck am Holzboden, den die Yuccapalme hinterlassen hatte.

Erst nach längerem Grübeln brach er das Schweigen. »Die Fische, die wir in letzter Zeit öfters gegessen haben, hole ich immer bei einem Züchter in Hirschberg. Das Dörfchen liegt direkt über dem Graflinger Tal.« Er hob die Hand, um Thekla, die ihn verdattert ansah, am Sprechen zu hindern. »Hübsch ist es dort. Meistens bleibe ich eine Zeit lang, setze mich auf eine Bank oder gehe spazieren. Wenn man wollte, könnte man von Hirschberg aus auf den Vogelsang hinaufwandern oder auf den Butzen.« Er lächelte verschmitzt, und Thekla begriff, dass sie nur die Einleitung zum eigentlichen Thema gehört hatte.

»Wie du dir denken kannst«, fuhr Heinrich fort, »bin ich nicht der Einzige, der bei dem Züchter in Hirschberg Forellen kauft. Man läuft wiederholt diesem und jenem über den Weg, grüßt sich, wechselt ein paar Worte. So war es auch mit Günther Kreil. Nur dass der, so wie ich, das idyllische Plätzchen immer noch eine Weile auskostet, bevor er sich wieder auf den Heimweg macht. Und neulich sind wir ins Gespräch gekommen, haben ins Graflinger Tal hinuntergeschaut und palavert.«

Thekla wartete gespannt, welche Informationen Heinrich dabei an Land gezogen hatte. Sie zweifelte keinen Augenblick daran, dass sie mit Hanni Stern zu tun hatten.

»Günther Kreil«, sagte Heinrich, »ist ja schon seit ein paar Jahren in Pension.« Er ließ einen bedeutsamen Augenblick verstreichen, bevor er hinzusetzte: »Davor hatte er einen Posten im Bauamt.« Weil Thekla daraufhin keinen Freudenschrei hören ließ, fügte er an: »Er müsste die Tote doch gekannt haben.«

Vermutlich hat er das, dachte Thekla. Aber was nutzt es uns? Wir sitzen ja nicht mit ihm zusammen auf einer Bank in Hirschberg und lauschen einem Bericht über seine Begegnungen mit Hanni Stern.

In aller Ruhe abzuwarten, bis Heinrich wieder einmal mit Hannis ehemaligem Kollegen zusammentraf und ein Gespräch über die Tote mit ihm anknüpfen konnte, kam aber keinesfalls in Frage. Hilde wollte die Ermittlungsergebnisse von Thekla nicht erst an Pfingsten, sondern möglichst sofort.

Heinrich konnte ihre Enttäuschung nicht entgangen sein. Dennoch lächelte er spitzbübisch, als er sagte: »Günther Kreil ist Witwer, wohnt ganz allein in seinem Häuschen und fühlt sich einsa–« Er unterbrach sich und schlug sich an die Stirn. »Du musst ihn ja kennen. Sein Häuschen steht mitten im Markt Moosbach, sein Blutdruckmittel holt er sich in eurer Apotheke, und am liebsten ist es ihm, wenn Thekla Stein ihn bedient.«

Thekla fuhr auf. »Klar kenne ich Günther Kreil. Vor fünf Jahren hat er das Schusterhaus gekauft und ist mit seiner Frau hergezogen. Leider ist sie kurz darauf gestorben. Ich war sogar auf ihrer Beerdigung. Günther Kreil ist mit dem Bauunternehmer Kreil verwandt – müssen wohl Brüder sein –, der im Deggendorfer Stadtrat sitzt. Hat Hilde nicht vorhin erwähnt, dass Hanni Stern von dem eingestellt worden ist?« Sie wedelte mit beiden Händen, als müsse sie Rauchschwaden vertreiben. »Was bin ich doch vernagelt.«

Heinrich legte ihr die Hand auf den Arm. »Wenn einer vernagelt ist, dann ich. *Mir* hat Kreil doch erzählt, wo er wohnt und wo er seine Arzneien kauft. Aber das ist halt in meinen verkalkten Ganglien versickert – bis eben.«

Thekla lehnte sich wieder zurück.

Kunde oder nicht, dachte sie, wohnhaft in Moosbach oder sonst wo, für den Moment ist Kreil nicht die Bohne verfügbar.

Aus dem Augenwinkel sah sie das spitzbübische Lächeln in Heinrichs Gesichtszüge zurückkehren. »Wie gesagt, Günther Kreil fühlt sich einsam. Insbesondere zur Abendessenszeit. Da fehlt ihm seine Frau am meisten. Um nicht zu verzweifeln, hält er sich an einen festen Plan: Mittwochs holt er sich eine geräucherte Forelle vom Hirschberg. Dienstags gibt es gebackenen Leberkäs vom Moosbacher Dorfmetzger. Montags« – Heinrich tippte vielsagend auf seine Armbanduhr, die auch das Datum und den Wochentag anzeigte – »geht er zu Pino auf eine Pizza.« Sein Lächeln wurde breiter. »Pino soll einen erstklassigen Bardolino ausschenken.« Er erhob sich und zog Thekla mit hoch.

Dusel, dachte Thekla, als sie und Heinrich das »Da Pino« betraten. Unerhörter Dusel.

So gut wie alle Tische waren besetzt, sodass sie guten Grund hatten, quer durchs Restaurant zu schlendern, um sich nach einem – besser gesagt zwei – freien Plätzchen umzusehen.

Im rückwärtigen Teil entdeckten sie Günther Kreil. Er saß allein an einem runden Tisch, den vier Stühle umringten.

Unschlüssigkeit vortäuschend hielt Heinrich auf die freien Plätze zu. Thekla folgte ihm, Kreil im Blick. Sie hatte sich nie für dessen Beruf interessiert, doch wenn sie hätte raten müssen, hätte sie auf Schmied oder Sumoringer getippt, aber ganz bestimmt nicht auf Behördenangestellter. Kreil war breitschultrig und massig, hatte Backen wie ein Prinzenapfel und eine vorgewölbte Stirn, die in eine Vollglatze überging. Er sah ihnen unverwandt entgegen, bis auf einmal der Funke des Erkennens in seinen Augen aufblitzte.

Noch im selben Moment hob er die Hand. »Herr Held, Frau Stein! Was für ein freudiges Zusammentreffen.«

Wenig später saßen Thekla und Heinrich mit Günther Kreil am Tisch und prosteten ihm zu.

Man sprach von Wetterkapriolen, von der Flut, die im Jahr zuvor so viele Häuser an der Donau zerstört hatte, und davon, dass noch längst nicht alles wieder aufgebaut war.

Irgendwann gelang es Thekla, die Rede auf die Donaugartenschau zu bringen, und von da war es nicht mehr weit zu Hanni Stern.

Günther Kreil stieß einen Seufzer aus. »Die blitzgescheite Hanni. Ich habe sie seinerzeit persönlich eingestellt. Sie ist die Beste ihres Jahrgangs gewesen – verdientermaßen, das können Sie mir glauben. Die Hanni hat sich in den Bauanträgen nicht so schnell ein X für ein U vormachen lassen.«

Die erste Flasche von Pinos exzellentem Bardolino war bereits geleert, Kreils Zunge schien gelockert, weshalb Thekla sich nicht scheute zu fragen: »Hat ihr das nicht den Neid und die Missgunst der Kollegen eingebracht?«

»Wo denken Sie hin?«, antwortete Kreil beinahe entrüstet. »Wer gut arbeitet, ist allseits geschätzt.«

»Dann fragt man sich aber, warum sie gekündigt hat«, preschte Thekla geradezu tollkühn vor.

Kreil sah sie misstrauisch an. »Hanni wird schon ihre Gründe gehabt haben.«

»Haben Sie nicht versucht, etwas darüber herauszufinden?«, bohrte Thekla weiter.

Kreil leerte sein Glas. »Weshalb interessieren Sie sich dafür?«

Thekla zögerte. Sollte sie Kreil die Wahrheit sagen? Sie warf einen kurzen Blick zu Heinrich hinüber, sah Zustimmung in seinen Augen.

Wie wär's mit einer leicht frisierten Wahrheit, dachte sie und legte los. »Ein Freund hat uns erzählt, dass Hanni in letzter Zeit sichtlich Kummer hatte. Er macht sich Vorwürfe, weil er der Sache nicht nachgegangen ist. Jetzt ist es natürlich zu spät, aber vielleicht würde es ihm trotzdem helfen, zu wissen, was Hanni so bedrückt hat.«

Kreil nickte verständnisvoll, bevor er antwortete: »Es ist jetzt zweieinhalb Jahre her, dass ich in Pension gegangen bin. Da war Hanni noch fest im Sattel. Keine Spur von Kummer und Sorgen. Was dann passiert ist, kann ich nicht sagen. Ich bin selbst total überrascht gewesen, als ich gehört habe, dass sie bei der Stadt gekündigt hat.«

Thekla gab nicht auf. »Was könnte denn passiert sein?«

Kreil zuckte die Schultern.

»Bestechung?«, insistierte Thekla.

Kreil hob in einer abwehrenden Geste beide Hände. »Dafür

sind Bauämter natürlich wie geschaffen. Und viel zu oft geht die Sache auf. Dann wird vertuscht und gemauschelt.« Er lachte bitter. »Trotzdem dringt hin und wieder was an die Öffentlichkeit. Es gibt Skandale. Wie vor einigen Jahren in Hof und wenig später in Ratingen. Und erst der große Bauamtsskandal in Bensheim, wo die halbe Belegschaft entlassen werden musste und harte Urteile gefällt wurden.« Er ließ die Hände auf den Tisch sinken, streckte jedoch schulmeisterlich den rechten Zeigefinger empor. »Es gehören allerdings immer zwei zu einer Korruptionsaffäre, einer, der schmiert, und einer, der sich schmieren lässt. Hanni hätte sich für so etwas niemals hergegeben – und auch sonst keiner in unserm Bauamt.« Er stützte den Ellbogen auf, sodass der Zeigefinger wie eine Kirchturmspitze aufragte. »Wir hatten nie einen Fall von Vorteilsnahme. Nie. Andern Ärger hie und da, der bleibt ja nirgends aus. Aber Vorteilsnahme? Nein.«

»Bliebe Nötigung«, sagte Heinrich.

Kreil wackelte mit dem Zeigefinger. »Auch da gehören zwei dazu. Einer, der ein Druckmittel zu haben glaubt, und einer, bei dem es wirkt.«

»Aber es gab nichts, was bei Hanni Stern gewirkt haben könnte«, stellte Thekla mehr fest, als sie es fragte.

Kreil machte bereits Anstalten, den Kopf zu schütteln, überlegte es sich jedoch und verfiel ins Nachdenken. Als Thekla schon nicht mehr mit einer Antwort rechnete, sagte er: »Hanni ist im Amt beliebt gewesen. Niemand hat schlecht über sie geredet. Aber die ganzen Jahre über gab es ein Gerücht, das sich hartnäckig gehalten hat, selbst dann noch, als sie bereits verheiratet war.« Kreil machte eine Kunstpause, als hätte er nicht Aufmerksamkeit genug. »Man hat ihr eine heimliche Beziehung nachgesagt.«

»Mit wem?«, fragte Thekla scharf.

»Darüber ist nie etwas verlautet.«

Thekla ließ sich so nicht abspeisen. »Man wird doch Mutmaßungen angestellt haben.«

»Sicher hat man das«, gab Kreil zu. »Und weil die Sache gar so geheim gelaufen ist, hat man auf eine bekannte Persönlichkeit getippt. Eine, die ihren Posten verlieren würde, wenn die Liaison mit einer städtischen Angestellten herauskäme.« Er schnitt eine Grimasse. »Ich war lange Zeit der Favorit.«

»Zu Recht?«, fragte Thekla.

Kreils feistes Gesicht ließ einen Anflug von Ärger erkennen. Aber im nächsten Moment lachte er. »Sehen Sie mich doch an, Frau Stein. Übergewichtig, kahl und bluthochdruckgeschädigt. Was hätte ich der jungen Frau zu bieten gehabt?«

»Einen Posten im Bauamt«, sagte Thekla trocken.

»Den hätte sie auch ohne mein Zutun bekommen.« Er dachte einen Moment nach, dann fügte er hinzu: »Am wahrscheinlichsten scheint mir die Geschichte mit dem Stadtrat. Hanni soll tatsächlich ab und zu in Begleitung eines Stadtrats gesehen worden sein.« Im nächsten Moment wischte er die Bemerkung jedoch beiseite. »Was natürlich überhaupt nichts heißen muss. Warum hätte sie nicht mit dem einen oder anderen näher bekannt sein dürfen, ohne dass etwas dahintersteckte?«

»Wer auch immer Hannis heimlicher Liebhaber war«, mischte Heinrich sich ein, »der Umstand, dass sie einen hatte, könnte doch erklären, warum sie bekümmert war. Womöglich wollte er die Beziehung beenden, oder jemand ist hinter ihr Geheimnis gekommen und hat es als Druckmittel benutzt.«

Kreil strapazierte erneut seinen Zeigefinger. »Falls die ganze Sache nicht bloß aus der Luft gegriffen ist. Vielleicht ist das Gerücht einfach deshalb entstanden, weil Hanni von Anfang an gegen jeden Versuch, mit ihr anzubandeln, resistent war. Da musste doch was dahinterstecken. Und flugs hat man eine geheimnisvolle Liaison erfunden.«

»Wer hat denn versucht, mit ihr anzubandeln?«, fragte Thekla.

Kreil stach den Zeigefinger in ihre Richtung. »Soll das ein Kreuzverhör werden, Frau Stein?«

Bevor Thekla ihn beschwichtigen konnte, gab es in der gegenüberliegenden Ecke einen kleinen Aufruhr. Eine Gruppe von ungefähr zehn Personen kam aus dem Nebenzimmer, strebte plaudernd und schwatzend dem Ausgang zu, wodurch sie alle Aufmerksamkeit auf sich zog. Nachdem die meisten durch die Tür waren, nahmen die übrigen Gäste ihre Konversation wieder auf.

Thekla wollte sich eben an Kreil wenden, als der letzte der Gruppe sich umdrehte und auf ihren Tisch zukam.

»Günther! Wir haben uns ja eine Ewigkeit nicht mehr gesehen.« Kreil machte nicht einmal den Versuch, sich zu erheben. »Herbert, was treibt dich denn unters Volk?« Weil nicht gleich eine Antwort kam, wedelte er mit der Hand in Richtung Thekla und Heinrich, während er vorstellte: »Frau Stein, Herr Held.«

»Herbert Hauser«, sagte der hochgewachsene Mann und reichte zuerst Thekla, dann Heinrich die Hand. »Günther und ich sind Sandkastenfreunde.«

Das kann nicht sein, dachte Thekla und fokussierte ihren Blick, der zunächst zweiflerisch zwischen den beiden hin- und hergewandert war, auf Hauser.

Er sah zwanzig Jahre jünger aus als Kreil, wirkte fit, durchtrainiert und lebendig. Die dichten grau melierten Locken ließen ihn paradoxerweise geradezu jugendlich erscheinen.

»Setz dich«, sagte Kreil. »Wir haben gerade über Hanni gesprochen. Du als ihr Nachbar müsstest doch da was beizutragen haben.«

Hauser warf einen unschlüssigen Blick zur Ausgangstür, durch die der Rest der Gruppe verschwunden war, zögerte einen Moment, dann traf er die Entscheidung.

»Ich bin in fünf Minuten wieder da. Die Herren wollen sowieso abreisen.«

»Entschuldigen Sie mich auch einen Moment«, sagte Kreil zu Thekla und Heinrich, erhob sich und schlug den Weg zur Toilette ein. Er und Hauser kamen nach knapp zehn Minuten gemeinsam zurück. Hauser zog sich einen Stuhl heran und nahm Platz.

»Ein Gläschen Wein in netter Gesellschaft, das kann ich jetzt brauchen. Die Anwälte von diesen Supermarktketten sind schlimmer als die Geier. Pinos Bardolino, mhm.« Er rief nach der Bedienung.

»Geschäftliche Besprechung?«, fragte Kreil mit einer Kopfbewegung zum Ausgang hin.

Hauser nickte mit einem Augenrollen. »Zwei Investoren suchen Grundstücke an der Peripherie für die was weiß ich wievielten Supermärkte in der Stadt.«

»Hast du eines an der Hand?«

»Mehrere.«

»Aber der Stadtrat wird keinen weiteren Supermarkt an der Peripherie genehmigen, solange im Stadtkern Geschäfte leer stehen.«

»Ich weiß.«

Kreil sah ihn mit hochgezogenen Brauen an. »Aber für dich ist das ohne Belang.«

»Im Prinzip schon«, erwiderte Hauser. »So mies ist meine Geschäftsmoral allerdings nicht, dass ich die Investoren nicht eindringlich gewarnt hätte.«

Kreil verzog den Mund zu einem Grinsen, was ihn wie einen Halloween-Kürbis aussehen ließ. »Lass mich raten, was sie geantwortet haben: ›Verschaff uns die geeigneten Grundstücke und erspar uns deine Unkenrufe.‹«

Hauser schnitt ein Gesicht. »Nicht wörtlich, aber sinngemäß.«

Pino kam persönlich mit der von Hauser bestellten Flasche Bardolino an den Tisch, öffnete sie und schenkte ein.

Thekla dachte daran, dass sie bereits zwei Gläser getrunken hatte. Der Wein hatte ihre Beine schwer gemacht – und nicht nur die.

»Wie geht's Daniel?«, fragte Kreil, nachdem sie sich zugeprostet hatten. »Willst du ihn nicht endlich in die Firma übernehmen? Du gehst auf die sechzig zu, mein Freund.«

Hauser lachte glucksend. »Nicht jeder kann sich mit fünfundfünfzig zur Ruhe setzen.«

Kreil ließ wieder seinen Zeigefinger aktiv werden. »Mit sechsundfünfzig, wenn ich bitten darf, und leidend. Zwei Bypässe, ein Nierenschaden.«

»Tut mir leid«, sagte Hauser. »Das war taktlos. Und ja, du hast recht. Ein Jahr noch, dann wird unser Jahrgang sechzig. Der richtige Zeitpunkt für Daniel, in der Firma einiges in die Hand zu nehmen.« Er machte eine nachdenkliche Pause, dann fügte er hinzu: »Und um deine Frage zu beantworten: Er macht sich gut.«

Da sie und Heinrich in das Gespräch der beiden nicht einbezogen wurden, fasste Thekla den Entschluss, nach Hause zu gehen.

Sie war müde, und in ihrem Kopf verschwammen Gedanken ineinander wie flüssige Farben. Außerdem hatte sie ihre Schuldigkeit getan. Wann immer Hilde sich melden würde, Thekla konnte mit Informationen über Hanni Stern aufwarten, jawohl. Und nicht nur das. Sie hatte den ersten Schritt dazu gemacht, ihre verwandtschaftliche Pflicht zu erfüllen.

Melissa.

Vage streifte sie der Gedanke, ob sie ihrer Cousine einen Gefallen damit tat, die Unfalltheorie Hannis Tod betreffend in Frage zu stellen, war jedoch zu schlapp, um jetzt darüber nachzudenken.

Wie lange war es her, dass sie sich das letzte Mal gesehen hatten? Zehn Jahre? Fünfzehn? Zwanzig, auf Onkel Hugos Beerdigung. Melissas älterer Sohn Winfried war dabei gewesen. Bernhard nicht. Warum? Thekla erinnerte sich nicht.

Wir haben uns komplett aus den Augen verloren, dachte sie schwerfällig. Wie wieder anknüpfen?

Morgen, das würde sie morgen entscheiden. Morgen, wenn sie ausgeschlafen war.

Thekla wollte gerade Heinrich ein Zeichen zum Aufbrechen machen, als Hauser sagte: »Ihr habt von Hanni Stern gesprochen?«

Kreil nickte. »Frau Stein meint, Hanni hätte in letzter Zeit Kummer gehabt. Ist dir was aufgefallen?«

»Kummer«, wiederholte Hauser und starrte nachdenklich auf die Tischplatte. »Ich muss zugeben … Obwohl …« Er rieb sich die Stirn. »Ich habe Hanni zwar oft gesehen, aber nur selten mit ihr gesprochen, und auch dann nur kurz. Ihr wisst ja, wie sich das Nachbarschaftsleben so abspielt: ein ›Hallo, schöner Tag heute.‹ Oder: ›Die Müllabfuhr wird immer unzuverlässiger.‹ So was halt. Allerdings, ja, doch, mir ist vor einiger Zeit aufgefallen, dass Hanni abgenommen hatte und kränklich aussah. Ich hab mich gefragt, ob sie vielleicht magersüchtig ist, scheint ja eine Modekrankheit zu sein heutzutage. Aber irgendwann hat sie dann wieder besser ausgesehen, und ich habe die Sache vergessen.«

»Man könnte meinen, Hanni und ihr Mann wären bei euch aus und ein gegangen, so eng, wie sie mit Daniel waren«, sagte Kreil beiläufig. »Oder waren sie das gar nicht mehr?«

»Doch, doch«, beeilte sich Hauser zu versichern. »Sehr eng.

Hingen ja anscheinend dauernd zusammen. Aber nicht bei uns. Jedenfalls habe ich Hanni und ihren Mann nie bei uns gesehen.« Er ließ den Rotwein in seinem Glas kreisen. »Was natürlich nichts heißt. Wann bin ich schon zu Hause?« Er lachte auf. »Diese Woche allerdings ...«

Thekla achtete nicht auf Hausers Antwort. Das Gespräch würde sich nun wieder ganz persönlichen Dingen zuwenden, die sie nicht interessierten. Sie wollte endlich nach Hause.

Heinrich schien es ähnlich zu gehen, denn er schob seinen Stuhl zurück. »Wir wollen nicht länger stören. Sicherlich haben Sie noch einiges auszutauschen, was nicht für fremde Ohren bestimmt ist.«

Das darauf folgende Hin und Her: »Aber nicht doch.« – »Wir wollten sowieso längst gehen.« – »Warum bleiben Sie nicht noch ein bisschen?« – »Es ist sehr spät geworden. Und danke für den Wein.« – »Ein Gläschen noch.« – »Wirklich nicht. Und gute Nacht.« – »Vielleicht trifft man sich mal wieder. Hier bei Pino.« – »Das wäre wirklich nett«, zog sich unerträglich in die Länge.

Als sie das Lokal endlich verließen, fiel Thekla ein junger Mann auf, der gegenüber an einer Straßenlaterne lümmelte. Er kam ihr bekannt vor. Doch bevor sie ihn näher ins Auge fassen konnte, machte er sich davon.

Thekla hakte sich bei Heinrich unter – der Alkoholkonsum in Verbindung mit der frischen Nachtluft hatte sie schwindelig gemacht – und vergaß den Kerl auf der Stelle.

Arm in Arm gingen sie die Straße hinunter und hielten auf das Stein'sche Wohnhaus zu.

Die Moosbacher Kirchturmuhr schlug Mitternacht.

6

Um Mitternacht im Bestattungsinstitut Westhöll

Hilde hatte sich in ihre Wohnung hinaufbegeben und betrachtete seit Minuten brütend das Ultraschallbild.

Mittlerweile hatte sie eine Entscheidung getroffen. Sie hatte sich entschieden, davon auszugehen, dass Hanni Stern schwanger gewesen war und es keinem gesagt hatte. Dass die Schwangerschaft nach ihrem Tod nicht zur Sprache kam, schien Hilde durchaus logisch: Der Gerichtsmediziner hatte den Sachverhalt vermerkt, und damit basta. Die Polizei hatte den Vermerk zur Kenntnis genommen, hatte in Betracht gezogen, dass Hanni dreiunddreißig Jahre alt und verheiratet war, woraufhin die Angelegenheit als für die polizeilichen Ermittlungen belanglos abgehakt wurde.

Hannis Schwangerschaft spielte keine Rolle.

Dem wäre tatsächlich so, dachte Hilde, wenn die Unfalltheorie stimmen würde und das Ultraschallbild nicht versteckt in der untersten Schublade von Hannis Schreibtisch gelegen hätte wie Schwarzgeld.

»6. März«, murmelte sie.

Sie begutachtete das auf dem Bild in verschiedenen Grautönen hervortretende Etwas, das sie für den Embryo hielt. Seine Form ähnelte der einer kleinen, dicken Bohne, und sie fragte sich, in der wievielten Schwangerschaftswoche er wohl so aussah.

Um keine Ratespiele veranstalten zu müssen, stand sie auf, ging zum Bücherregal, kniete sich davor und suchte auf dem untersten Regalbrett nach dem Anatomieatlas.

Herrgott, wie lange hatte sie ihn schon nicht mehr in der Hand gehabt?

Erwartungsgemäß stand er noch an dem Platz, der ihm vor Jahren zugeteilt worden war. Er wirkte ein wenig verschlissen und angeschmuddelt, was Hilde nicht beachtete. Ein paar Flecken und Staubflusen taten seiner Zuverlässigkeit keinen Abbruch.

Sie trug den Wälzer zum Tisch, schlug ihn auf und begann, die Abbildungen von Embryonen in verschiedenen Stadien der Entwicklung mit dem Ultraschallbild zu vergleichen.

»Siebte, allenfalls achte Schwangerschaftswoche«, sagte sie nach intensivem Studium laut. »Und das ist jetzt zwei Monate her.«

Demnach war Hanni im vierten Monat schwanger gewesen, als sie starb.

Hilde schlug mit der flachen Hand auf den Tisch. »Im vierten Monat! Man muss es schon fast gesehen haben. Und sie hat kein Wort gesagt.«

Oder hatte sie doch?

Hatte sie nicht. Das wäre verdammt noch mal zur Sprache gekommen.

Außer … Hilde presste die Fingerspitzen an die Schläfen, als müsse sie den neuen Gedanken im Kopf berühren, um ihn weiterverfolgen zu können. Außer – Hanni hatte abgetrieben! Und zwar sofort oder jedenfalls bald nach der Aufnahme des womöglich ersten und einzigen Ultraschallbildes im zweiten Monat ihrer Schwangerschaft.

Hätte eine sechs bis acht Wochen vor ihrem Tod erfolgte Abtreibung den Gerichtsmediziner stutzig gemacht? Nein, entschied Hilde. Und eine Notiz darüber hätte genauso wenig Aufsehen erregt wie der Vermerk über eine Schwangerschaft. Über eine Abtreibung hätten Hanni Stern und ihr Mann sich natürlich ausgeschwiegen.

Falls dem so war, dachte Hilde. Und warum sollte es nicht so gewesen sein?

Weil Hanni Stern wahrscheinlich ermordet wurde, lautete die Antwort. Und in diesem Kontext hätte es für eine Abtreibung noch ganz andere Gründe gegeben.

Hilde spreizte Daumen und Zeigefinger der rechten Hand. »Zwei Möglichkeiten«, sagte sie leise.

Entweder hatte Hanni abgetrieben, oder sie war im vierten Monat schwanger gewesen, als sie starb.

Blitzartig wurde Hilde klar, dass es einen Weg gab, herauszufinden, welche der beiden Möglichkeiten zutraf. Und nicht nur das.

Falls Hanni das Kind behalten hatte, fragte es sich nämlich als Nächstes, ob es von ihrem Mann gewesen war.

Auch das ließe sich feststellen. Aber einfach war es nicht.

Hilde beugte sich über das Anatomiebuch.

Nach einigem Herumblättern wusste sie, dass machbar war, was ihr vorschwebte. Allerdings bedurfte die Sache gründlicher Planung.

Überaus gründlicher Planung, und selbst dann war nicht sicher, ob ihr Vorhaben zu verwirklichen wäre.

Die Digitalanzeige ihrer Armbanduhr zeigte null Uhr dreiundfünfzig, was Hilde nicht daran hinderte, ihre Wohnung noch einmal zu verlassen und in die Geschäftsräume des Bestattungsinstituts hinunterzugehen. Mit den nötigen Maßnahmen und Vorkehrungen konnte nicht schnell genug begonnen werden.

Ungerührt betrat sie Rudolfs Büro und machte sich an seinen Notizen zu schaffen, wobei sie seiner Gewissenhaftigkeit die verdiente Anerkennung zollte. Wie erwartet hatte er sämtliche Verrichtungen, die am kommenden Tag anstanden, in der vorgesehenen zeitlichen Abfolge aufgelistet.

Pfeffer sollte frühmorgens den verstorbenen Scheuerbacher Altbürgermeister auf dem Totenbett in seinem Haus versorgen und ihn dann umgehend ins Leichenhaus überführen. Anschließend hatte Pfeffer ein Grab in Moosbach auszuheben, weswegen er den Friedhofsbagger auf den Lkw laden und dorthin transportieren musste.

Gut, sehr gut. Pfeffer war also beschäftigt.

Und das Beste daran: Der Kühlkatafalk im Leichenhaus würde vom Altbürgermeister belegt sein.

Spätnachmittags hatte Pfeffer die Leiche des Granzbacher Wirts (Nierenversagen von heute auf morgen – exakt formuliert: von vorgestern auf gestern), die in der Leichenkühlzelle im Keller des Bestattungsinstituts untergebracht worden war, ins Krematorium zu bringen.

Gut, sehr gut. Und das Beste daran: Die Kühlzelle der Westhölls würde am frühen Abend leer sein.

Rudolf selbst würde um acht Uhr früh einen Verstorbenen aus dem Granzbacher Seniorenheim abholen und zu dessen Tochter nach Darmstadt fahren, wo er beerdigt werden sollte. Nach seiner Rückkehr – genau gesagt um neunzehn Uhr dreißig – hatte

Rudolf eine Besprechung mit dem Pfarrer und der Friedhofs-
verwaltung.

Prima, befand Hilde.

Und Lore? Lore fiel nicht ins Gewicht. Rudolfs Frau litt noch
immer – nicht nur physisch, sondern auch psychisch – unter
den Folgen des Mordanschlags, der im vorvergangenen Jahr auf
sie verübt worden war, und ließ sich, wenn überhaupt, dann
bestimmt nicht abends im Bestattungsinstitut blicken.

Hilde holte einen der Merkzettel mit dem Logo der städtischen
Sparkasse aus ihrem Büro, den sie zu Weihnachten in der Filiale
geschenkt bekommen hatte. Der Schalterbeamte hatte etwas
gequält gelächelt, als sie ihn gefragt hatte, ob man meine, damit
die Jahreszinsen für ihr Sparkonto abgelten zu können.

Sie schnappte sich einen Kugelschreiber aus Rudolfs pe-
dantisch aufgereihten Beständen, knallte den Zettel auf seine
Schreibtischplatte und vermerkte darauf: »Morgen Nachmittag!
Gerichtsmedizin München! Auf dem Rückweg von Darmstadt
Hanni Stern abholen!«

Die Leiche war bereits freigegeben, das hatte ihr Bernhard
Stern bestätigt. Also musste man sie auch abholen können. Hilde
wollte allerdings vorsichtshalber am Morgen in der Gerichtsmedizin anrufen, um sicherzugehen.

Sie starrte auf Rudolfs blank gewienerten Schreibtisch und
rechnete noch mal nach, ob ihr Plan auch tatsächlich aufging.
Acht Uhr: den Sarg mit dem Verstorbenen im Seniorenheim
abholen, einladen, die nötigen Papiere im Verwaltungsbüro
besorgen. Acht Uhr dreißig: Abfahrt nach Darmstadt, dort
Sarg ausladen und übergeben. Dreizehn Uhr – falls alles glatt-
lief – Rückfahrt von Darmstadt via München, um Hanni Stern
mitzunehmen. Ankunft in München frühestens sechzehn Uhr.
Eintreffen zu Hause nicht vor achtzehn Uhr dreißig.

Zu diesem Zeitpunkt würde der Kühlkatafalk im Scheuerbacher Leichenhaus, das als Einziges einen besaß (Granzbach und
Moosbach hatten sich bisher um die Anschaffung gedrückt),
vom Altbürgermeister besetzt sein, der Granzbacher Wirt jedoch
würde die Kühlzelle im Hause Westhöll verlassen haben. Folglich
würde Rudolf – ohnehin vermutlich in Zeitnot – gar nichts ande-

res übrig bleiben, als die tote Hanni Stern im Bestattungsinstitut unterzubringen.

Und damit wäre der Weg geebnet.

Hilde eilte wieder nach oben in ihre Wohnung. Es war inzwischen fast halb zwei geworden, aber eine wichtige Sache musste sie noch erledigen.

Um morgen keine Zeit zu verlieren, sollte sie besser jetzt gleich noch herausfinden, welche Instrumente man benötigte und wie sie zu beschaffen waren.

Erneut wälzte sie den Anatomieatlas, las diese und jene Beschreibung, studierte Abbildungen.

Nach einer guten halben Stunde musste sie sich eingestehen, dass sie sich die Ausführung ihres Plans leichter vorgestellt hatte.

»Verdammt, er sitzt ja viel zu weit oben«, murmelte sie ernüchtert.

Hilde biss auf ihrer Unterlippe herum. Sie würde schneiden müssen. Beklommen fragte sie sich, ob sie das über sich bringen konnte. Mit einem Mal fühlte sie sich müde, mutlos, geradezu verängstigt. Sie war doch kein Schlächter. Auch sie hatte Grenzen, die zu überschreiten ihr unmöglich schien.

Unversehens geriet sie ins Schwanken, trug sich mit dem Gedanken, einen Rückzieher zu machen. Nichts zwang sie dazu, ihren Plan auszuführen.

Doch, das Jagdfieber hatte sie am Wickel.

Hilde wollte wissen, was Hanni Stern widerfahren war, und dafür musste sie tun, was zu tun war. Wenn es ihr auch widerstrebte.

Sie straffte sich, warf einen letzten Blick auf eine Abbildung im Anatomiebuch, die Form und Lage des Embryos im vierten Monat zeigte, dann schlug sie es zu. Für ihre Untersuchung würde sie keine speziellen Instrumente benötigen. Sie konnte schlicht und einfach Gregors Fahrtenmesser nehmen. Auch Jahre nach seinem Tod besaß es noch eine scharfe Klinge.

Hilde erhob sich, schob einen Stuhl an den Wohnzimmerschrank und stieg hinauf, um es aus dem obersten Fach zu holen. Als sie nach der Schatulle greifen wollte, in der sie es aufbewahrte, hielt sie plötzlich inne. Sie brauchte gar nicht zu schneiden. Das hatte der Pathologe ja bereits erledigt.

Erleichtert atmete sie aus, ließ die Schatulle an ihrem Platz und schloss die Schranktür. Für das, was sie noch tun musste, würde das kleine Obstmesser aus der Küchenschublade genügen.

7

Am Morgen in der Nähe der Tischlerei Maibier

»Mach mir bloß eine Tasse Kaffee«, sagte Sepp. »Kein Frühstück. Die tischen uns sowieso gleich was zu essen auf.«

In dem Gasthof, wo die Firma Maibier neue Fenster und Türen einbaute, schien die Montagetruppe geradezu gemästet zu werden.

Als Sepp, nachdem er seinen Kaffee hinuntergestürzt hatte, das Haus verließ, entschied Wally, das Frühstück ebenfalls ausfallen zu lassen. Damit sie nicht in Versuchung kam, es sich anders zu überlegen, wollte sie stattdessen eine flotte Nordic-Walking-Tour machen. Auf dem Rückweg konnte sie sich beim Bäcker frische Brezen mitnehmen, die sie dann als Brunch mit Frischkäse verzehren würde. Aber zuvor, oh ja, vor dem Brunch würde sie sich auf die Waage stellen und sich gratulieren.

Wally schlüpfte in den Trainingsanzug, den sie sich extra fürs Nordic Walking zugelegt hatte, zog sich Turnschuhe an, steckte Geld, Schlüssel und ihr Handy ein (Sepp hatte ihr bei Androhung aller Strafen der Hölle eingebläut, nicht ohne es wegzugehen), griff nach den Stöcken und verließ das Haus.

Sie nahm den Weg, der zur Bäckerei führte. Zum einen, um sicherzustellen, dass sie heimwärts wieder daran vorbeikommen würde; zum andern, weil ihr bei den morgendlichen Verrichtungen Luise Haberklopfer eingefallen war.

Wally konnte Luise Haberklopfer nicht ausstehen.

Seltsam genug, denn Wally war es gegeben, über Eigenheiten, Macken und sonstige Unzulänglichkeiten ihrer Mitmenschen großherzig hinwegzusehen und mit jedem gut Freund zu sein (Wie sonst hätte sie es so lang mit Sepp Maibier aushalten können?).

Luise Haberklopfer stand auf einem anderen Blatt.

Trotzdem würde Wally sich mit ihr unterhalten müssen. Ihr war nämlich eingefallen, dass Helga Weiss erwähnt hatte, Luises Tochter, Britney-Beyoncé (ja, so war Luise Haberklopfer) sei eine Kollegin von Hanni Stern gewesen.

Wally erlaubte sich einen kleinen Seufzer. Wie unliebsam ihr das Gespräch mit Luise auch sein mochte, sie musste zu den Ermittlungen beitragen, was sie konnte. Und dazu gehörte auch, Personen zu befragen, denen man lieber aus dem Weg gegangen wäre. Den von Luise Haberklopfer würde sie morgens um halb acht bei der Bäckerei mit Sicherheit kreuzen, weil Luise um diese Zeit die Frühstücksbrötchen für ihre Pensionsgäste holte.

Wally konnte ihr Glück kaum fassen, als sie Britney-Beyoncé (sie selbst nannte sich Brit, und alle außer ihrer Mutter machten es genauso) mit dem Henkelkorb aus der Bäckerei kommen sah. Wally kannte die junge Frau zwar nur vom Sehen, meinte aber, schlimmer als ihre Mutter könne sie auf keinen Fall sein.

Sie wünschte ihr freundlich einen guten Morgen und fragte, so besorgt es ihr möglich war: »Luise wird doch nicht krank sein, weil Sie einspringen müssen?«

Brit sah sie einen Moment überrascht an, dann dämmerte ihr, wer sie da ansprach. »Ah, Frau Maibier. Nein, Mama ist nicht krank. Ich hab Urlaub. Deswegen hab ich das Semmelholen übernommen.«

Wally streifte der Gedanke, warum Brit eigentlich nicht längst verheiratet war oder wenigstens in einer eigenen Wohnung wohnte. Hatte Luise ihre Britney-Beyoncé so dermaßen unter Kuratel?

Sie wischte die kurze Irritation beiseite und konzentrierte sich auf ihr Vorhaben. »Urlaub von der Dienststelle. Das wird Ihnen bestimmt guttun, nach all den Aufregungen über den Tod Ihrer Kollegin.«

»Ehemaligen Kollegin«, verbesserte Brit spröde.

»Ehemaligen Kollegin?«, wiederholte Wally fragend und bat die Himmelmutter um Verzeihung für den Winkelzug. »War Hanni Stern gar nicht mehr im Bauamt?«

»Schon eine ganze Weile nicht mehr«, kam die abweisende Antwort.

In Wally regten sich Zweifel, ob aus Brit mehr als das herauszuholen war, was man ohnehin wusste. Gleichwohl – wenigstens einen Versuch wollte sie noch machen.

»Trotzdem muss es ein Schock für Sie gewesen sein. Waren Sie gut mit Hanni befreundet?«

Brit lachte flüchtig auf. »Mit Hanni konnte man nicht befreundet sein.«

Wally sah sie interessiert an und hoffte auf mehr.

Tatsächlich fuhr Brit fort: »Hanni war eine der Besten im Amt. Hat sich mit den Vorschriften ausgekannt wie niemand sonst. Alles konnte man sie fragen. Alles, was die Arbeit betraf. Und sie ist einem immer beigesprungen. Aber wehe, wenn man versucht hat, über was Privates mit ihr zu reden. Da hat sie dichtgemacht wie eine Muschel. Aus. Schluss. Kein Wort war mehr aus ihr herauszukriegen.«

Wally machte große Augen. »Kaum zu glauben. Warum wohl?«

Brit hob die Schultern. »Keine Ahnung. So war sie halt. Sabine, ihre Zimmernachbarin, hat immer gesagt: ›Die Hanni hat so was von einen Sprung in der Schüssel.‹ Hört sich fies an, ich weiß, aber ganz abwegig war es nicht.«

»Furchtbar«, sagte Wally. »Das ist ja ganz furchtbar, wenn man keine Freunde hat. Keinen, mit dem man mal …«

Sie wusste nicht recht weiter, aber Brit hakte ohnehin schon ein. »Daniel war der Einzige. Mit Daniel hat sie oft zusammengesteckt. In der Mittagspause, sogar nach Feierabend.«

Wally fiel auf, dass sich Brits Tonlage bei den letzten Worten verändert hatte. Sie spürte dem Klang nach, ließ ihn auf sich wirken, und plötzlich hatte sie es. Eifersucht. Sie lächelte verständnisvoll. »Daniel scheint ja ein ganz besonderer junger Mann zu sein.«

Brit nickte ungestüm. »Und er sieht spitzenmäßig aus.«

Wally drohte ihr scherzhaft mit dem Finger. »Sie sind in ihn verliebt?«

Brits Wangen röteten sich sichtlich, doch sie sagte nur: »Ach was.« Falls sie noch etwas hatte hinzufügen wollen, wurde sie vom Klingeln ihres Handys daran gehindert.

Als Brit den Anruf entgegennahm, konnte Wally Luises Stimme hören, wenn auch nicht verstehen, was sie sagte. Wally konnte es sich ohnehin denken. Luise wollte vermutlich wissen, wo Brit mit den Semmeln blieb.

Wally stand noch vor der Bäckerei, nachdem Brit längst davongehastet war. Was hatte sie noch mal vorgehabt? Eine flotte Nordic-Walking-Tour, ja, natürlich.

Nach kurzem Überlegen schlug sie den Weg in Richtung Moosbach ein, denn sie hoffte, es bis zum neu erbauten Damm zu schaffen, der nach der Flutkatastrophe im vergangenen Jahr im Eilverfahren genehmigt und zügig in Angriff genommen worden war.

Wally dachte an Hildes Kommentar zum Dammbau an der Moosbacher Senke: »Als ob der Moosbach jemals eine Gefahr gewesen wäre. Kein Mausloch überschwemmt der. Genau das hat er ja während der Jahrhundertflut bewiesen.«

Wally und Thekla hatten bereitwillig zugegeben, dass sich der Moosbach während der Flutkatastrophe als vergleichsweise zahm erwiesen hatte, obwohl Elisabeths Mann Karl darin ertrunken war – was jedoch weniger das Flüsschen als sein Mörder verschuldet hatte.

Dieses Stück Damm, das innerhalb kürzester Zeit entstanden, jedoch noch nicht komplett fertiggestellt war (insbesondere den Sicherheitsvorschriften war noch nicht Genüge getan), schien tatsächlich unnötig, wenn nicht sogar nachteilig zu sein, denn es trennte den Moosbach von einer Senke, die im Ernstfall als Auffangbecken dienen konnte.

»Bei Hochwasser hindert der blöde Erdwall den Bach daran, sich auszubreiten«, hatte Hilde gewettert. »Er zwingt ihn, in dem schmalen Bett zu bleiben, wo ihm nichts anderes übrig bleibt, als zu steigen und zu steigen. Wenn die Scheuerbacher während der Jahrhundertflut kein Problem mit dem Moosbach hatten, bei künftigem Hochwasser werden sie eines kriegen.«

»Aber wie können die Gemeinderäte nur so kurzsichtig –«, hatte Wally einzuwenden begonnen, doch Hilde hatte ihr das Wort abgeschnitten.

»Blind, Wally. Wer immer das Ding genehmigt hat, hat sich blind gestellt.« Hilde hatte Daumen und Zeigefinger in wohlbekannter Weise aneinandergerieben. »Kannst du dir nicht denken, was sie so mit Blindheit geschlagen hat?«

»Aber wer sollte denn so großes Interesse an diesem Dammbau

haben, dass —«, hatte Wally fragen wollen, und erneut war sie unterbrochen worden.

»Wie wär's mit dem, dem die Senke neuerdings gehört und der ein Logistikzentrum hineinbauen will – wie neulich in der Zeitung zu lesen stand?«

Ja, so läuft das, dachte Wally nun, während sie zügig über die sandige Trasse schritt, die am Moosbach entlang in Richtung des gleichnamigen Ortes führte und Fußgängern als Spazierweg, Radlern als Hauptroute diente.

»Korruption«, hatte Sepp erst kürzlich gesagt, »ist nicht nur in der Dritten Welt zu finden, auch wenn wir uns das gern einreden möchten. Beamtenbestechung hatten wir nämlich in Europa schon, da haben sie sich in Neuguinea noch bei der Kopfjagd vergnügt. Diesen ganzen Filz haben wir Bayern vor der eigenen Tür.«

Vielleicht sogar schon dahinter, dachte Wally. Denn war es nicht so, dass der Tod von Hanni Stern höchstwahrscheinlich mit ihrem Posten im Bauamt zusammenhing? Ali Schraufstetter hatte das doch gemeint. Und hatte Brit nicht gerade eben bestätigt, dass Hanni in ihrem Beruf ein Ass gewesen war? Was doch bedeutete, dass sie eventuellen Betrügereien auf die Spur gekommen wäre. Oder?

Wally blieb plötzlich stehen und machte Froschaugen. In einiger Entfernung ragte der Damm vor ihr auf, und sie konnte nicht anders, als davon beeindruckt zu sein.

Das sieht ja aus wie an diesem Wie-hieß-er-noch-Stausee in den Tiroler Bergen, dachte sie. Gigantisch.

Der Damm fiel an beiden Seiten steil ab, aber selbst von Wallys jetziger Warte aus konnte man erkennen, dass sich die beiden Böschungen noch nicht gefestigt hatten. Dennoch würde es keine Gefahr bedeuten, auf der Dammkrone entlangzulaufen, denn der Weg darauf war breit genug für einen Traktor.

Breit genug sogar, dachte Wally, dass zwei Autos aneinander vorbeifahren könnten – jedenfalls zwei kleine.

Sie geriet etwas aus der Puste, weil das Gelände nun deutlich anzusteigen begann. Der Weg, der sich zuvor flach erstreckt hatte und danach sanft aufwärts verlaufen war, führte jetzt auf den Damm hinauf.

Während Wally ihr Tempo wegen des Anstiegs mehr und mehr verlangsamte, nahm sie wahr, dass das Gefälle der Böschung zur Bachseite hin fast senkrecht schien. Sie konnte Betonblöcke erkennen, die das Baumaterial offenbar verstärken sollten. Auf der anderen Seite, zur Senke hin, zeigte sich der Abhang ein wenig flacher und bestand aus einer graubraunen Masse, die Wally für verbackenen Sand hielt. Am Fuße dieses Hanges standen zwei verlassene Baumaschinen in einem schlammigen Geviert. Anscheinend war während der Bauarbeiten Grundwasser in die Senke eingedrungen.

Wally hatte die Deichkrone erreicht und blieb nun stehen. Abgesehen von Wolkenschiffen am vormittäglichen Himmel bestand ihre Umgebung hauptsächlich aus Staub und Kiesel. Etliche Meter weiter unten war es allerdings nass.

Rechter Hand floss der Moosbach vorbei. Links unten gähnte ihr die Baggerschaufel entgegen. Der Bagger selbst und die kleine Planierraupe, an der ein paar Werkzeuge lehnten, hockten in ihrem Schlammloch.

Wally fragte sich, wo der Bautrupp geblieben war.

Womöglich abgezogen und anderswo eingesetzt, weil es hier an Nachschub für die Fertigstellung des Dammes fehlte.

Leitplanken zum Beispiel, dachte Wally, eine Art Geländer. Den Weg hier oben muss man doch sichern. Kinder wollen auf ihren Fahrrädern entlangfahren, das eine oder andere Auto wird die Abkürzung über den Damm nehmen, von Motorrollern und Mofas ganz zu schweigen.

Als hätten Wallys Gedanken ein derartiges Verkehrsaufkommen heraufbeschworen, tauchte aus der Moosbacher Richtung ein kleiner roter Wagen auf.

Hastig suchte sie nach einer Ausweichstelle, um das Auto vorbeizulassen. Wenn auch der Weg für einen Fußgänger und einen Wagen breit genug war, so wollte sie doch kein Risiko eingehen, und vor allem wollte sie nicht mit einer Staubschicht bedeckt werden.

Sie wandte sich nach links, wo die Dammböschung zur Senke

hin weniger steil abfiel, und entdeckte ein paar Schritte weiter Einkerbungen, die wie eine schmale Treppe ein Stück weit hinunterführten. Sie erlaubten ihr, die Dammkrone zu verlassen und etwa eineinhalb Meter hinabzusteigen. Die letzte Einkerbung bildete ein kleines Plateau, sodass Wally sich darauf umdrehen und hinaufschauen konnte.

Langsam rollte der Wagen näher. Als er noch etwa zwanzig Meter entfernt war, bemerkte Wally, dass dahinter ein weiteres Auto auftauchte, das auf einmal unverhältnismäßig nah auf seinen Vordermann auffuhr.

Wie rüpelhaft, dachte sie. Drängeln gehört sich nicht und ist außerdem verboten.

Der zweite Wagen schien ein Baustellenfahrzeug zu sein, über und über mit Schlamm bespritzt. Auf dem Dach befand sich ein gelbes Signallicht, das jedoch nicht eingeschaltet war.

Während Wally darauf wartete, dass die beiden Autos an ihr vorbeifuhren, scherte das hintere plötzlich aus und setzte zum Überholen an.

»Oh nein«, entfuhr es Wally. Was für ein Flegel. Was für ein Irrer! Was der vorhatte, konnte doch nicht gut gehen.

Damit sollte sie recht behalten.

Als die beiden Autos fast auf gleicher Höhe waren, geriet das Baustellenfahrzeug so weit nach rechts, dass es den roten Kleinwagen neben sich gefährlich nahe an die Kante auf der Bachseite zwang.

Derart unter Druck gesetzt, verlangsamte der Fahrer des kleinen roten Wagens das Tempo, um das Baustellenfahrzeug vorbeizulassen. Doch auch das bremste nun ab.

Wally presste beide Hände auf den Mund. Mit schreckgeweiteten Augen beobachtete sie, wie beide Autos auf gleicher Höhe fuhren, wobei das kleine rote mehr und mehr an die Kante geschoben wurde. Der rechte Vorderreifen sackte bereits weg.

Wally schrie auf.

Plötzlich machte der bedrängte Wagen einen Satz nach vorne. Offenbar hatte der Fahrer das Gaspedal durchgetreten. Das Manöver verschaffte ihm den Vorsprung, den er brauchte, um sich wieder vor das andere Fahrzeug zu setzen und gegenlenken zu können, was er offensichtlich auch tat, denn der Wagen schlingerte nach links.

Unglücklicherweise viel zu weit.

Wally schlug die Hände vors Gesicht, als das kleine rote Auto über die Böschung kippte und in die Senke hinunterrollte. Gleich darauf hörte sie ein Knirschen, ein Scheppern und ein Klirren, die sie schaudern ließen.

Danach war es still. Einige Augenblicke lang glaubte sie noch, das Motorengeräusch des sich entfernenden Baustellenfahrzeugs zu hören, dann verebbte auch das.

Wally ließ die Hände sinken und warf einen entsetzten Blick in die Richtung, in die es verschwunden war. Nun hatte der Kerl auch noch Fahrerflucht begangen.

Nach einigen Augenblicken wandte sie sich zögernd der Senke zu.

Der rote Wagen war am Fuß der Böschung zwischen die beiden dort abgestellten Baumaschinen geraten und hatte sich irgendwie mit ihnen verkeilt.

Wally erkannte, dass die Kühlerhaube komplett eingedellt war und das Heck schräg nach oben stand, als hätte jemand versucht, es auf die Baggerschaufel zu hieven.

Der Fahrer braucht Hilfe, realisierte Wally. Er muss verletzt sein – schwer verletzt. Sie schaute sich suchend um, als erwarte sie, Notarzt, Polizei und sonstige Rettungskräfte würden wie durch Zauberhand erscheinen. Doch niemand war zu sehen. Kein Auto, kein Radfahrer, kein Fußgänger. Von dem Fahrzeug, das den Unfall verschuldet hatte, keine Spur.

Sie musste selbst handeln. Sie musste dort hinunter und den Fahrer aus dem demolierten Wagen befreien.

Wally entschloss sich, das restliche Gefälle auf dem Hosenboden zu überwinden, und wollte sich gerade darauf niederlassen, als ihr in den Sinn kam, was Sepp ihr eingehämmert hatte: »Bei einem Unfall als Erstes einen Notruf absetzen!«

Pflichtschuldig angelte sie das Handy aus der Hosentasche, das wie immer ausgeschaltet war. Mit vor Anstrengung gerunzelter Stirn versuchte sie, sich an die PIN zu erinnern, als sich unten in der Senke etwas bewegte.

Die Fahrertür des roten Autos öffnete sich stückchenweise, was von einem Knacken und Quietschen begleitet wurde.

Wally gab das Nachsinnen auf und starrte reglos hinunter.

Ein Mann kroch aus dem Unfallfahrzeug, hielt sich an der Gleiskette der Planierraupe fest, in die sich die Schnauze seines Wagens gebohrt hatte, und zog sich daran empor.

Irgendetwas an ihm kam Wally bekannt vor, sie wusste jedoch nicht, was. Erst als er den Kopf hob, erkannte sie ihn.

»Ali! Himmelmutter, das ist ja Ali Schraufstetter! Ich komme, Ali!« Wally schlitterte den Abhang hinunter und stürzte auf ihn zu.

Schraufstetter hatte sich inzwischen einige Schritte von seinem Auto wegbewegt und stand mit hängenden Armen da.

Wally warf sich ihm an die Brust. »Oh Ali. Was für ein Unglück. Was für ein schlimmer Unfall.« Sie klammerte sich an ihm fest. Er hob langsam die Arme und umfasste sie. Aus einer Platzwunde auf seiner Stirn tropfte Blut.

»Jemand verletzt? Sind Sie beide verletzt?«, fragte eine männliche Stimme.

Wally fühlte, wie sie losgelassen und ein Stück zurückgeschoben wurde, sodass sie den Kontakt zu Alis Brust verlor, an die sie den Kopf gelehnt hatte.

»Nicht nennenswert«, hörte sie ihn sagen. »Wir sind mit dem Schrecken davongekommen.«

»Aber Sie haben eine Kopfwunde«, widersprach die Stimme.

Wallys Blick glitt an die Stelle, von wo sie kam, und fand einen jungen Mann, mit dem sie – darauf hätte sie schwören mögen – schon einmal zusammengetroffen war. Allerdings wollte ihr nicht einfallen, wann und wo.

»Der Schnitt muss versorgt werden«, sagte er gerade.

Schraufstetter winkte ab. »Hat Zeit.«

Der junge Mann – um die dreißig, schätzte Wally, blond, gut gewachsen und lässig gekleidet – wandte sich dem zerbeulten Auto zu. »Das hätte aber dumm ausgehen können.«

Als er es aussprach, fiel der Groschen. Genau dasselbe hatte er gesagt, nachdem er Thekla auf der Landesgartenschau davor bewahrt hatte, rücklings auf eine der bemalten Bojen zu stürzen.

Schraufstetter hatte indessen ein mäßig sauberes Taschentuch hervorgezogen und tupfte damit das Blut ab, das an seiner Augenbraue und dem linken Nasenflügel entlang bis zum Mundwinkel ein dünnes Rinnsal bildete. »Das hätte es wahrhaftig.«

»Oh ja«, beeilte sich Wally zu versichern. »Wenn nämlich Ali auf der anderen Seite drüben hinuntergestürzt wäre, so wie der Kerl es haben wollte.«

Der junge Mann drehte sich jäh zu ihr um und fasste sie scharf ins Auge. »Was soll denn das heißen?«

Schraufstetter legte ihr den linken Arm um die Schulter, als müsse er sie vor einem Angriff schützen, streckte den rechten aus und reichte dem jungen Mann die Hand. »Ali Schraufstetter, Kreisbrandrat. Wir kennen uns von ein paar Begegnungen im Bauamt. Sie müssen Daniel Hauser sein.«

Der junge Mann schüttelte ihm die Hand und nickte.

Schraufstetter sah sich um. »Wo kommen Sie denn so unverhofft her?«

Daniel zeigte mit dem Daumen über die Schulter in Richtung Senke, wo weiter hinten ein längliches Rechteck abgesteckt war. »Ortstermin. Ich wollte mir das Baugelände ansehen. Als ich aus dem Auto gestiegen bin, sind Sie gerade die Böschung runtergeschlittert.« Er wandte sich wieder Wally zu. »Welcher Kerl?«

Bevor sie antworten konnte, sagte Schraufstetter: »Irgendein Irrer hat mich am Damm oben überholt und abgedrängt.«

Daniel Hauser sah Schraufstetter nachdenklich an, dann flog sein Blick zu Wally. »Hatten Sie etwa den Eindruck, dass Absicht hinter dem Manöver steckte?«

Als sie den Mund aufmachte, um zu antworten, spürte sie, wie sich Schraufstetters Finger in ihre Schulter gruben. Deshalb klappte sie den Mund wieder zu und schüttelte den Kopf.

Daniel Hauser wirkte irgendwie verdrossen, als er fragte: »Haben Sie die Polizei gerufen?«

Schraufstetter verneinte. »Sinnlos, falls Sie meinen, ich könnte gegen den Rowdy Anzeige erstatten. Ich weiß nicht einmal den Autotyp. Von der Nummer ganz schweigen.«

»Das Auto ist so dreckig gewesen, dass man die Farbe gar nicht erkennen konnte«, warf Wally ein.

»So, so«, machte Daniel Hauser, als habe er den Verdacht, sie würden ihm Lügen auftischen.

»Können wir helfen? Mein Mann ist Arzt.«

Spaziergänger waren über den Dammweg gekommen. Ein älteres Paar, das sich untergehakt hatte. Auf den ersten Blick war nicht festzustellen, wer wen stützte.

»Sehe ich da eine Kopfwunde?«, sagte der Mann, nachdem er mit zusammengekniffenen Augen hinuntergespäht hatte. »Das lassen Sie besser im Krankenhaus behandeln.«

»Ich bringe den Herrn hin«, rief Daniel Hauser hinauf.

Der Arzt nickte ihm beipflichtend zu. »Das wäre sehr zu empfehlen.« Damit setzte sich das Paar wieder in Bewegung, und Wally erkannte, dass er es war, der einer Stütze bedurfte.

Kaum hatte sich Daniel Hauser abgewandt, um quer durch die Senke zu dem Rechteck aus Pfosten und Planken zu eilen, hinter dem offenbar sein Wagen geparkt war, fühlte Wally Alis Arm von ihren Schultern gleiten.

»So oder so«, sagte Schraufstetter, während er sein Handy zückte, »der Unfall muss gemeldet werden.« Er begann eine Nummer einzutippen, als ihn ein Motorengeräusch aufhorchen ließ.

Wally hatte es ebenfalls gehört, und beide sahen nun dem Wagen entgegen, der von der Scheuerbacher Seite her auf den Damm gefahren kam. Er hielt direkt oberhalb des Autowracks. Ein elegant gekleideter Herr stieg aus und beugte sich über den Rand der Böschung.

»Alles in Ordnung mit Ihnen?«

»Alles geregelt«, rief Schraufstetter. »Fahren Sie ruhig weiter.«

Der Mann wollte sich gerade wieder seinem Wagen zuwenden, überlegte es sich dann jedoch offenbar anders. Vorsichtig, um nicht auszugleiten, stieg er die Böschung hinunter, wobei er kleine Erdrutsche auslöste.

»Was ist denn passiert, Herr Schraufstetter?«

Wally sah Ali grinsen. »Haben die Hausers heute ein Familientreffen am neuen Moosbachdamm?« Auf die verständnislose Miene seines Gegenübers hin fügte er hinzu: »Ihr Sohn ist uns auch schon über den Weg gelaufen. Er holt gerade seinen Wagen, weil er mich ins Krankenhaus schaffen will.«

»Das scheint mir auch dringend nötig«, antwortete der elegante Herr, der offenbar Daniels Vater und, wie Wally nun aufging, der allseits bekannte Herbert Hauser, Inhaber von »Hauser-Immobilien«, war.

Als Wallys Blick von Hauser wieder zu Schraufstetter wanderte, stellte sie erschrocken fest, dass sich aus dem Rinnsal, das aus Alis Wunde gesickert war, ein Fluss mit vielen kleinen Nebenarmen entwickelt hatte. Das Taschentuch, mit dem er sich das Blut aus dem Gesicht zu wischen versuchte, war bereits durchtränkt. Ein paar kräftige Gerinne hatten sich den Weg an den Mundwinkeln vorbei gebahnt und fielen in dicken Tropfen vom Kinn.

Wally starrte befremdet auf das Blut in Alis Gesicht, das ihr so dunkel zu sein schien wie Brombeergelee. Erst als ihr Blick auf einen Tropfen auf seinem Hemd fiel, der heller wirkte, wurde ihr klar, dass der Kontrast zur Haut die Färbung des Blutes in ein beinahe schwarzes Lila changieren ließ.

Ali hatte die grau melierte Blässe eines Grottenolms angenommen.

Himmelmutter, dachte Wally, lass ihn nicht ohnmächtig werden, bevor Daniel Hauser ihn im Wagen hat. Mit Erleichterung sah sie das Fahrzeug bereits näher kommen.

Sie fasste Ali wieder scharf ins Auge und sah – täuschte sie sich? Nein, sie täuschte sich gewiss nicht – ihn schwanken, als stünde er an Deck eines Kutters auf stürmischer See.

Herbert Hauser musste Alis Ermattung ebenfalls bemerkt haben, denn er machte einen schnellen Schritt auf ihn zu, in der deutlichen Absicht, ihm beizuspringen.

Aber bevor er Ali zu fassen bekam, wurde er beiseitegeschoben. »Ich mach das schon.«

Daniel hatte sein Auto so nah wie möglich herangefahren, war herausgesprungen und an Alis Seite gehastet. Nun legte er sich Alis rechten Arm über die Schultern und führte ihn zum Wagen, wo die Beifahrertür bereits offen stand. Er half ihm auf den Sitz, schnallte ihn an und schlug die Tür zu. Dann lief er zur Fahrerseite, um selbst einzusteigen. Dabei rief er Wally über die Schulter zu: »Worauf warten Sie? Wollen Sie nicht mitkommen?«

Wollte sie mitkommen? Ins Krankenhaus? Was konnte sie dort

tun? Zusehen, wie man Ali in ein Behandlungszimmer brachte? In einer Ecke warten, bis er wieder herauskam? Und dann?

Als Wallys Gedankengang gerade so weit gediehen war, fuhr Daniel mit Ali bereits los, womit sich weitere Überlegungen erübrigten.

Mit resigniertem Blick sah sie dem Wagen nach, der am Rand der Senke entlangholperte, um später dort, wo der Damm flach auslief, auf die Fahrtrasse gelangen zu können.

»Darf ich Sie nach Hause bringen?«, schreckte Herbert Hausers Stimme sie auf.

Nach Hause. Ja, das klang gut. Das klang nach Geborgenheit, nach Zuflucht und nach einer Tasse Tee mit Kandiszucker.

Hauser reichte ihr ritterlich die Hand und half ihr die Böschung hinauf zu seinem Wagen. Er sammelte die Walkingstöcke auf, legte sie in den rückwärtigen Fußraum und lächelte Wally ermunternd zu, als er sie vorne einsteigen ließ.

Wally sank in die Polster, die nach feinem Leder rochen, sich weich und dennoch stützend an ihren Rücken schmiegten.

»Wo darf ich Sie hinbringen?«

Wally zeigte nach Scheuerbach, woher Herbert Hauser gekommen war. Er startete und ließ den Wagen im Schritttempo den Dammweg in Richtung Moosbach hinunterrollen.

»Lieber ein paar Meter weiterfahren, als hier oben ein Wendemanöver zu versuchen.«

Als sie das Gefälle hinter sich hatten, fand er eine Stelle, an der er umkehren konnte. Dann fuhr er den Weg auf den Damm zurück und in Richtung Scheuerbach wieder hinunter.

Gemächlich zuckelten sie die Sandtrasse am Moosbach entlang.

Herbert Hauser wandte den Blick von der Fahrbahn und sah Wally an. »Wie konnte denn Schraufstetter auf dem Damm oben die Kontrolle über seinen Wagen verlieren? War er nicht jahrelang Kommandant der Deggendorfer Feuerwehr?« Er schüttelte ungläubig den Kopf. »So jemanden hätte ich am Steuer eines Fahrzeugs für einen Profi gehalten.«

»Das ist er auch«, antwortete Wally im Brustton der Überzeugung. »Sonst wäre er in den Moosbach gestürzt.«

Hauser wirkte erschrocken. »In den Moosbach? Über die Steilstufe? Das hätte er wohl nicht überlebt. Wie kommen Sie darauf, dass er in den Moosbach hätte stürzen können?«

Endlich hatte Wally das Wort. Endlich konnte sie einem interessierten Zuhörer erzählen, was sie beobachtet hatte.

8

Am Abend vor dem Eingang zum Bestattungsinstitut

»Und das Auto ist so dreckig gewesen, dass man nicht einmal die Farbe erkennen konnte, geschweige denn das Nummernschild oder den Fahrer?«, vergewisserte sich Thekla.

»Ganz bestimmt«, antwortete Wally. »Es war über und über mit Schlamm bespritzt.«

Die beiden saßen in einer Nische links vom Eingang des Westhöll'schen Bestattungsinstituts, wo Rudolf eine hübsche Gartengarnitur hatte aufstellen lassen, die durch hohe Oleanderbüsche in Kübeln vor den Blicken der Passanten geschützt war.

Sie waren vor etwa zehn Minuten angekommen, weil Hilde sie telefonisch herbestellt hatte.

»Keine Ausreden«, hatte Hilde zu Thekla gesagt. »Es ist wichtig. Du musst unbedingt hier erscheinen – und Wally auch.«

Thekla hatte Heinrich informiert, und sie hatten vereinbart, dass sie allein zu dem Treffen fahren sollte. Im Bestattungsinstitut würde ihr wohl keine Gefahr drohen.

»Aber falls Hilde irgendeine Aktion im Sinn hat, die euch wer weiß wohin führt, rufst du mich an«, hatte Heinrich verlangt. Und Thekla hatte wieder einmal ein Versprechen gegeben.

Gegen sechs hatte sie Wally in Scheuerbach aufgelesen, wenig später waren die beiden bei Hilde eingetroffen, aber die Eingangstür zum Bestattungsinstitut war verschlossen gewesen.

»Auch ein Bestatter muss mal Feierabend machen«, hatte Thekla zu Wally gesagt. »Aber wo ist Hilde abgeblieben? Sie hat uns doch extra herzitiert, und wir sind auf die Minute pünktlich.«

Energisch waren die beiden zum hinteren Eingang marschiert, der direkt zu Hildes Wohnung führte. Dessen Tür hatte sich erfreulicherweise öffnen lassen, sodass sie zielstrebig die geschwungene Treppe zu Hildes Räumen im ersten Stock hinaufgestiegen waren. Als Thekla den Finger auf den Klingelknopf neben Hildes Wohnungstür legen wollte, hatte sie den zusammengefalteten Zettel mit der Aufschrift »Für Thekla und Wally« entdeckt.

Ein paar eilig hingeworfene Zeilen teilten ihnen mit, dass Hilde eine äußerst dringende, unaufschiebbare Sache zu erledigen habe, aber so bald wie möglich zurückkäme. »Setzt euch irgendwohin und wartet auf mich«, hatte sie geendet.

Weil die Sonne schien, hatten sie beschlossen, sich draußen ein Plätzchen zu suchen.

So kam es, dass Thekla und Wally vor dem Bestattungsinstitut Stellung bezogen. Von ihrer Nische aus hatten sie die Einfahrt zum Hof gut im Blick und liefen nicht Gefahr, Hilde zu verpassen.

»Und du bist dir ganz sicher, dass Ali da oben auf dem Damm vorsätzlich abgedrängt worden ist?«, fragte Thekla gerade.

»Hundertprozentig«, antwortete Wally so entschieden, dass Thekla stutzte. Es war überhaupt nicht Wallys Art, sich was auch immer betreffend *hundertprozentig* sicher zu sein; wenn dieses Was-auch-Immer auch noch etwas mit Autos, Verkehrsgeschehen und schnellen, unvermittelten Abläufen zu tun hatte, schon gar nicht.

»Komisch war nur«, fügte Wally mit der Andeutung eines Krötengesichts hinzu, »dass er nicht wollte, dass Daniel Hauser das erfährt. Aber dass es so gewesen ist, hat Ali selbst bestätigt.«

Daraufhin erfuhr Thekla, dass Wally, kaum zu Hause angelangt, bei Hilde angerufen hatte, um ihr von dem Unfall zu berichten.

»Das hätte mir Hilde doch niemals verziehen, wenn ich sie nicht sofort ins Bild gesetzt hätte – wo doch Ali verletzt worden ist«, sagte Wally, und Thekla musste ihr recht geben.

Offenbar hatte Hilde nach ihrem Gespräch mit Wally keine Ruhe gegeben, bis sie irgendwann am Nachmittag Ali persönlich ans Telefon bekam. Er hatte jedes Detail von Wallys Geschichte bestätigt.

»*Jedes Detail*, hat Hilde gesagt«, betonte Wally, »als sie mich später noch mal angerufen hat, weil sie uns ja herbestellen wollte.«

Ja, dachte Thekla, und wo bleibt sie? Wo, zum Henker, treibt sie sich herum?

Thekla wäre wohl bass erstaunt gewesen, wenn sie hätte sehen können, dass Hilde sich in diesem Augenblick bei Sterns auf dem Klo befand und dort eine Nagelschere stahl, eine benutzte Herrenunterhose und einen Kamm, in dem etliche Haare hingen.

Unter dem Vorwand, noch die Frage des Blumenschmucks klären zu müssen, war Hilde erneut bei Bernhard Stern aufgetaucht. Der Besuch war unaufschiebbar gewesen und musste noch vor dem Treffen mit Thekla und Wally erledigt werden. Die Zeit dafür war knapp, deshalb hatte Hilde den Zettel geschrieben. Sie rechnete jedoch nicht damit, sich allzu sehr zu verspäten.

Natürlich war Bernhard Stern überrascht gewesen, aber Hilde hatte ihm vorgeflunkert, sie habe sowieso in der Nähe zu tun gehabt, und deshalb sei sie noch mal persönlich vorbeigekommen. »Es war wirklich kein nennenswerter Umweg.«

Wie erwartet war die Sache mit dem Blumenschmuck schnell erledigt gewesen. Hilde hatte längst gemerkt, dass Stern Kosten sparte, wo es nur ging, und so war es auch jetzt wieder. Sie einigten sich auf ein bescheidenes Bukett für den Sarg. Auf darüber hinausgehende Dekorationen wollte Bernhard Stern verzichten.

»Dann ist das ausgemacht«, hatte Hilde gesagt. »Ich frage in der Gärtnerei nach, was zurzeit günstig zu haben ist.«

Sie klappte ihr Notizbuch zu, stand auf und machte Anstalten, sich zu verabschieden. Doch plötzlich hielt sie inne, zog ein Gesicht und bat, das Badezimmer benutzen zu dürfen. Bernhard Stern zeigte ihr den Weg zum Gäste-WC, wo sie mehr Brauchbares fand, als sie zu hoffen gewagt hätte.

Hilde benötigte nicht lange, den Diebstahl auszuführen, schon kurze Zeit später verließ sie das Haus.

Wie bei ihrem ersten Besuch hatte sie den Wagen an der Dorfstraße abgestellt, weil das schmale Sträßchen, das an Sterns Haus vorbei zum Anwesen der Hausers führte, keine Parkmöglichkeiten bot. Sie schloss gerade die Gartenpforte, die den einfachen Zaun aus Holzlatten unterbrach, als sie ein Auto kommen hörte. Im nächsten Augenblick tauchte Herbert Hausers weißes Mercedes Cabriolet auf.

Einen Moment lang war Hilde verblüfft, schon wieder mit dem Immobilienmakler zusammenzutreffen, bis ihr einfiel, dass er von physiotherapeutischen Behandlungen gesprochen hatte, denen er sich offenbar täglich zu Hause unterziehen musste.

Der Wagen näherte sich im Schritttempo.

Als Hauser nah genug heran war, winkte ihm Hilde lächelnd zu. Sich Herbert Hauser gegenüber entgegenkommend zu verhalten, fiel ihr nicht schwer, denn er war ein Mann nach ihrem Geschmack: sympathisch, gut aussehend, erfolgreich und mit hervorragenden Manieren ausgestattet.

Nur bei sehr wenigen Männern, fand Hilde, zeigten sich all diese lobenswerten Eigenschaften vereint. Gregor, mit dem sie drei Jahrzehnte lang – durchaus glücklich – verheiratet gewesen war, hatte es leider gravierend an Geschäftstüchtigkeit gefehlt, sodass der Name Westhöll in der Bestattungsbranche ein kleines Licht geblieben war. In dieser Hinsicht hatte Rudolf in den vergangenen fünf Jahren einiges wettgemacht. Aber Hilde konnte es schlicht und einfach nicht gutheißen, dass er seiner Klientel buchstäblich jeden Wunsch von den Augen ablas. Sie fand das irgendwie unprofessionell, ohne wirklich sagen zu können, warum. Oder doch? Ja, doch. Dieses Sich-zum-Verbündeten-Machen raubte ihm den nötigen Abstand.

Wie bei ihrem ersten Zusammentreffen hielt Hauser neben ihr an und ließ das Seitenfenster herunter. »Wirklich anerkennenswert, wie oft Sie sich persönlich herbemühen. Ich nehme an, es gab noch letzte Fragen bezüglich Hannis Beerdigung zu klären.«

Hilde nickte. »Was den Blumenschmuck angeht, hatten wir noch keine Anweisungen bekommen.«

Herbert Hauser sah sie nachdenklich an und wiederholte leise: »Was den Blumenschmuck angeht ...«

Plötzlich zog er die Handbremse an und stieg aus. »Meine Frau hat einen Kranz für Hannis Grab bestellt. Aber gerade denke ich, wir sollten uns stärker einbringen, wir als langjährige und – was Daniel betrifft – freundschaftlich verbundene Nachbarn. Daniel hat ja ...« Er sprach den Satz nicht zu Ende.

Hilde hoffte, er würde es doch noch tun, und wartete.

Aber Hauser sagte: »Könnten wir für die Dekoration in der Kirche etwas beitragen?«

Hilde, noch immer mit Leib und Seele Geschäftsfrau, stimmte sofort zu. »Aber natürlich. Kleine Gestecke am Rand der – sagen wir – ersten fünf Kirchenbänke würden der Zeremonie eine weit feierlichere Note geben. Außerdem könnte das Bukett, das Herr Stern für den Sargdeckel ausgesucht hat, gern noch ein paar Blüten mehr vertragen, damit es ansehnlicher wirkt. Und weil wir gerade bei der richtigen Wirkung sind: Es macht eine Menge her, wenn die Sopranistin vom Kirchenchor das ›Ave Maria‹ singt. Aber das kostet halt extra.«

»Bestellen Sie das ›Ave Maria‹«, erwiderte Herbert Hauser ohne Zögern. »Ordern Sie genügend Blüten für ein stattliches Bukett und sorgen Sie für die Dekoration der Kirchenstühle. Die Rechnung dafür schicken Sie bitte an Immobilien Hauser.« Als müsse er seinen Auftrag auf diese Weise besiegeln, reichte er Hilde die Hand.

»Wirklich nobel von Ihnen«, sagte Hilde. »Ich werde natürlich nicht versäumen, Herrn Stern davon in Kenntnis zu setzen.«

Hauser winkte ab. »Lassen Sie nur. Ich tu es für Daniels Freunde. Wir wollen kein Aufheben davon machen.«

Hilde nickte zum Zeichen ihres Einverständnisses. »Die drei sind wohl schon lange befreundet? Herr Stern hat so was erwähnt.«

»Daniel und Bernhard haben sich oft harte Wettkämpfe geliefert, als sie noch bei der Wasserwacht waren.« Hauser schmunzelte. »Mal ist der eine die Bestzeit geschwommen, mal der andere.«

»Und Hanni?«, fragte Hilde.

»Hanni?«

»Ist sie auch bei der Wasserwacht gewesen?«

Hauser schüttelte erneut schmunzelnd den Kopf. »Hanni hätte man da wohl nicht brauchen können. Ich habe selber gesehen, wie Daniel und Bernhard vergeblich versucht haben, ihr im Hackerweiher das Rückenschwimmen beizubringen.«

Mit einem unwilligen Blick auf seine Armbanduhr stieg er wieder in den Wagen: »Schon wieder zu spät dran. Ella und mein Therapeut werden schon eine ganze Weile bei einem Gläschen zusammensitzen.« Er machte ein gespielt besorgtes Gesicht. »Vielleicht sollte ich mich doch lieber in seiner Praxis behandeln lassen. Die beiden verstehen sich ein bisschen zu gut für meinen Geschmack.« Damit legte er den Gang ein und fuhr davon.

»Weißt du, warum sie unbedingt wollte, dass wir heute noch kommen?«, fragte Wally gerade.

Thekla verneinte. Auch ihr gegenüber hatte Hilde nichts verlauten lassen, obwohl sie nachdrücklich eine Erklärung verlangt hatte, zumal Hilde sie am Ende noch mit einem recht sonderbaren Ansinnen überraschte: »Du musst ein Dutzend sterile, luftdicht verschließbare Reagenzgläschen mitbringen und ein Dutzend sterile Tupfer. Hörst du? Es ist wichtig.«

»Wozu —«, hatte Thekla angesetzt, war jedoch unterbrochen worden.

»Frag nicht, mach es einfach. Es ist unsere einzige Chance, an Informationen zu kommen, die uns weiterbringen«, war alles, was letztlich aus Hilde herauszukriegen gewesen war.

Thekla entschloss sich, die restliche Wartezeit damit auszufüllen, Wally von dem Telefongespräch zu berichten, das sie am Morgen mit Melissa geführt hatte. Hilde hatte sie während ihres Telefonats am Nachmittag bereits davon erzählt.

»Du bist mit Bernhard Stern verwandt?«, rief Wally. »Wie klein ...«

Thekla schnaubte. »Ja, Wally. Ich weiß. Die Welt ist klein. Trotzdem haben Melissa und ich uns aus den Augen verloren, nachdem sie so weit weggezogen war.«

Erwartungsgemäß war Melissa aus allen Wolken gefallen, als Thekla anrief, hatte sich jedoch merklich darüber gefreut.

»Warum hast du nichts darüber verlauten lassen, dass Bernhard eine Einheimische geheiratet hat und bei uns in Niederbayern wohnt?«, hatte Thekla sie gefragt. »Warum hast du dich nie gemeldet, wenn du zu Besuch gekommen bist?«

»Weil es keine Besuche gab«, hatte Melissa geantwortet.

Im Laufe einer guten halben Stunde erfuhr Thekla, dass Melissa mit ihrem Sohn Bernhard rechte Schwierigkeiten gehabt hatte. Er versuchte es mit dieser und jener Lehre, zog hierhin und dorthin, und nachdem er volljährig geworden war, ließ er kaum noch von sich hören.

So sind sie, die Steins, dachte Thekla, während Melissa erzählte und erzählte. Egozentrisch im Grunde. Einer mehr, einer weniger. Schau dir Martin an. Durchaus ein guter Gesellschafter, aber am liebsten ist er für sich und spielt mit seinen Mini-Dampfloks. Bernhards Bruder Winfried war laut Melissa das pure Gegenteil von Bernhard. Winfried hatte studiert, hatte sich weitergebildet und war inzwischen Geschäftsführer des Testlabors, in dem Melissa selbst lange Jahre gearbeitet hatte.

»Und du bist nicht einmal zu Bernhards Hochzeit hier gewesen«, sagte Thekla, als Melissa mit den vergangenen zwanzig Jahren durch war, wobei sie auch dies und jenes erwähnt hatte, das ihr nicht ganz neu war.

»Doch«, erwiderte Melissa. »Und ich hätte mich bestimmt bei dir gemeldet, wenn wir länger als eine Nacht geblieben wären. Aber Winfrieds Frau hatte drei Tagen zuvor Zwillinge entbunden. Deshalb hatten wir es so eilig, wieder heimzukommen.«

»Du hast Hanni also nur ein einziges Mal gesehen?«, fragte Thekla.

»Das hat mir gereicht«, antwortete Melissa trocken. »Ich bin kein bisschen warm geworden mit ihr. Und ich bin mir sicher, dass sich das nicht geändert hätte, selbst wenn ich vier Wochen geblieben wäre. Mit ihrer Mutter war es was anderes«, fügte sie nach einer kurzen Pause hinzu. »Mit Helga habe ich mich vom ersten Augenblick an gut verstanden. Eine herzensgute Frau.«

»Kommst du zur Beerdigung?«, fragte Thekla.

Ein bitteres Lachen war die Antwort. »Habe ich es noch gar nicht erwähnt? Man hat mir ein Stützkorsett verpasst. Ich kann nicht mal sitzen. Treppensturz. Zwei Wirbel angeknackst. Aber ruf mich wieder mal an, Thekla. War schön, mit dir zu plaudern.«

Thekla hatte ihren Bericht über das morgendliche Telefonat beendet und blickte auf. »Wieso lässt Hilde uns hier Wurzeln schlagen? Wo bleibt sie denn, Herrschaftszeiten?«

Als wäre dieses »Herrschaftszeiten«, das normalerweise Hilde benutzte, um ihrer Gereiztheit oder Ungeduld Luft zu machen, imstande gewesen, sie unverzüglich herbeizuschaffen, bog ihr

Auto soeben von der Hauptstraße ab und verschwand im Innenhof.

Thekla und Wally erhoben sich, um dem Wagen zu folgen. Doch bevor sie die Durchfahrt passieren konnten, kam ihnen Hilde bereits entgegengelaufen und winkte sie zur Eingangstür des Bestattungsinstituts. Sie schloss auf, ließ sie eintreten, warf die Tür hinter ihnen zu und sperrte wieder ab.

Es musste mehr als ein Jahrzehnt vergangen sein, seit Thekla zum letzten Mal in diesen Räumen gewesen war. Normalerweise führte Hilde sie über den rückwärtigen Aufgang in ihre Wohnung.

Offensichtlich hatte man hier einiges umgebaut. Sie registrierte, dass sie sich in einer Art Vorhalle befanden, von der mehrere Türen abgingen. In einer Nische gab es einen kleinen Wartebereich mit einem hübschen Wiener Sofa, zwei Stühlen und einem niedrigen Tisch. Daneben befand sich eine Kredenz aus dunklem Naturholz, daran angebaut war eine schmale Theke.

Hilde machte eine unwirsche Handbewegung in Richtung der Sitzgelegenheiten, begab sich hinter die Theke und öffnete ein darunter verborgenes Schränkchen, aus dem sie eine Flasche und drei Gläser zutage förderte.

»Für das, was wir vorhaben, sollten wir uns Mut antrinken. Besonders du, Wally. Ich will nämlich nicht, dass du dabei umkippst. Das würde gerade noch fehlen«, fügte sie mehr mit sich selbst redend hinzu. Sie schenkte Wally einen doppelten Klaren ein, ihr eigenes und Theklas Glas füllte sie allerdings nur zu einem Viertel. »Runter damit.«

Thekla und Wally gehorchten.

Wenn Hilde in dieser diktatorischen Verfassung war, empfahl es sich, auf Widerspruch zu verzichten.

Nachdem Thekla den Schnaps gekippt und sich das Brennen in ihrem Hals gelegt hatte, lehnte sie sich erwartungsvoll zurück. Nun war es wohl an der Zeit, unterrichtet zu werden.

Hilde hatte ihr ebenfalls leeres Glas abgestellt und kramte in ihrer Handtasche herum. Unversehens klatschte sie eine Schwarz-Weiß-Fotografie auf die Tischplatte. Das Bild zeigte etwas, das Thekla im ersten Moment für einen Spiralnebel hielt.

Sie schaute Hilde fragend an.

Hilde wies auf das Foto. »Hanni Stern war höchstwahrscheinlich schwanger.«

Schwanger? Ja, natürlich. Was Hilde da zutage gefördert hatte, war eine Ultraschallaufnahme, wie sie bei Vorsorgeuntersuchungen gemacht wurde.

»Ich habe das Bild zuunterst in Hannis Schreibtisch gefunden, es ist zwei Monate alt, das heißt, Hanni müsste im vierten Monat gewesen sein, als sie starb«, erklärte Hilde im Kasernenhofton.

»Woher willst du denn wissen, dass das auf dem Bild Hannis Kind –«, begann Thekla, aber Hilde ließ sie nicht ausreden.

»Ich weiß es eben *nicht*! Und wir haben nur eine einzige Möglichkeit, es herauszufinden, wenn wir nicht im gerichtsmedizinischen Institut einbrechen und den Bericht klauen wollen, den wir vermutlich sowieso nicht finden würden.«

In Thekla regte sich ein schrecklicher Verdacht.

»Rudolf hat Hanni Sterns Leiche heute dort abgeholt. Sie liegt jetzt hier im Kühlkatafalk«, sagte Hilde.

Thekla griff nach der Schnapsflasche.

»Einen Fingerbreit, mehr nicht«, ordnete Hilde an. »Wir brauchen eine ruhige Hand.«

Thekla fing an zu hyperventilieren. In der Hoffnung, der Schnaps würde sie beruhigen, stürzte sie die von Hilde freigegebene Dosis hinunter.

»Du willst nachsehen?«, fragte sie dann schwach.

»Und eine Gewebeprobe nehmen«, antwortete Hilde ungerührt.

Thekla gab ein Röcheln von sich.

Hilde legte ihr mit einer besänftigenden Geste die Hand auf den Arm. »Wir müssen das tun«, sagte sie eindringlich. »Es ist unsere einzige Möglichkeit, entscheidende Sachverhalte zu klären. Als Erstes die Hauptfrage: War Hanni tatsächlich schwanger? Wenn ja, fragt sich: Warum hat niemand etwas davon erwähnt? Im vierten Monat, da hält man doch eine Schwangerschaft nicht mehr geheim. Man erzählt es Freunden und Bekannten. Man spricht mit der Mutter darüber und vor allem mit dem Ehemann. Man zeigt das Ultraschallbild herum, man versteckt es nicht. Es sei denn …«

»… Hanni hätte abgetrieben«, vollendete Thekla den Satz.

»Das, oder sie hat die Schwangerschaft geheim gehalten, weil …«

Wieder nahm ihr Thekla das Wort. »… Bernhard Stern nicht der Kindsvater ist.«

Hilde nickte ihr anerkennend zu. »Woraus sich als Nächstes die Frage ergäbe …«, diesmal wartete Hilde ab, bis Thekla sagte:

»… wer Hanni geschwängert hat.«

Hilde nickte befriedigt. »Dann hast du ja kapiert, worum es geht.«

»Allerdings.« Thekla richtete sich auf und reckte das Kinn vor. »Was du da im Sinn hast, werden wir auf keinen Fall tun. Auf gar keinen Fall.«

Ihre Stimme klang kalt, irgendwie fast brutal, sodass es Hilde sichtlich die Sprache verschlug. Bevor sie den Mund wieder aufbrachte, fragte Wally bang: »Was hat Hilde denn genau vor?«

»Sie will Hanni Sterns Leiche öffnen, nachsehen, ob sie einen Embryo findet, und wenn ja, will sie ihm eine Gewebeprobe entnehmen. Und wir sollen ihr dabei assistieren«, erwiderte Thekla schroff.

In Wallys Gesicht spiegelte sich blankes Entsetzen wider. »Oh nein. Hilde, das willst du nicht. Ganz bestimmt willst du das nicht. Das kannst du nicht wollen. Ich bin sicher, dass du das nicht willst.«

Thekla spürte, wie sich in Hilde Skrupel regten. Sie legte ihr die Hand auf den Arm und sagte versöhnlich: »Du hast dich verrannt, Hilde. Ganz übel verrannt. Ermittlungen in einem Mordfall – von dem man, ganz am Rande bemerkt, nicht einmal weiß, ob er wirklich einer ist –, schön und gut. Aber es gibt Grenzen.«

Sie machte eine Pause, überlegte, wie sie fortfahren sollte. »Auch wenn du es gewohnt bist, mit Toten umzugehen, sie zu berühren, herzurichten, was weiß ich. Das hier lässt sich damit überhaupt nicht vergleichen. Und selbst wenn du die Sache durchziehen wolltest, was hättest du davon? Ein paar Hinweise, mehr nicht. Und was einen DNA-Vergleich betrifft, dafür braucht man …« Sie stockte, als ihr in den Sinn kam, wie Hilde die Vorlage von Einverständniserklärungen umgehen wollte, die das beauftragte Labor mit Sicherheit fordern würde. Sie wollte Melissa einspannen. Genau gesagt ihren Sohn Winfried, Geschäftsführer eines medizinischen Fachlabors, in dem unter anderem DNA-Analysen durchgeführt wurden.

Thekla musste die Zähne zusammenbeißen, um nicht aufzuspringen und Hilde zu packen und zu schütteln.

Sie atmete zweimal tief durch, dann sagte sie in eisigem Ton: »Vergiss es. Vergiss die ganze Sache ganz schnell. Kein Wort mehr davon, wenn du nicht willst, dass ich dir ein für alle Mal die Freundschaft aufkündige.«

»Und ich mit«, kam es tonlos von Wally.

Hilde wirkte nachgerade erschüttert, als sie aufschaute und Thekla ins Gesicht sah.

Thekla starrte streitbar zurück, wobei sie spürte, dass auch Wally den Blick standhaft auf Hilde gerichtet hielt.

Endlich sagte Hilde: »Es tut mir leid. Du hast recht, Thekla. Du auch, Wally. Wir sollten Hanni in Frieden lassen.« Mehr zu sich selbst fügte sie hinzu: »Den Namen ihres Mörders kann sie uns ja tatsächlich nicht verraten.«

Thekla hörte, wie Wally erleichtert die Luft ausstieß.

Hilde erhob sich. »Lasst uns nach oben gehen. Hier haben wir jetzt nichts mehr verloren.«

Wenig später saßen die drei in Hildes Wohnküche, hielten winzige Tassen in den Händen und nippten an ihrem Espresso, schwarz, dickflüssig und süß wie Sirup.

»Macht denkfähig«, hatte Hilde gesagt.

Mag sein, dachte Thekla. Was wir aber bräuchten, ist eine ganze Serie von Eingebungen.

Laut sagte sie: »Wenn man sich durch den Kopf gehen lässt, was wir über Hanni Stern gehört haben, dann stellt man fest, dass sie – Daniel Hauser eventuell ausgenommen – niemandem wirklich nahestand. Nicht einmal ihrem Mann, fürchte ich. So wie Melissa ihren Sohn geschildert hat, ist Bernhard jemand, der ernste Angelegenheiten lieber wegschiebt, als sich auf sie einzulassen.« Weil als Antwort darauf von Hilde und Wally nur ein einvernehmliches Nicken kam, fuhr sie fort: »Ich frage mich, ob sie von klein auf schon so verschlossen war, wie alle sie schildern. Ihre Kollegin, ihre Mutter, Melissa …«

Hilde, die recht schweigsam und in sich gekehrt gewesen war, seit sie die Wohnung betreten hatten, schaute sie auf einmal wachsam an. »Worauf willst du hinaus?«

»Ich weiß es nicht genau«, antwortete Thekla. »Aber stell dir mal vor, Hanni wäre anfangs ein ganz normales, offenherziges Kind gewesen und hätte sich erst irgendwann später so verändert, wie ihre Mutter sie geschildert hat.« Sie ließ ein paar Sekunden verstreichen, bevor sie fortfuhr. »Dann müsste man sich wohl fragen, ob diese Verwandlung durch ein traumatisches Ereignis hervorgerufen worden sein könnte.«

»Oh nein«, rief Wally von Neuem entsetzt. »Hanni wird doch nicht missbraucht worden sein? Man liest ja laufend davon in der Zeitung.«

»Selbst wenn«, sagte Hilde nun wieder niedergeschlagen und mit trübem Blick. »Das wäre Jahrzehnte her. Was soll es mit ihrem Tod zu tun haben?«

»Sie könnte dem Täter gesagt haben, dass sie ihn anzeigen wird«, antwortete Thekla. »Viele Missbrauchsopfer brauchen lange, um diesen Schritt zu tun.«

Hilde stieß einen verzweifelten Seufzer aus. »Wenn es sich wirklich so verhält, werden wir nie dahinterkommen, wer Hanni auf dem Gewissen hat. Stell dir bloß vor, wer alles in Frage käme. Ein Pfarrer, der längst in eine andere Pfarrei versetzt worden ist, ein ehemaliger Lehrer, irgendein Verwandter …«

Thekla bedachte sie mit einem winzigen Lächeln. »Wally könnte noch mal mit Hannis Mutter reden – und auch mit ihrer Schwester. Sollte die nicht heute anreisen?« Sie wandte sich an Wally. »Falls Hanni sich tatsächlich erst später in dieses unzugängliche Wesen verwandelt hat, als das sie hingestellt wird, dann versuch doch herauszukriegen, mit wem ihre Eltern damals bekannt und befreundet waren; ob Hanni Ministrantin gewesen ist, ob sie in der Schule an einem speziellen Projekt beteiligt war und so weiter. Und frag nach den Kreil-Brüdern«, fügte sie einer Eingebung folgend hinzu.

Sowohl Hilde als auch Wally schauten sie verdutzt an.

Thekla entschloss sich, erst einmal abzuwarten, und konnte tatsächlich beobachten, wie Hilde ein Licht aufging. »Der eine Kreil hat Hanni im Bauamt eingestellt. Womöglich protegiert. Der andere hat sie dann später in seine Firma übernommen. Außerdem steht die Aussage von Günther Kreil im Widerspruch zu der von Helga Weiss.«

Thekla, deren Gedanken zu der Frage abgeschweift waren, wie Hanni und Bernhard Stern wohl miteinander ausgekommen waren, schüttelte den Kopf. »Nein, nein. Helga Weiss hat doch auch gesagt, dass —«

Hilde ließ sie nicht ausreden. »Hannis Mutter hat gesagt, dass Hanni hingeschmissen hat, weil sie gemobbt worden ist. Kreil behauptet, im Bauamt hätte, speziell was die Kollegialität, aber auch alles andere betrifft, eitel Sonnenschein geherrscht – oder? Da sehe ich doch einen saftigen Widerspruch. Wisst ihr was, dieser Bauklotz gefällt mir nicht. Wir müssen ihn noch mal gründlich unter die Lupe nehmen.«

Auf einmal war Hilde wieder ganz die Alte. Energiegeladen, diktatorisch, gnadenlos.

Aber warum sollte Kreil die Mobbing-Sache abstreiten wollen?, dachte Thekla, als Wally sagte: »Vielleicht hat sich Hanni für ihre Familie ja eine kleine Notlüge ausgedacht.«

Dafür erntete sie von Hilde ein abwehrendes Fauchen und von Thekla einen verwunderten Blick.

»Die haben ihr bestimmt keine Ruhe gelassen«, fuhr Wally in überzeugtem Ton fort, »und sind ihr ständig damit in den Ohren gelegen, warum sie den guten Posten im Bauamt aufgeben will. Hanni hat aber mit der Wahrheit nicht herausrücken wollen oder können. Da hat sie halt gesagt, sie wird gemobbt. Mobbing ist doch gang und gäbe. Jeden Tag liest man davon in der Zeitung. Jeder hätte ihr geglaubt.«

Nur zu wahr, dachte Thekla.

Wally hatte wieder einmal die einfachste Erklärung gefunden. Und warum? Weil sie sich in ihre Mitmenschen hineinversetzen konnte. So auch in die verstorbene Hanni Stern.

Wie schon so oft sagte sich Thekla in diesem Moment wieder:

Wir sollten häufiger auf Wally hören, weniger ungeduldig mit ihr sein, ihr Talent stärker würdigen.

»Kein Mobbing, wie Helga Weiss gemeint hat, womöglich nicht einmal besonderer Ärger mit irgendwelchen Bauherren, wie Bernhard glaubt, warum hat Hanni den Posten dann aufgegeben?«, fragte sie.

»Und ist zur Firma des Kreil-Bruders gewechselt?«, ergänzte Hilde.

»Vaterfiguren für Hanni«, sagte Thekla nachdenklich. »Wie Ali.«

Hilde warf ihr einen vernichtenden Blick zu.

»Ich will ihm ja nichts in die Schuhe schieben«, beeilte sich Thekla zu versichern. »Aber offenbar war er – abgesehen von Daniel Hauser – einer der wenigen, auf die Hanni sich halbwegs eingelassen hat.«

Hilde stimmte ihr widerstrebend zu. »Gut, besprechen wir das mit ihm selbst.« Sie schaute auf ihre Armbanduhr. »Er wird gleich da sein.«

»Ali?«, fragten Thekla und Wally wie aus einem Mund.

Hilde verdrehte die Augen. »Hab ich vom Weihnachtsmann gesprochen?«

»Aber er ist doch verletzt«, regte sich Wally auf.

»Verletzt«, spöttelte Hilde. »Er hat sich den Kopf gestoßen. Man hat ihn verarztet und eine leichte Gehirnerschütterung festgestellt. Das muss er schon wegstecken. Er hat sich lang genug ausruhen können, weil er seiner Frau versprechen musste, den ganzen Nachmittag auf dem Sofa liegen zu bleiben. Der Nachmittag ist längst um.« Erneut schaute sie auf ihre Armbanduhr. »Und mir hat er versprochen, gegen acht zu einer kurzen Beratschlagung hierherzukommen.« Sie erhob sich, räumte die Espressotassen ab und brachte vier Gläser sowie Mineralwasser und Orangensaft an den Tisch.

Gleich darauf klingelte es an der Tür.

Ali wirkte deutlich angeschlagen. Sein Kopfverband bedeckte einen Teil des linken Auges, sodass das Lid nach unten gedrückt wurde, was ihm das Aussehen eines abgehalfterten Piraten gab.

Unter dem rechten Auge hatte sich ein stattlicher lilafarbener Bluterguss gebildet. Die übrige Gesichtsfarbe changierte zwischen schmutzig Weiß und gelblich Grau.

»Oh Ali«, rief Wally. »Du musst dich unbedingt schonen. Mit einer Gehirnerschütterung ist nicht zu spaßen. Und eine Menge Blut hast du auch verloren. Die Jacke von meinem Trainingsanzug ist voll davon gewesen.«

Hilde schob ihm einen Stuhl zurecht und schenkte ihm ein Glas Wasser ein. »Du bist dir also sicher, dass das Überholmanöver auf dem Damm ein Anschlag auf dich war.«

Ali fuhr mit den Fingerspitzen über den Stirnverband, zuckte zusammen, ließ die Hand hastig sinken. »Es gibt keine andere Erklärung.«

Erneut wurde der Unfallhergang durchgesprochen, woraus sich jedoch nichts anderes ergab als das, was Thekla bereits wusste.

»Warum wolltest du denn nicht, dass ich Daniel davon erzähle?«, fragte Wally.

Ali neigte den Kopf und schaute sie schräg von unten an. »Weil er uns schon einmal zu oft untergekommen ist. Weil er *so zufällig* in der Nähe war. Weil ich gehofft habe, dass er sich verplappert. Such dir was aus.«

»Und hat er?«, fragte Thekla.

»Was?«

»Sich verplappert.«

»Natürlich nicht. Daniel ist ein kluger Kopf. Wenn *er* Hannis Mörder ist, wird's heikel.«

Als ob es nicht schon heikel genug wäre, dachte Thekla. Laut sagte sie: »Ist dieses schlammbespritzte Fahrzeug schon länger hinter dir hergefahren?«

Ali verneinte.

»Wo bist du denn eigentlich hergekommen, und wo wolltest du hin?«, fragte Hilde streng.

Thekla wunderte sich über ihren schroffen Ton. Normalerweise verhielt sie sich Ali gegenüber wie ein Schmusekätzchen, dem es zwar meist nur unzureichend gelang, die Krallen einzufahren und das gesträubte Fell zu glätten, aber immerhin. Doch nun schien es beinahe, als mache sie es ihm zum Vorwurf, in Gefahr geraten zu sein.

Hildes Ruppigkeit konnte jedoch auch daran liegen, dass sie sich sorgte. Allzu deutlich war ihr vor Augen geführt worden, wie angreifbar, wie verwundbar sie waren.

Ali ist beileibe kein Superheld, kein Spiderman oder wie sie alle heißen, dachte Thekla. Und für uns drei gilt das erst recht. Hilde weiß genau, dass wir wieder einmal im Begriff sind, das Schicksal herauszufordern. Aber das kann sie nicht einmal vor sich selbst zugeben, denn die logische Konsequenz wäre, zu kapitulieren, was ja nicht in Frage kommt, weil ...

Thekla brach den Gedankengang ab und lenkte ihre Aufmerksamkeit auf Ali, der soeben sagte: »... dem Autobahnabschnitt zwischen Metten und Bogen hat es heute früh einen schweren Lkw-Unfall gegeben. Drei Lastzüge sind aufeinander aufgefahren. Ein Sattelschlepper mit Neuwagen – alle kaputt –, ein Gefahrenguttransporter mit Argon im Tank, ein Holzfuhrwerk.« Er atmete hörbar aus, bevor er hinzufügte: »Einer der Fahrer hat das Unglück nicht überlebt.« Nach kurzem, bedrücktem Schweigen fuhr er fort: »Ich bin stundenlang an der Unfallstelle gewesen und wollte gerade nach Hause.«

»Über den noch ungesicherten Dammweg?«

Thekla hätte die Frage gestellt, wäre Hilde ihr nicht zuvorgekommen.

Er nickte. »Wegen der Baustellenampel in Scheuerbach wollte ich die Abkürzung über die Moosbacher Senke nehmen. Vor der Scheuerbacher Brücke steht man ja gut und gern eine halbe Stunde, wenn man Pech hat.«

Thekla hatte es selbst schon erlebt. Die Brücke wurde zurzeit saniert und war deswegen halbseitig gesperrt. Aber auch die verbliebene Fahrspur wurde regelmäßig von irgendeiner Baumaschine blockiert. Wegen des normalerweise recht geringen Verkehrsaufkommens auf der Strecke sah man keinen Grund, die Brücke ständig offen zu halten. Wer in seinem Wagen des Weges kam, musste eben auf eine lange Wartezeit gefasst sein.

Ali hatte also den Dammweg genommen, weil er annahm, auf diese Weise schneller ans Ziel zu kommen.

»Jemand muss dir gefolgt sein, auch wenn du nichts davon gemerkt hast«, sagte sie.

»Und zwar mit diesem verdreckten Baustellenfahrzeug«, ergänzte Hilde.

»Wo kann denn das auf einmal hergekommen sein?«, fragte Wally.

Eigentlich nur von der Baustelle an der Scheuerbacher Brücke, dachte Thekla. Aber wie soll man sich den Hergang vorstellen? Jemand von der Baustelle, der Ali auf dem Kieker hat, kommt zufällig des Weges, sieht, wie Ali die Route durch die Felder nimmt, fährt ihm hinterher und versucht, ihn vom Damm zu drängen. Und zufälligerweise starrt das Fahrzeug des Täters nur so vor Dreck, sodass weder Ali selbst noch ein Zeuge eine Beschreibung liefern kann.

Abwegig, entschied sie. Eindeutig zwei fragwürdige Zufälle zu viel, als dass es sich so abgespielt haben könnte.

Hilde war offenbar zu dem gleichen Ergebnis gekommen, denn sie murmelte: »Der Täter muss gewusst haben …« Dann verlor sich ihre Stimme. Nach ein paar tiefen Atemzügen wandte sie sich an Ali. »Wer baut denn da an der Scheuerbacher Brücke?«

Ali hob die freiliegende Augenbraue. »Wer schon? Unser örtlicher Baulöwe.«

»Glober?« Der Name bedurfte keiner Bestätigung. Hilde fuhr ohnehin schon fort: »Hat der was gegen dich?«

Ali stieß einen Lacher aus, woraufhin er das Gesicht verzog und sich an die Schläfe griff. »Freunde sind wir nicht gerade, wenn du das meinst. Aber für die Aktion am Damm kommt Glober nicht in Frage. Abgesehen davon, dass er nicht höchstselbst mit Baustellenfahrzeugen herumfährt, liegt er momentan wegen seiner Prostata im Krankenhaus.«

»Fällt dir sonst niemand ein, der an der Scheuerbacher Baustelle beteiligt ist?«, hakte Hilde nach.

Ali hob die Schultern. »Soweit ich gehört habe, heuert Glober gern Subunternehmer an.«

»Krieg was darüber raus«, fuhr ihn Hilde so harsch an, dass er zusammenzuckte.

Thekla warf ihr einen tadelnden Blick zu, der Hilde offenbar ein Einsehen haben ließ, denn mit auffallend freundlicher Stimme fuhr sie fort: »Bedauerlich ist, dass man so gar nicht sagen kann, ob der Anschlag auf dich mit unseren Ermittlungen im Fall Hanni Stern zusammenhängt oder ob der Grund dafür ganz woanders zu suchen ist. Was meinst du, Ali? Wie steht die Wette? Fifty-fifty?«

Alis erhobene Handflächen signalisierten Ahnungslosigkeit.

»Aber Ali ist doch rundum beliebt«, ließ sich Wally hören. »Er ist Stimmenkönig gewesen. Wer sollte ihm denn etwas antun wollen?«

Hilde gab einen Seufzer von sich. »Zumindest einer – oder?«

Thekla fand, dass man mit diesem Geplänkel nur auf der Stelle trat, weshalb sie sagte: »Warum lassen wir die Frage vorerst nicht einfach offen und denken in eine andere Richtung weiter. Womöglich klärt sie sich ganz von selbst.« Sie nahm das Schweigen in der Runde als Zustimmung. »Lasst uns mal zusammenfassen, was wir bis jetzt vorzuweisen haben: Wir haben die vermutlich ermordete Hanni Stern, schwanger – vielleicht auch nicht mehr schwanger, weil sie abgetrieben hat – mit einem Kind, von dem wir gern wüssten, wer der Vater –«

Alis Ausruf unterbrach sie. Hilde übernahm es, ihn aufzuklären, was sie in sehr knappen Worten besorgte, wobei sie unter den Tisch fallen ließ, wie sie sich Gewissheit hatte verschaffen wollen.

Nachdem Ali informiert war, fuhr Thekla fort: »Hanni schien im Bauamt die beste Sachbearbeiterin gewesen zu sein. Aber Freunde hatte sie so gut wie keine. Seit wann hast du sie eigentlich gekannt, Ali? Seit der Schulzeit?«

Ali wirkte völlig verdattert. »Wie kommst du denn darauf? Hanni war gut fünfundzwanzig Jahre jünger als ich. Wie soll ich sie da aus der Schulzeit kennen? Außerdem hat sie damals in Winzer gewohnt, nicht in der Deggendorfer Bahnhofsgegend.«

Offenbar hatte er keinen Schimmer, worauf sie hinauswollte.

Thekla nickte Hilde verstohlen zu. Ali war abgehakt.

Sichtlich erleichtert sagte Hilde: »Gab's im Bauamt mal Gerede über Hanni und den Bauklotz?«

»Bauklotz?«, wiederholte Ali verwirrt.

»Günther Kreil, der sie eingestellt hat«, präzisierte Hilde.

Ali sah sie erstaunt an. »Was denn für Gerede? Worüber denn?« Und nach einer Pause: »Mir ist da nie was zu Ohren gekommen.«

»Und wie sieht es mit den Herren vom Stadtrat aus?«, fragte Thekla. »Kann es sein, dass Hanni mit einem verbandelt war? Vielleicht schon von früher her? Hat sie zu dem einen oder anderen öfters Kontakt gehabt?«

»Klar hat sie das«, antwortete Ali. »Aber soweit ich mitbekommen habe, ging es immer um Bauprojekte, Genehmigungen, was halt so in ihr Ressort gefallen ist.«

»Auch private Bauprojekte?«, warf Hilde ein.

»Sicher«, erwiderte Ali. »Auch Stadträte bauen Häuser für sich und ihre Familien, sind darauf angewiesen, dass der Flächennutzungsplan abgesegnet wird, dass Ortsabrundungen vorgenommen werden …« Er stockte kurz. Dann sagte er: »Es gab da mal einen leidigen Fall in …« Erneut unterbrach er sich und winkte ab. »Hat mit unserer Sache ganz sicher nichts zu tun.«

Offenbar wollte er nicht näher auf ein Thema eingehen, das im Stadtrat für Unmut gesorgt hatte.

Vielleicht doch, dachte Thekla und beschloss nachzuhaken.

Aber Hilde kam ihr zuvor. Sie tippte sich an die Stirn.

»Weil du gerade von Baugenehmigungen redest. Mir sind da ein paar Akten untergekommen, die du dir ansehen solltest. Vielleicht stößt dir ja was auf.«

Ali öffnete den grauen Aktendeckel, den Hilde ihm reichte. Sein Blick glitt langsam und konzentriert über das oberste Blatt.

Erst nach einer ganzen Weile schaute er wieder auf. »Hast du dir das nicht angesehen?

Hilde verneinte. »Wozu? Ich versteh ja nichts davon.«

»Arthur Kreil«, sagte Ali mit Betonung. »Die Akte betrifft Hannis Chef. Er sitzt seit Jahren im Stadtrat, und er war es auch, der damals die Ortsabrundung durchgesetzt hat, weil er auf Biegen und Brechen auf einem Hügel bauen wollte, der außerhalb des Baugebietes lag.«

»Und darum geht's hier?«, fragte Hilde.

Ali nickte. Er hatte inzwischen weitergeblättert. »Das sind Schreiben von ihm ans Bauamt. Ich glaube mich zu erinnern, dass man damals bloß deshalb nachgegeben hat, weil er allen zu lästig geworden ist.«

Hilde pochte mit ihrem knochigen Zeigefinger auf die Schriftstücke. »Arthur Kreil. Ist das nicht der Bruder von Günther Kreil, dem Bauklotz?«

Ali grinste schief. Offenbar gefiel ihm die Bezeichnung. »Günther und Arthur sind Halbbrüder. Der alte Kreil hat nach dem Tod seiner Frau ein zweites Mal geheiratet, und aus dieser Ehe stammt Arthur. Er ist gut zehn Jahre jünger als Günther, hat eine Anwaltstochter geheiratet und drei Kinder mit ihr.« Ali überlegte kurz, bevor er weitersprach. »Schon in jungen Jahren hat Arthur mit dem Betrieb einer kleinen Bauunternehmung angefangen. Mit der Zeit ist seine Firma recht ordentlich gewachsen. Anfang der Neunziger hat er von seinem Vater, dem alten Kreil, die Spedition geerbt, die der sein Leben lang betrieben hat. Seitdem besitzt Arthur quasi ein zweites Standbein. Mit seinen Kippern bedient er Baustellen in der ganzen Gegend. Sand- und Kiestransporte, Abtransport von Bauschutt, so was halt. Ich vermute, dass es eine von Hannis Hauptaufgaben war, die Touren einzuteilen.«

»Auch für Globers Unternehmen?«

»Sicher. Ja natürlich. Kreil hat viel Material für ihn gefahren. Besonders für die Brücke. Ich habe ihn selber dort gesehen. Auf dem Weg zur Unfallstelle. Er hat mit einem der Bauarbeiter diskutiert.« Ali kniff die Augen zusammen, als könne er die Szene dadurch deutlicher machen.

Thekla zuckte zusammen, als er plötzlich auflachte.

»Arthur ist sogar einer der Hauptakteure an der Brückenbaustelle. Stand ja gestern im Wochenblatt. Abgebildet war er auch.«

Hilde ließ ihre Fingerknöchel auf die Tischplatte krachen. »Mann, Ali. Das ist schwerwiegend.« Es klang so vorwurfsvoll, als hätte er die Information absichtlich bis jetzt zurückgehalten.

Überdeutlich war ihr anzusehen, welche Gleichung sie in ihrem Kopf aufgestellt hatte: Stadtrat X + Familienvater + Unternehmer + späterer Arbeitgeber des Mordopfers = ehemaliger Peiniger einer jungen Sachbearbeiterin aus dem Bauamt + deren Mörder, weil sie ihn endlich anzeigen wollte. X = Arthur Kreil.

Ob die Lösung wohl so einfach ist?, dachte Thekla, musste

jedoch zugeben, dass einiges dafür sprach. Besonders die Tatsache, dass die Gebrüder Kreil Hanni offenbar unter ihre Fittiche genommen hatten. Zuerst hatte der eine ein Auge auf sie gehabt, dann der andere. Hanni war quasi immer unter ihrer Kontrolle gewesen. Fragte sich, ob beide Brüder ... Thekla mochte den Gedanken nicht zu Ende denken.

Sie schaute zu Ali hinüber und stellte erschrocken fest, dass sich kleine Schweißtropfen über seiner Oberlippe gebildet hatten.

Auch Wally schien das nicht entgangen zu sein. »Du darfst dich nicht überanstrengen, Ali. Du solltest jetzt heimfahren und dich hinlegen.«

Er lächelte sie dankbar an. »Offenbar bin ich nicht ganz so hart im Nehmen, wie ich dachte.« Als er sich erhob, schwankte er ein wenig. Thekla bot ihm an, ihn nach Hause zu bringen, aber er lehnte amüsiert ab. »Die kurze Strecke schaffe ich schon.«

Hilde schien ein wenig indigniert, brachte Ali jedoch zur Tür und wünschte ihm gute Besserung. Als sie zurückkam, sagte Thekla, dass es wohl auch für sie und Wally Zeit wäre, nach Hause zu fahren.

Hilde hob die Hand. »Moment, meine Liebe, Moment. Uns bleibt noch die Aufgabenverteilung.«

Thekla unterdrückte ein Stöhnen. Was würde ihr zugemutet werden?

Hilde fasste Wally ins Auge. »Du postierst dich sooft als möglich an der Scheuerbacher Brücke und passt diesen Arthur Kreil ab. Irgendwann muss er ja auftauchen, wenn er seine Leute und seine Kipper da im Einsatz hat. Zieh irgendeine Nummer ab, die ihn auf dich aufmerksam macht. Am besten, du simulierst einen Schwächeanfall und lässt dich von ihm nach Hause fahren. So kommst du nah an ihn ran und kannst ihn ausfragen.«

Wallys schüchtern vorgebrachten Einwand tat sie unwirsch ab. »Du weißt nicht, wie er aussieht? Schau ihn dir einfach im Wochenblatt an.«

Hilde wartete, bis Wally, wenn auch zögernd, genickt hatte, bevor sie fortfuhr: »Außerdem solltest du Helga Weiss noch mal einen Besuch abstatten. Bring das Gespräch auf die Gebrüder Kreil. Vielleicht erfährst du, seit wann Hanni die beiden kannte.

Womöglich sind sie sogar irgendwie verwandt mit den Weiss. Und red mit Hannis Schwester. Wenn sie schon da ist. Und Wally«, Hilde hob die Stimme, »mir ist eingefallen, woher ich Grandelwürmer kenne. So einen Namen vergisst man ja nicht. Ich hab nur die ganze Zeit nicht gewusst, wo ich ihn hintun sollte.«

Sie deutete mit dem Zeigefinger in östliche Richtung, als wären von dort Signale zu hören. »Grandelwürmer hat früher die Granzbacher Sportanlagen betreut. Er wollte damals eine Gaststätte am Sportplatz eröffnen, was aber an irgendwelchen Bauauflagen gescheitert ist. Daraufhin hat er zwar noch ein paar Jahre als Sportwart weitergemacht, aber irgendwann war er weg. Sieht ganz so aus, als hätte er in Scheuerbach einen Neustart hingelegt – mit der Mutter einer Sachbearbeiterin aus dem Bauamt, die womöglich damals –« Sie unterbrach ihre Ausführungen, die, wie Thekla vermutete, darin gipfeln sollten, dass Hanni Stern Grandelwürmers Projekt in Granzbach vereitelt hatte, wodurch sie sich seinen Hass zugezogen hatte. Als sie, weil Grandelwürmer und ihre Mutter sich zusammentaten, unvermittelt in sein Leben geriet, kam es zu einer späten Rache.

Möglich, aber nicht sehr überzeugend, befand Thekla.

Hilde schien zu einem ähnlichen Ergebnis gekommen zu sein, denn sie sagte: »Ich weiß, die Sache mit Grandelwürmer klingt ein bisschen weit hergeholt, vor allem, wenn man ein Mordmotiv daraus stricken will. Aber es kann ja nicht schaden, Bescheid zu wissen. Also, Wally, frag Helga Weiss auch, seit wann sie Grandelwürmer kennt, wie sie mit ihm zusammengekommen ist, wie er mit Hanni auskam – frag sie einfach gründlich aus über ihn.«

Arme Wally, dachte Thekla. Was Hilde ihr da aufs Auge drückt, ist ja ein Fulltime-Job. Was wohl Sepp Maibier sagen wird, wenn zu Hause nichts mehr rundläuft, weil Wally ständig auf Recherche ist?

»Thekla!«

Hildes anklagende Stimme riss sie aus ihren Gedanken. »Hörst du mir überhaupt zu?«

»Sowieso.«

Hilde schien nicht recht daran zu glauben, sie fuhr jedoch fort:

»Du trägst alles zusammen, was du über Günther Kreil erfahren kannst. Außerdem befragst du ihn noch einmal über seinen Halbbruder, über die Machenschaften im Bauamt ...«

»Machenschaften im Bauamt«, echote Thekla.

»Irgendwas muss da gelaufen sein«, sagte Hilde energisch. »Warum sonst sollte Hanni diese Akte zuunterst in ihrem Schreibtisch aufbewahren?« Als hätte es keine Unterbrechung gegeben, führte sie daraufhin den zuvor angefangenen Satz zu Ende: »... über Daniel Hauser.«

Daniel Hauser. So wie es aussah, stand er Hanni am nächsten.

»Glaubst du, er ist der Kindsvater?«

Hilde hob die Schultern. »Zumindest ist er ein wahrscheinlicher Kandidat.«

Sie hat recht, dachte Thekla. Und weil sie recht hat, gibt es zwei mögliche Motive. Vielleicht auch drei.

»Da wären also die Brüder Kreil«, sagte sie nachdenklich. »Möglicherweise ist einer der beiden dafür verantwortlich, dass Hanni Stern sich so verändert hat.« Sie ignorierte Wallys Entsetzenslaut. »Seither haben sie Angst gehabt, dass Hanni eines Tages redet. Deshalb haben sie sie im Auge behalten, unter Druck gesetzt, ihr schöngetan. Zuckerbrot und Peitsche. Aber vor Kurzem haben sie feststellen müssen, dass weder das eine noch das andere mehr was nützt. Sie haben sich gezwungen gesehen, Hanni zu beseitigen.« Thekla hob die Hand, um Hilde am Sprechen zu hindern. »Das wäre *ein* Motiv, das man ihnen unterstellen kann. Es gibt aber noch ein anderes. Die Akte. Arthur Kreils Bauprojekt, das man hätte ablehnen müssen. Was, wenn Günther Kreil seinen Posten im Bauamt ausgenutzt hat, um es durchzuboxen? Wenn er Gutachten geschönt hat? Was, wenn er Hanni gezwungen hat, ihm dabei zu helfen?«

»Dann wäre das vielleicht strafbar, falls es rauskäme«, sagte Hilde. »Aber kaum Motiv genug, Hanni zu ermorden. Zumal Günther Kreil schon in Pension ist.«

Thekla nickte zustimmend. »Andererseits wäre da noch Daniel Hauser. Er ist oft mit Hanni, Bernhard und Sonja zusammen gewesen. Mit Hanni öfter als mit den anderen. Die beiden könnten was miteinander angefangen haben.«

»Naheliegend«, brummte Hilde.

»Ehebruch«, klagte Wally.

»Er hat sie geschwängert«, sagte Thekla und rieb sich dann ärgerlich die Stirn. »Das ist kein Mordmotiv.«

»Vielleicht doch«, wandte Hilde ein. »Denk dran, was Herbert Hauser mir erzählt hat. Daniel soll Tanja König heiraten und über kurz oder lang Immo-Hauser übernehmen. Glaubst du, die König will ihn noch, wenn er ein Balg am Hals hat? Glaubst du, Herbert Hauser steckt einen solchen Skandal dann mit einem Achselzucken weg?«

»Hanni hätte das Kind ihrem Mann unterjubeln können«, entgegnete Thekla. »Sie wäre nicht die Erste gewesen, die so was gemacht hat.«

»Was, wenn sie nicht wollte?«, hielt Hilde dagegen. »Was, wenn sie von Daniel verlangt hat, das Kind gemeinsam mit ihr aufzuziehen?«

»Wie es sich gehört«, ließ sich Wally vernehmen.

»Wie es sich gehört«, bestätigte Hilde. »Hanni könnte drauf und dran gewesen sein, ein schönes Stück heile Welt zu zerstören. Wäre das denn nicht Grund genug, sie ins Jenseits zu befördern?«

Zwei Optionen also. Daniel und die Kreils. Daniel schlau und wendig. Die Kreils vermutlich mit allen Wassern gewaschen.

Thekla erhob sich. Sie fühlte sich ausgelaugt. Der Abend hatte es in sich gehabt. Sie wollte jetzt endlich nach Hause, wollte sich in Heinrichs Arme schmiegen, seine beruhigende Stimme hören, spüren, dass er da war und sie es nicht allein aufnehmen musste mit ihren Ängsten, mit den Aufgaben, die sie zu erfüllen hatte, mit Hildes Forderungen, mit Hannis Mörder.

Beim Abschied sagte Hilde: »Wir treffen uns, sobald ihr was vorzuweisen habt.«

Thekla verdrängte die Frage, in welcher Richtung Hilde selbst zu ermitteln gedachte. Traute sie es ihr zu, sich über alle moralischen und ethischen Bedenken hinwegzusetzen und doch noch nachzuschauen, ob Hanni schwanger war, um im Fall des Falles Gewebeproben des Embryos zu nehmen?

Thekla mochte nicht darüber nachdenken.

Als sie auf ihren Wagen zutrat, erschreckten sie Schritte, die sich eilig näherten.

»Da bist du ja. Ich habe mir schon Sorgen gemacht.«

Heinrich.

Es tat so gut, ihn zu sehen, trotzdem sagte sie mit leichtem Vorwurf in der Stimme: »Wir sind die ganze Zeit hier im Bestattungsinstitut gewesen, sonst hätte ich dich ja angerufen. So war es doch ausgemacht: Sollten wir woandershin gehen ...« Sie hielt eine lockere Faust mit abgespreiztem Daumen und ausgestrecktem kleinen Finger an ihr Ohr.

Heinrich nahm sie in die Arme. »Tut mir leid, aber ich hatte einfach keine Ruhe zu Hause. Du wirst dich wohl daran gewöhnen müssen, einen Stalker zu haben, solange eure Ermittlungen laufen.«

Als Thekla eine andeutungsweise ablehnende Bewegung machte, gab er sie abrupt frei und schaute sie fragend an.

Sie lächelte und warf einen bezeichnenden Blick nach rechts.

Heinrichs Augen folgten dem Wink, dann lächelte auch er. »Guten Abend, Wally. Meine Güte, was bin ich bloß für ein Trottel. Ich habe Sie gar nicht bemerkt.«

Wallys Gegengruß ging beinahe in einem Kichern unter.

»Heinrich hat sich in den Kopf gesetzt, uns rund um die Uhr zu bewachen, damit wir nicht wieder in Lebensgefahr geraten«, erläuterte Thekla.

Wally begann zu strahlen. »Dann sind Sie ja unser Schutzengel. Schutzengel sind was ganz Wichtiges. Ali muss heute früh auch einen gehabt haben.«

Thekla hatte inzwischen die Fahrertür ihres Wagens geöffnet. Sie registrierte, dass auch Heinrich seinen Türöffner betätigte. Ein Klicken und ein kurzes Aufblinken zeigten ihr die Richtung an, in der sein Auto geparkt war. Und nun erkannte sie es auch. Es stand ein paar Schritte weiter in der Parkbucht vor der Drogerie.

»Fährst du voraus?«, fragte Thekla.

»Nach den Damen«, erwiderte Heinrich mit einem Kratzfuß.

Wally kicherte erneut.

Da kam Thekla ein Gedanke, der sie schmunzeln ließ. »Magst du nicht lieber mit Heinrich fahren, Wally? Er hat eindeutig den bequemeren Wagen, und wenn du willst, legt er Elvis für dich auf. Heinrich besitzt mindestens zehn CDs von ihm. Sein Lieblingssong ist ›Don't step on my blue suede shoes‹.«

Wally sah sie halb erfreut, halb unschlüssig an, weshalb Thekla ihr auch noch ermunternd zunickte. Daraufhin schaute Wally zu Heinrich hinüber, der inzwischen bei seinem Wagen angelangt war, die Beifahrertür öffnete und eine einladende Geste machte.

Da zierte sie sich nicht lange. Sie lief auf die Drogerie zu und hopste in Heinrichs Wagen.

Keiner der drei bemerkte den blonden, lässig gekleideten jungen Mann, der auf der gegenüberliegenden Straßenseite – von einem Briefkasten halb verborgen – an einer Hausmauer lehnte und die Szene beobachtete.

9

Noch am selben Abend im Bestattungsinstitut

Hilde hatte Thekla und Wally zur Haustür begleitet und wollte gerade wieder in ihre Wohnung hinaufgehen, als sie in Rudolfs Büro Licht sah.

Er war also schon zurück. Und er arbeitete noch. Was es wohl so Dringendes zu tun gab?

Kurz entschlossen trat sie ein und schaute ihm über die Schulter. »Neuer Todesfall? Unfallopfer?«

Rudolf kommentierte ihr Erscheinen mit keinem Wort. »Hanni Stern. Der Pfarrer hat den Termin für die Beerdigung festgelegt. Übermorgen. Ich bin dabei, die Unterlagen zu ordnen. Die Freigabe der Leiche fehlt. Muss ich im gerichtsmedizinischen Institut liegen lassen haben.«

Hilde klopfte ihm auf den Rücken. »Brauchst du ja nicht mehr. Hanni ist doch schon hier.«

Rudolf bedachte sie mit seinem würdevollsten Bestatterblick. »Ich will die Schriftstücke aber vollständig in der Registratur haben.«

Hilde rollte die Augen.

Rudolf legte die Papiere in einen Aktendeckel. »Ich werde mir bei Pfeffers Neffen auf der Polizeidienststelle eine Kopie holen müssen.«

»Das kann ja ich für dich erledigen«, rief Hilde so hastig, dass er überrascht aufsah.

Sie schenkte ihm ein geradezu sonniges Lächeln.

»Danke«, sagte er verwundert und wünschte ihr eine gute Nacht.

Hilde hielt Rudolfs Ordnungsliebe für eine nachgerade krankhafte Pedanterie, in diesem Moment kam sie ihr jedoch sehr gelegen. Der Fall Hanni Stern, sofern ihr Tod je als »Fall« behandelt worden war, musste amtlicherseits abgeschlossen sein. Bedeutete das nicht, dass man Auskünfte darüber bekommen konnte?

Gegen zehn Uhr am nächsten Vormittag traf Hilde bei der Polizeidienststelle ein. Wie sie gehofft hatte, saß Rainer Pfeffer, der Neffe von Rudolfs Bestattergehilfen, an seinem Schreibtisch.

Hilde bat ihn um eine Kopie der Freigabe von Hanni Sterns Leiche.

Er deutete auf den Stapel Schriftstücke vor sich. »Da hast du aber Glück. Ich bin gerade dabei, alles einzusortieren. Was brauchst du, die Freigabe?« Er blätterte eine Weile herum, fand das gesuchte Schriftstück und hielt es hoch. »Und jetzt soll ich dir eine Kopie davon machen?«

Hilde übertraf sich an Freundlichkeit. »Das wäre ganz lieb von dir, Rainer.«

Er grinste. »Mach ich. Für einen Cappuccino. Den bring ich mir gleich mit.«

Sie beeilte sich, ihm einen Zehn-Euro-Schein zuzustecken. Im nächsten Moment war er verschwunden.

Hilde konnte ihr Glück kaum fassen. Sie befand sich allein in Pfeffers Büro, und vor ihr auf seinem Schreibtisch lagen sämtliche Unterlagen, die den Todesfall Hanni Stern betrafen.

Hastig begann sie darin zu blättern: Fotos von der Leiche, von den Bojen, vom Bordstein. Die Aussagen mehrerer Personen, die zum vermutlichen Unfallzeitpunkt in der Nähe gewesen waren, aber nichts mitbekommen hatten. Protokolle über den Notarzteinsatz, den Polizeieinsatz – Formalien. Hilde schob sie beiseite. Ein Protokoll über das Auffinden der Leiche. Hilde legte es unbeachtet weg, denn darunter entdeckte sie den Bericht der Gerichtsmedizin.

Begierig griff sie danach. Würde er mehr zu bieten haben als alles Übrige in Hanni Sterns Ermittlungsakte?

Sie wollte ihn gerade aufschlagen, als sie draußen Schritte hörte.

Hilde hob den Kopf und lauschte. Kein Zweifel, die Schritte näherten sich. Waren bereits recht nahe. Wurden langsamer.

Pfeffer. Er kam schon zurück. Keine Zeit mehr, auch nur einen einzigen Blick in den Pathologiebericht zu werfen.

Mit einer schnellen Bewegung rollte sie die Papiere zusammen und stopfte sie in ihre Umhängetasche.

Im nächsten Augenblick stand Pfeffer im Zimmer. In der Rechten hielt er einen Becher, in der Linken zwei Schriftstücke. Mit spitzen Fingern zupfte Hilde die Kopie aus seiner Hand. »Danke, Rainer. Lass dir den Cappuccino schmecken.« Damit floh sie.

Was, wenn Pfeffer das Fehlen des Berichts aus der Pathologie bemerkte?

Hilde rannte zu ihrem Wagen, setzte sich hinein und packte das Steuer mit beiden Händen.

»Wird er nicht. Wird er nicht. Wird er nicht«, murmelte sie wie eine Beschwörung.

Warum sollte er? Er würde die Unterlagen ja nicht mehr überprüfen, würde sie nur bündeln, verstauen und dann wegbringen. Niemand würde merken, dass etwas fehlte.

Allmählich beruhigte sie sich, startete den Motor und machte sich auf den Weg nach Hause.

Als sie das Ortsschild von Reberg vor sich auftauchen sah, betätigte sie kurz entschlossen den Blinker. Warum nicht einen kleinen Abstecher in das Sträßchen machen, in dem Sterns Haus und Hausers Villa so friedlich nebeneinanderstanden?

Seit dem vergangenen Abend schon geisterte der Gedanke durch Hildes Kopf, es könnte aufschlussreich sein, mal ein Schwätzchen mit Daniels Mutter zu halten.

Sie legte sich den nicht unbedingt erfolgversprechenden Plan zurecht, bei den Hausers zu klingeln und wegen des Blumenbuketts vorstellig zu werden, dessen Veredelung Herbert Hauser zu bezahlen angeboten hatte. Weiße Lilien oder lieber weiße Calla? Wie hoch dürfen die Kosten sein? Und da wäre dann noch die Dekoration der Kirchenbänke. Bleibt es dabei? Nelkensträußchen mit Trauerflor oder lieber kleine Gestecke? Mit derartigen Fragen wollte sie versuchen, mit Ella Hauser ein Gespräch anzuknüpfen, falls Daniels Mutter denn überhaupt zu Hause anzutreffen war.

Hilde stellte den Wagen wieder an der Hauptstraße ab und ging zu Fuß weiter. Nach wenigen Schritten erreichte sie die Abzweigung.

Dort an der Ecke begegnete sie Thekla. »Was machst du denn hier?«

»Ich wünsch dir auch einen guten Morgen«, erwiderte Thekla belustigt.

Hilde ließ sich nicht beirren. »Schön, und was hat dich nach Reberg verschlagen?«

»Die Pflicht«, bekam sie von Thekla darauf zu hören. »Bernhard Stern ist schließlich der Sohn meiner Cousine Melissa. Auch wenn ich ihn zuletzt gesehen habe, als er noch ein Kind war, wollte ich ihm einen Kondolenzbesuch abstatten, fragen, wie es ihm geht … dies und das über sein Leben erfahren eben.«

»Ihn fragen, wer seine Frau auf dem Gewissen haben könnte«, schlug Hilde vor.

»Ganz bestimmt nicht«, erwiderte Thekla. »Nicht einmal Melissa habe ich von Alis Verdacht erzählt.«

Hilde nickte. Gut so.

»Und hast du?«, sagte sie dann.

»Was?«

»Kondoliert, gefragt, wie es ihm geht?«

Thekla machte eine unbestimmte Geste. »Ja, schon.«

»Aber du hast nichts erfahren«, konstatierte Hilde. »Hat er dich nicht hineingebeten?«

»Er war damit beschäftigt, zu packen«, antwortete Thekla. »Er zieht nämlich aus.«

»Er zieht aus«, wiederholte Hilde verdutzt. »Wieso zieht er denn aus?«

Thekla hob die Schultern. »Musst du ihn selbst fragen.«

Genau das wollte Hilde auch tun.

Als sie wenig später zu Sterns Haus kam, registrierte sie, dass im Erdgeschoss sämtliche Fenster offen standen.

Von drinnen war ein Scharren und Klappern zu hören.

Bernhard Stern schien tatsächlich ziemlich beschäftigt zu sein. Nach kurzem Zögern entschied sie, Sterns Aktivitäten später nachzugehen, und eilte weiter.

Gleich darauf drückte sie kräftig auf den Klingelknopf am Hauser'schen Gartentor.

Nichts rührte sich.

Verdammt!

Sie versuchte es erneut. Wieder ohne Erfolg.

»Verdammt und zugenäht!« Ella Hauser war doch nicht berufstätig. Wo steckte sie denn? Friseur? Zahnarzt? Einkäufe machen? Wo auch immer, zu Hause war sie nicht. Hilde würde unverrichteter Dinge wieder abziehen müssen. Wütend versetzte sie dem Torflügel einen Tritt.

Davon sprang er auf.

Offenbar war das Schloss nicht richtig eingerastet gewesen.

Hilde warf einen prüfenden Blick in die Runde, taxierte das Wohnhaus, das verlassen wirkte, dann drang sie unverfroren in den Garten vor.

Es schien ihr offensichtlich, dass die Hausers von Zeit zu Zeit einen Gärtner beschäftigten, denn die Büsche waren professionell in Form geschnitten, der Rasen wies weder Löwenzahn noch Gänseblümchen auf, das Wasser in dem kleinen Gartenteich war von keiner einzigen Algenschliere getrübt.

Auf einem gepflasterten Karree neben dem Teich sah sie eine Sitzgruppe aus Kunststoffgeflecht. Eine dieser Lounge-Garnituren, wie man sie seit einigen Jahren in vielen Gärten fand. Die Sessel standen im Schatten einer alten Linde, und hinter dem Stamm lugte ein Gartenhaus hervor. Es befand sich nahe der Grenze zum Nachbargrundstück, hatte rot karierte Vorhänge an den Fenstern und besaß vor der Eingangstür eine kleine Veranda.

Hilde eilte auf die Laube zu, überquerte die Veranda und legte die Hand auf die Türklinke.

Abgeschlossen! Schade. Sie hätte sich gern ein wenig darin umgesehen. Konnte man nicht manchmal an den unwahrscheinlichsten Orten fündig werden?

Hilde spähte zum Wohnhaus hinüber, das nach wie vor zugeknöpft aussah, und fragte sich, ob die Hausers den Schlüssel für die Laube dort aufbewahrten und ihn immer mitnahmen, wenn sie ins Gartenhaus wollten.

Das wäre aber recht umständlich, fand sie. Ich würde ihn neun von zehn Mal vergessen.

Konnte man davon ausgehen, dass die Hausers ebenso schusslig waren wie sie? Warum nicht? Zweckmäßig würde es also sein, hier einen Zweitschlüssel zu deponieren.

Sie fand ihn unter einer losen Verandadiele.

Als sie den einzigen Raum des Häuschens betrat, hätte sie beinahe einen Jubelschrei ausgestoßen. Das Gartenhaus schien Daniels Reich zu sein. Eine Stereoanlage dominierte das Zimmer. CDs lagen herum, Zeitschriften mit Titeln wie »PC World« und »Computer Shopper«, angebrochene Chipstüten, ein paar Schokoriegel. Ein halb voller Aschenbecher stand auf dem Tischchen vor einem Sofa aus Großmutters Zeiten.

Das Beste aber war ein blumenbedruckter Seidenschal, der über der Sofalehne hing. Einen ganz ähnlichen hatte Hilde erst vor einer halben Stunde in der Polizeidienststelle gesehen. Auf den Fotos von Hannis Leiche im Bojengarten. Hanni schien eine Vorliebe für solche Schals gehabt zu haben.

Und den hier hat sie wohl bei einem Schäferstündchen mit Daniel vergessen, dachte Hilde. Daniel ist der Kindsvater, und in dieser Laube ist es gezeugt worden. Aber er wollte es nicht leben lassen. Das Kind nicht und die Mutter ebenso wenig. Daniel wollte Firmenchef von Immo-Hauser werden, mit der Tochter eines Abgeordneten an seiner Seite. Diesen Traum hätten Hanni und das Kind platzen lassen können.

Hilde stopfte den Schal in ihre Tasche.

Sie wollte das Gartenhaus bereits wieder verlassen, als ihr etwas einfiel. Warum nicht ein paar Gegenstände mitnehmen, die Proben für einen DNA-Abgleich hergaben? Wer konnte schon sagen, ob sie nicht doch noch von Nutzen waren.

Hilde kramte in ihrer Tasche herum, bis sie die Rolle mit den Cellophantüten fand, die sie immer dabeihatte (man wusste ja nie, ob man nicht mal dringend eine brauchte), und kippte den Inhalt des Aschenbechers hinein. Dann sah sie sich weiter um, weil sie sich ausgiebigst bevorraten wollte, wenn sie schon mal aus dem Vollen schöpfen konnte.

Sie fand eine leere Bierdose, die sie schleunigst eintütete. Ein benutztes Papiertaschentuch und ein altes T-Shirt, auf dem Ränder von Schweißflecken zu erkennen waren, fanden ebenfalls den Weg in sichere Verwahrung.

Nachdem Hilde sämtliche Cellophantüten ordentlich verschlossen hatte, verstaute sie sie in einem Stoffbeutel mit der Aufschrift »Biocompany«, die sie am Garderobenhaken fand. Der Vollständigkeit halber zog sie den Schal wieder aus ihrer Tasche und steckte ihn dazu.

Dann schloss sie die Tür ab, legte den Schlüssel wieder unter das lose Brett und beeilte sich, das Grundstück zu verlassen.

Erst als sie den Fahrweg erreichte, schlug sie eine langsamere Gangart an, und vor dem Haus der Sterns begann sie regelrecht zu trödeln.

Die Fenster waren nach wie vor offen, weswegen Hilde sehen konnte, dass Bernhard Stern drinnen auf einer Leiter stand und eine Lampe abmontierte.

Er winkte ihr zu.

Sie beschloss, seinen Gruß als Einladung aufzufassen, legte die halb überquellende Stofftasche auf einem der Betonpfeiler ab, die die Zufahrt zur Garage begrenzten, trat ans Fenster und hatte nicht vor, sich so leicht vertreiben zu lassen wie Thekla.

»Sie ziehen doch nicht etwa aus?«

Bernhard Stern hielt die inzwischen abmontierte Lampe am ausgestreckten Arm und stieg vorsichtig von der Leiter, wobei er nickte. »Das Haus gehört mir nicht.«

»Sondern?«

»Immo-Hauser. Hanni und ich haben es bloß gemietet«, antwortete Stern.

Hilde runzelte die Stirn. »Und deswegen müssen Sie jetzt ausziehen?«

Stern versenkte die Lampe in einem Karton. »Ich will nicht länger da wohnen bleiben, wo Hanni und ich …« Er schluckte. »Ist eh viel zu groß.« Nach einer kleinen Pause setzte er in nüchternem Tonfall hinzu: »In meine neue Wohnung kann ich bei Weitem nicht alles mitnehmen. Bap und Hannis Mutter holen sich ab, was sie fürs Sportheim brauchen können.«

»Sie haben also schon eine neue Wohnung?«, fragte Hilde.

Stern stellte den Karton auf einen Stapel anderer. »Einzimmerapartment, das reicht mir. Bap verlegt dort gerade einen neuen Teppichboden.«

»Grandelwürmer macht das für Sie?«

Stern schaute sich um, fand aber offenbar in diesem Raum nichts mehr zu tun, denn er kam ans Fenster und stützte die Ellbogen auf den Sims. »Helga sagt, er muss unbedingt beschäftigt werden. Sonst sitzt er nur herum und macht sich Vorwürfe, weil er sich nicht früher auf die Suche nach Hanni gemacht hat.«

Hilde sah ihn derart verständnislos an, dass er hinzufügte: »Er hat sie doch gefunden.«

»Wo?«

»Na, an der Boje. Und wenn er früher dort gewesen wäre, hätte man Hanni vielleicht noch retten können.«

Hilde schüttelte sich, als käme sie aus einem Hagelschauer. Seit zwei Tagen stellten sie Ermittlungen an, aber weder sie noch Thekla noch Wally hatten sich darum gekümmert, wer nach Hannis Sturz als Erstes bei ihr gewesen war. Und das entsprechende Protokoll in Hannis Akte hatte sie auch nicht beachtet.

Grandelwürmer.

Sie hatte seine Aussage beiseitegeschoben wie das Notarztprotokoll, Hannis Personalien und andere Auflistungen, die sich unter den Papieren befanden.

Hatte Grandelwürmer Hanni Stern bei ihrem Rundgang auf der Donaugartenschau begleitet? Waren die beiden allein unterwegs gewesen? Und warum hatte eigentlich sonst niemand …

Hilde unterdrückte ein Aufstöhnen. Stümper! Sie begriff nicht, wie sie hatte versäumen können, nach Hannis Begleitung zu forschen. Sie selbst war jedenfalls ganz automatisch davon ausgegangen, dass Hanni die Gartenschau allein besucht hatte. Wie kam sie nur dazu, das zu denken? Hatte Ali eine entsprechende Bemerkung gemacht? Oder hatte doch Wally von Helga Weiss etwas darüber erfahren?

Bernhard Stern deutete die Verwirrung in ihrem Gesichtsausdruck offenbar richtig. »Sie wissen nicht, was genau sich abgespielt hat«, stellte er fest. »Natürlich nicht, darüber hat ja auch nichts in der Zeitung gestanden.« Daraufhin schwieg er eine ganze Weile, sodass Hilde schon nachhaken wollte.

Doch bevor sie dazu kam, seufzte er und sagte: »Hanni hatte sich eine Dauerkarte für die Doga gekauft. Sie wollte nach Dienstschluss öfters mal hingehen. ›Immer mal für ein Stündchen oder so‹, hat sie gemeint. ›Das muss man doch ausnützen, wenn man siebzehn Hektar Gartenschau direkt vor der Nase hat.‹«

Stern verscheuchte eine Fliege, die sich auf dem Fensterbrett niedergelassen hatte. »Am Dienstag vor einer Woche ist sie zum zweiten Mal seit der Eröffnung hingegangen. Bap hat sie gesehen. Er ist mit dem Nachwuchs vom Fußballclub da gewesen. Dritt- und Viertklässler. Bap unternimmt oft was mit den Buben. Geht mit ihnen radeln und solche Sachen.«

Stern brauchte einen Moment, um den verlorenen Faden wiederzufinden. »Bap hat am Fischerdorfer Eingang geparkt, deshalb sind die Buben erst einmal auf dem Piratenspielplatz hängen geblieben. Als er sie gerade wieder eingesammelt hat, ist Hanni vorbeigekommen. Er hat ihr gewunken, sie hat zurückgewunken und ist in Richtung Brücke weitergegangen. Bap und die Buben sind dann auch über die Brücke und irgendwann bei dem großen Schiff gelandet, in dem man herumklettern kann.«

Hilde erinnerte sich an das Schiff. Es war ganz aus Holz gebaut und vom Bojengarten aus gut zu sehen.

»Auf der Wiese zwischen dem Schiff und den Bojen«, erzählte Stern, »hat wohl ein Clown herumgealbert. Er hatte Boxhandschuhe aus Schaumstoff an, so groß wie Sofakissen, und hat sich mit den Kindern Boxkämpfe geliefert. Die Buben fanden das lustig und sind hingelaufen. Bap natürlich hinterdrein, und da hat er Hanni wieder gesehen. Sie stand auf dem Weg unterhalb der Bojen und hat sich die Malereien darauf angeschaut.«

Stern rieb sich das Kinn. »Kurz darauf hat es ganz schlimm zu regnen angefangen. Bap hat sich mit den Buben, wie alle anderen Leute auch, von einem schützenden Dach zum anderen gerettet, und so sind sie zum Pavillon ›Technik für Kinder‹ gekommen. Da haben sie sich eine Zeit lang aufgehalten. Als der Regen nachgelassen hat, sind sie wieder ins Freie und haben sich auf den Weg zurück zum Schiff gemacht, weil einer der Buben seinen Rucksack dort liegen gelassen hatte.«

In Sterns Augen trat ein gequälter Ausdruck. »Wie sie beim Schiff ankommen, fragt sich Bap, wohin wohl Hanni gelaufen ist, als der Regenschauer kam. Er wirft einen Blick zu den Bojen hinüber und sieht was, das ihm komisch vorkommt. Er rennt rüber und …«

Stern verbarg das Gesicht in den Händen. Hilde musste sich gedulden, bis er weitersprechen konnte.

»In ihrer Hast, irgendwohin ins Trockene zu kommen, muss Hanni auf dem nassen Randstein ausgerutscht und mit dem Kopf auf die Kante einer der Bojen gefallen sein.« Stern wischte sich die Augen. »Wenn Bap sie ein bisschen eher gefunden hätte und den Rettungsdienst ein bisschen früher hätte alarmieren können, wäre sie vielleicht nicht gestorben.« Er verstummte und starrte an Hilde vorbei auf irgendeinen Punkt in der Ferne.

»Wo waren *Sie* denn, als es passierte?«, fragte Hilde.

Sterns Blick kehrte zurück, seine Miene nahm einen leicht verwunderten Ausdruck an. »Im Geschäft. Wir haben jeden Tag bis zwanzig Uhr geöffnet. Ich habe dreimal die Woche Abendschicht.«

»Aha«, machte Hilde und sagte sich, dass seine Angabe wahrscheinlich zutraf, weil es geradezu töricht wäre, etwas Falsches zu behaupten, das ganz einfach nachprüfbar war. Sie nahm sich vor, genau das trotzdem zu tun.

Am besten gleich, dachte sie und machte Anstalten, sich zu verabschieden.

Da fiel ihr der Clown ein. Hatte er Hanni gesehen? Was hatte er mitbekommen? Einen Unfall? Einen Mord?

»Der Clown«, sagte Hilde. »Wo ist denn der Clown abgeblieben?« Stern antwortete nicht. Er schien sie überhaupt nicht gehört zu haben.

Die Sache mit dem Clown erinnerte Hilde an Stephen Kings Horror-Roman »Es«, den sie vor Jahren gelesen und nie vergessen hatte. Sie entsann sich sogar des Namens, den der Clown bei King hatte: Pennywise.

Pennywise, dachte sie, der alles Schlechte und Bösartige der Stadt Derry verkörpert, der mordet und verstümmelt.

Es nutzte wohl nichts, Stern wegen des Clowns zu löchern. Woher sollte er wissen, wann der den Schauplatz verlassen hatte und wohin er gegangen war?

Ob Grandelwürmer ihn beim Wegrennen wohl noch gesehen hat?, überlegte Hilde gerade, als sie ein Motorengeräusch vernahm.

Das Auto hielt vor dem Haus der Sterns. Einen Moment später tauchte ein zweiter Wagen auf – es handelte sich um Herbert Hausers Mercedes Cabriolet –, dessen Fahrer nichts anderes übrig blieb, als ebenfalls anzuhalten.

Aus dem ersten Fahrzeug sprang Daniel. »Hallo, Bernhard. Magst du mit uns zu Mittag essen? Meine Mutter sagt, dass sie eine Lasagne für uns in den Ofen gestellt hat.«

Stern schüttelte den Kopf. »Danke, aber Bap kommt gleich. Wir müssen den Schrank abliefern, den ich meiner Kollegin verkauft habe.«

Da er durch seinen Sohn an der Weiterfahrt gehindert wurde, war auch Herbert Hauser ausgestiegen.

Er kam gemächlich auf Hilde zu. »Eine letzte Absprache wegen der Beerdigung?«

Hilde machte eine Geste, die man eventuell als Bejahung interpretieren konnte.

Hausers Blick irrte über das Haus, den Garten, kam zurück und blieb an einer Delfter Kachel hängen, die in die Hausmauer eingelassen war. Inmitten der stilisierten Blumen und Schnörkel war der Schriftzug »Hanni und Bernhard Stern« zu erkennen.

»Morgen Nachmittag müssen wir endgültig Abschied nehmen von Hanni«, sagte er mit trauriger Stimme. »Sie wird uns fehlen.«

Hilde nickte abwesend. Sie hatte Daniel nachgesehen, der wieder ins Auto gestiegen und davongefahren war. Soeben stellte er seinen Wagen auf dem gepflasterten Parkplatz vor der Hauser'schen Garage ab. Herbert Hauser wandte sich von Hilde ab und schaute zu ihm hinüber.

»Wegen der Beerdigung ist doch inzwischen alles besprochen«, rief Stern aus dem Fenster.

Hilde drehte sich zu ihm um und beeilte sich, ihm zu versichern, dass jedes Detail geklärt und ihr Neffe bei der Bestattung persönlich anwesend sein würde.

Zeit, zu gehen. Sterns Feststellung war ja quasi ein Rausschmiss gewesen. Auch Hauser senior war mittlerweile wieder in sein Auto gestiegen und weitergefahren.

Dessen ungeachtet sagte sie: »Ich würde nur zu gerne wissen, was aus dem Clown geworden ist.«

Stern sah sie an, als hätte sie den Verstand verloren. »Meinen Sie nicht, dass sich einfach jeder ein Dach gesucht hat, als es angefangen hat zu schütten?«

Doch, dachte Hilde. Aber Dächer sind auf der Doga nicht gerade dicht gesät.

»Wenn er nicht ganz so schnell weggerannt ist wie Grandelwürmer und die Buben, hätte er doch eigentlich sehen müssen, wie Hanni gestürzt ist. Bestimmt hat sie einen Schrei ausgestoßen, da müsste er doch aufmerksam geworden sein.«

Stern ließ den Kopf hängen. »Was soll denn dieses ›hätte‹ und ›müsste‹ noch bringen? Vielleicht ist der Clown in eine andere Richtung gelaufen und war noch schneller weg als alle Übrigen. Was weiß ich?« Seine Stimme klang deutlich gereizt, weshalb Hilde sich entschloss, schleunigst Leine zu ziehen.

Sie würde den Clown schon ausfindig machen.

Als sie bei ihrem Wagen ankam, wusste sie auch bereits, wie.

Beim Einsteigen fiel ihr der Stoffbeutel aus dem Gartenhaus ein, den sie auf dem Betonpfeiler abgelegt hatte. Eilig lief sie noch einmal zurück, fand den Begrenzungspfosten jedoch leer.

Die Fenster zeigten sich geschlossen, und Stern war nirgends zu sehen.

Hat sowieso nicht viel Sinn, ihn zu fragen, dachte Hilde. Wenn er den Beutel genommen hat, wird er es wohl kaum zugeben. Außer er hätte ihn gerade eben gefunden und wollte ihn für die Besitzerin aufbewahren.

So war's nicht, entschied Hilde. Daniel muss dahinterstecken. Er hat seinen Beutel, vermutlich auch den Schal, erkannt und alles verschwinden lassen.

Das konnte er gefahrlos tun, denn wer hätte ein Recht gehabt, es ihm vorzuwerfen? Die Diebin?

Was musste ich auch so leichtsinnig sein, schimpfte sie mit sich selbst. Wegen meiner Schlampigkeit ist die ganze Aktion umsonst gewesen. Schlimmer noch. Jetzt war Daniel gewarnt, wusste, dass man ihm nachspionierte.

Wütend stapfte sie zu ihrem Wagen zurück.

Doch plötzlich huschte ein Lächeln über ihr Gesicht. Umso besser, dass er Bescheid wusste. Machten Täter nicht gerade dann ihre fatalsten Fehler, wenn sie sich in die Enge getrieben sahen?

Bewusst verdrängte sie den Gedanken, der sie darauf hinwies, wie gefährlich in die Enge getriebene Menschen sein konnten.

Obwohl sie es nun auf einmal eilig hatte, nach Hause zu kommen, nahm Hilde sich noch die Zeit, Bernhard Sterns Alibi zu überprüfen.

Kaltschnäuzig stellte sie ihren Wagen auf dem Behindertenparkplatz am Eingang des Einrichtungshauses ab, in dem Stern als Verkäufer arbeitete. Drinnen machte sie sich gar nicht erst die Mühe, selbst den Weg zur Abteilung für Bodenbeläge zu suchen, sondern fragte sich durch. Bei einem Ständer mit Laminatmustern entdeckte sie einen Angestellten, der gerade neue Musterbretter einfügte. Der junge Mann war so klein gewachsen, dass er kaum an die Konsolen heranreichte.

Sie sprach ihn an. »Ich suche den Verkäufer, der mich neulich so gut beraten hat.« Hilde gab eine kurze Beschreibung von Bernhard Stern. »Er hat mir zwar seine Karte mit Namen und Telefonnummer gegeben, aber ich habe sie leider verloren.«

»Mittelgroß, dunkelhaarig, kräftig gebaut«, wiederholte der Angestellte. »Müsste Bernhard Stern gewesen sein.«

»Gut möglich, dass er so hieß«, erwiderte Hilde. »Wenn Sie mal nachsehen würden, ob er zum fraglichen Zeitpunkt Dienst hatte, könnte ich sicher sein.«

Sterns Kollege hob eine Augenbraue, was ihn wie einen beleidigten Asterix aussehen ließ.

Wollte er ihr Ansinnen etwa ablehnen?

Hilde starrte ihn an, bis er klein beigab und zu einem kleinen Tresen hinüberging, auf dem der Bildschirm und die Tastatur eines PCs standen.

»Montag, 28. April, achtzehn Uhr dreißig«, sagte Hilde scharf.

Asterix hob nun auch die zweite Augenbraue, tippte jedoch wortlos die nötigen Angaben ein.

»Stern«, sagte er nach wenigen Augenblicken. »Sie sind von

Bernhard Stern bedient worden.« Als er aufsah, war Hilde bereits verschwunden.

Zurück im Bestattungsinstitut, vergeudete sie keine Zeit damit, nachzusehen, was anlag. Schließlich war Rudolf der Chef. Sollte er sich doch darum kümmern, dass der Betrieb lief.

Hilde ging via Haupteingang schnurstracks in ihr Büro, warf die Tür hinter sich zu und schlug das Telefonbuch auf.

Sie blätterte einige Zeit ziellos herum, wusste nicht, wo sie suchen sollte, bis ihr der Tourismusverband einfiel. Augenblicklich rief sie dort an und bat um die Telefonnummer von der Geschäftsleitung der Donaugartenschau. Ohne Zögern kam man ihrem Wunsch nach.

»Na also«, sagte sie laut, während sie die Ziffernfolge wählte, die ihr das Mädchen im Verkehrsbüro diktiert hatte.

Dann allerdings wurde ihre Geduld auf eine harte Probe gestellt.

Man reichte Hilde von Pontius zu Pilatus weiter, bis sie endlich ihr Anliegen vorbringen konnte: »Sie hatten doch neulich – am 28. April, genau gesagt – einen Clown auf der Gartenschau. Von dem sind meine Enkel so begeistert gewesen, dass ich versprochen habe, ihn nächste Woche für den Geburtstag des Jüngsten zu engagieren. Wären Sie so freundlich, mir zu sagen, wo man ihn buchen kann?«

»Da müsste ich nachsehen.« Die Stimme klang nicht gerade freundlich, doch dafür hatte Hilde Verständnis. Sie selbst hätte auf eine derartige Zumutung wohl barsch geantwortet: »Verziehen Sie sich aus der Leitung. Das hier ist die Verwaltung der Gartenschau, keine Stellenvermittlung.«

»Wir hatten am 28. April keine Veranstaltung mit einem Clown«, gab ihr die abweisende Stimme nach einigen Minuten Auskunft. Etwas milder setzte sie hinzu: »Das muss eine private Sache gewesen sein.« Daraufhin kam ein leises Lachen. »Ein Kindergeburtstag vielleicht.«

Hilde bedankte sich und legte auf.

Was die Angestellte der Doga-Geschäftsleitung gesagt hatte, traf vermutlich zu.

Kindergeburtstag. Oder Familienfeier.

Falls es sich um ein Familientreffen gehandelt hatte, war man nach dem Besuch der Gartenschau bestimmt nicht nach Hause gegangen, sondern zum Abendessen in ein Restaurant.

In eines auf dem Gartenschaugelände oder in eines in der Umgebung?, fragte sich Hilde.

Das Ruderhaus würde sich anbieten, dachte sie. Es liegt idyllisch an der Donau und nicht weit von den Deichgärten entfernt, aber außerhalb des Doga-Geländes, was insofern von Vorteil ist, als man sich nicht um die Öffnungszeiten der Gartenschau zu scheren braucht.

Sie entschloss sich, mit ihrer Recherche im Ruderhaus zu beginnen.

Hilde hatte mehr Glück, als sie sich vorzustellen gewagt hätte.

»Ja natürlich, die Abendgesellschaft mit dem Clown«, sagte die Bedienung im Ruderhaus. »Sie wollen wohl das Kostüm abholen? Wir haben es im Hinterzimmer – wo wir es ja auch gefunden haben – aufbewahrt, weil wir nicht wussten, wohin damit. Ich hole es gleich.«

Wie erschlagen ließ sich Hilde auf einen Stuhl sinken. Das Clownskostüm! Welchen Fisch hatte sie denn da an Land gezogen?

Als die Bedienung mit einer riesigen Plastiktüte zurückkam, bestellte sich Hilde eine Tasse Tee und Toast nach Art des Hauses. Zum einen, weil sie ein flaues Gefühl im Magen verspürte, das aber vermutlich davon kam, dass sie nichts zu Mittag gegessen hatte; zum andern, weil sie ein paar Auskünfte haben wollte.

Obwohl die Bedienung mit Informationen nicht geizte, zog es sich – denn auch andere Gäste hatten Wünsche – einige Zeit hin, bis sich Hilde ein Bild vom Abend des 28. April machen konnte.

Der Tisch war für achtzehn Uhr dreißig auf den Namen Eleonore Waltz reserviert gewesen.

Ein Name, der Hilde absolut nichts sagte.

Zwölf Erwachsene und fünf Kinder.

Sechzehn Personen trafen geschlossen eine gute Viertelstunde zu früh ein, weil es draußen zu regnen begonnen hatte. Man nahm Platz, entschied jedoch, mit der Aufgabe der Bestellungen zu warten, bis die fehlende Person auch da war.

Der Clown kam etwa zwanzig Minuten später. Er machte ein paar Faxen, dann verschwand er wieder. Kurz darauf traf der siebzehnte Gast ein. Die Bestellungen wurden aufgenommen. Man aß zu Abend, blieb noch ein Stündchen bei Wein und Dessert sitzen und brach dann gegen einundzwanzig Uhr dreißig auf.

Petri Heil, sagte sich Hilde. Ich verwette Rudolfs neuen Friedhofsbagger, dass ich einen ganz, ganz fetten Fisch an Land gezogen habe.

Lag der Fall nicht klar?

Der Clown war bei den Bojen gewesen, als es zu regnen begann. Genau dort, wo Hanni Stern gestanden hatte. Und er war später als alle anderen ins Trockene gekommen. Kurz darauf war er wieder weg gewesen.

Fragte sich, wohin er gegangen war. Nach Hause? Oder hatte er im Hinterzimmer das Kostüm ausgezogen und war als der siebzehnte Gast zurückgekehrt?

»Nein«, sagte die Bedienung auf Hildes Frage. »Ich habe überhaupt niemanden gekannt von den Leuten, die an dem reservierten Tisch saßen, was nicht verwunderlich ist, weil ich erst vor zwei Wochen aus Kassel zugezogen bin.«

Als Hilde zum Bestattungsinstitut zurückkam, begab sie sich unverzüglich über den hinteren Eingang in ihre Wohnung hinauf. Ohne sich im Flur mit Schuheausziehen oder Jackeablegen aufzuhalten, betrat sie die Küche, wo sie den Inhalt der Tüte auf die Arbeitsplatte kippte.

Hilde betrachtete die gepunkteten Pumphosen (lang genug für einen eins achtzig großen Kerl), die Perücke mit dem Kranz roter Wollfäden als Haare (groß genug für einen Fußball), die Knubbelnase aus Pappmachee sowie die riesige Brille mit dem grasgrünen Gestell aus Plastik und schaute lange Zeit versonnen

auf die überdimensionalen gelben Boxhandschuhe aus Schaumstoff.

Irgendwann griff sie zum Telefonbuch und schlug den Namen
»Waltz« nach.

10

Am selben Tag in Scheuerbach

»Gut, meinetwegen«, sagte Sepp Maibier, »du kriegst einen Wagen, von mir aus. Einen gebrauchten Kleinwagen, da ist nicht viel hin, wenn du ihn zerlegst. Sobald ich zurück bin, kümmere ich mich darum. Die zwei Tage wirst du ja wohl noch ohne auskommen. Und jetzt quatsch keine Opern und nimm die Griffel von meinem Sakko. Der passt schon so, der Kragen. Gib die Tasche her, der Flieger wartet nicht.«

Sepp Maibier hatte sich auffallend kurzfristig entschlossen, eine Handwerksmesse zu besuchen. Wo, hatte Wally nicht herausbekommen. Sie hatte es auch nicht ernsthaft versucht. Es spielte ja auch keine Rolle.

Wally war sich sicher, dass Sepp nicht log. Er würde stundenlang durch Ausstellungshallen marschieren und sich Maschinen ansehen, die mit Holzverarbeitung zu tun hatten.

Aber ebenso sicher war sie sich (die Tatsache, dass er ihr etwas zugestand – ein Auto in diesem Fall –, ließ keinen Zweifel daran), dass das nur die halbe Wahrheit war.

Vor allem die überraschende Entscheidung für einen Flug wies darauf hin, dass er den Besuch der Messe als Vergnügungstrip plante. Sepp würde den Abend und die Nacht ganz bestimmt nicht allein in seinem Hotelzimmer verbringen.

Trotz der Demütigung, die die Eskapaden ihres Mannes stets bedeuteten, musste Wally die beinahe überstürzte Abreise ihres Mannes als Glücksfall betrachten.

Mit Sepp im Flieger nach Irgendwo war es ein Leichtes, Hildes Aufträge zu erfüllen, ohne sich zu Hause massiven Ärger einzuhandeln. Das Dilemma, in dem sie sich gestern noch glaubte, hatte sich damit heute Morgen von einer Sekunde auf die andere in Luft aufgelöst.

Obwohl sie die halbe Nacht lang darüber nachgegrübelt hatte, wie sie sowohl Hilde als auch Sepp gerecht werden könnte, hatte sie sich keinen Augenblick lang gefragt, weshalb sie an einen Ehemann und gleichzeitig eine Freundin geraten war, die sich so teuflisch ähnelten. Beide lebten ihre Bedürfnisse rigoros aus. Beide scheuten sich nicht im Mindesten, sich dabei eines fügsamen Wesens namens Wally zu bedienen, das zur Stelle war, wenn sie es riefen; das man ungestraft vor den Kopf stoßen konnte; das sich widerspruchslos herumkommandieren ließ.

Würde Wally jemals darüber nachgedacht, eventuell sogar einen Berater hinzugezogen haben, dann wäre ihr vielleicht aufgegangen, dass ihr zartes, kleines, so wenig selbstbewusstes Ich Egomanen wie Sepp Maibier und Hilde Westhöll geradezu magisch anzog.

Auf die Frage, was man dagegen machen könne, würde ein Psychologe vielleicht sagen: »Sich wehren.« Ein Priester dagegen würde womöglich behaupten, Wallys Schicksal sei gottgewollt, sie müsse es demütig annehmen und dürfe nicht aufmucken.

Woraufhin Wally in der Zwickmühle sitzen würde.

Insofern war es besser, dass sie gar nicht auf die Idee kam, jemanden zu fragen – nicht einmal sich selbst.

Nachdem Sepp das Haus verlassen hatte, atmete sie erleichtert auf und beschloss, keine Zeit mehr zu verlieren. Schnurstracks wollte sie zur Scheuerbacher Brücke laufen, um parat zu stehen, wenn Arthur Kreil auftauchen sollte. Sein Gesicht – tatsächlich im Wochenblatt recht anschaulich abgebildet – hatte sie sich gut eingeprägt.

Schade, dass man so gar nicht berechnen kann, wann er nachschauen kommt auf der Baustelle, dachte sie. So ein Arbeitstag ist lang. Was, wenn er erst kurz vor Feierabend die Runde macht?

Als ihr daraufhin klar wurde, dass sie womöglich stundenlang auf ihre Chance warten musste, packte sie einen Apfel und zwei Schokoriegel in ihre Umhängetasche.

Um kurz nach neun Uhr kam sie bei der Brücke an, wo ihr sogleich ein Kipper auffiel, der Sand ableerte. Nachdem er damit fertig war, fuhr er wieder weg.

Während er an ihr vorbeirumpelte, konnte sie den Schriftzug an der Fahrertür erkennen: »AK«.

Arthur Kreil.

Wally nickte befriedigt. Kreils Kipper lieferten Sand. Gut. Fehlte nur noch, dass der Chef sich blicken ließ.

Sie kehrte der Fahrstraße den Rücken, ging aufs Moosbachufer zu und suchte sich dort ein Plätzchen, von dem aus sie die Brücke überschauen konnte, aber dennoch nicht allzu sehr unter dem Staub zu leiden hatte, den der Wind von der Baustelle aufwirbelte.

Kipper kamen an, leerten Sand ab und fuhren wieder weg.

Was, wenn Ali unrecht hatte und Kreil heute nicht herkam, weil der Betrieb so anstandslos lief, dass sich der Chef nicht im Mindesten darum zu kümmern brauchte?

Dann würde sie vergeblich den lieben langen Tag Maulaffen feilhalten. Sie würde eine Menge Zeit vergeuden und letztendlich nichts vorzuweisen haben. Hilde würde fürchterlich fluchen.

Wie stets, wenn Wally sich nicht anders zu helfen wusste, wandte sie sich an die Himmelmutter. »Bitte lass den Kreil bald kommen. Und zeig mir, wie ich mit ihm ins Gespräch kommen kann.«

Obwohl Wally – wie sich schon oft erwiesen hatte – einen guten Draht zur Himmelmutter besaß, an die sie uneingeschränkt glaubte, musste sie zwei Stunden ausharren, bevor sich tat, worauf sie gehofft hatte.

Inzwischen war eine ganze Anzahl von Kippern auf der Brücke gewesen und wieder fortgefahren.

Wegen der Eintönigkeit des Geschehens war Wally ein wenig eingenickt, als sie auf einmal das Gefühl überkam, irgendetwas sei anders als zuvor.

Sie riss die Augen auf.

Die Brücke war noch da, ebenso wie die Baumaschinen, die dort wechselweise zum Einsatz kamen. Was also hatte sie geweckt? Nach einigem Nachdenken ging es ihr auf: Es war so still geworden. Kein Maschinenlärm, keine Rufe, kein Dröhnen, kein Pfeifen und kein Rumpeln. Die Bauarbeiter lehnten müßig am Geländer. Ein Kipper mit dem Schriftzug »AK« an der Fahrertür stand mit halb abgesenkter Ladefläche da, als wäre er eingefroren.

Mittagspause?

Bevor Wally klar werden konnte, dass es dafür noch zu früh war, preschte ein Baustellenfahrzeug auf die Brücke. Ein Mann im

Monteuranzug sprang vom Beifahrersitz und lief auf den Kipper zu.

Der Fahrer wendete den Wagen und parkte ihn Schnauze an Schnauze mit dem Lastwagen. Dann stieg er gemächlich aus.

»Oh«, machte Wally.

Selbst wenn er nach dem Foto im Wochenblatt nicht eindeutig zu erkennen gewesen wäre, hätte es keinen Zweifel gegeben, dass sie Arthur Kreil vor Augen hatte.

Thekla hatte seinen Halbbruder Günther als vierschrötig und klotzig beschrieben. Arthur war quasi eine Blaupause von ihm – vierschrötig und klotzig.

Und was mache ich jetzt?, fragte sich Wally. Wie komme ich an ihn heran?

Kreil war an den Kipper getreten und sprach ein paar Worte mit dem Monteur. Dann wandte er sich ab und ging davon.

Mit einem Anflug von Panik, die in gespannte Erwartung umschlug, registrierte Wally, dass er in ihre Richtung kam.

Sie stand auf.

Kreil hatte das Ende der Brücke erreicht. Er machte ein, zwei Schritte von der Fahrbahn weg, dann blieb er stehen.

Was? Ach so.

Kreil öffnete den Hosenschlitz.

Himmelmutter, bitte hilf mir jetzt.

Wally eilte auf die Straße zu, passierte die Stelle, die Kreil zum Pinkeln gewählt hatte, blieb nicht weit dahinter stehen und wartete.

Nach wenigen Augenblicken trat Kreil wieder auf die Fahrbahn. Er war fertig und wollte offenbar zur Baustelle zurück.

Wally setzte sich in Bewegung, ging auf ihn zu.

Kreil schaute ihr entgegen.

Wally legte die Stolpernummer hin.

Kreil reagierte blitzartig und fing sie auf. Doch damit ließ er es nicht genug sein.

Wally glaubte seine Hände überall auf ihrem Körper zu spüren. Auf dem Po, den Hüften, dem Busen. Obwohl sie längst wieder aufrecht stand, hielt Kreil sie fest, presste sie an seinen massigen Körper.

Er roch intensiv nach Schweiß, Zement und Pfefferminzkaugummi.

Wally hielt so lange wie möglich die Luft an, dann atmete sie zischend aus.

Endlich ließ er sie los. »Wen haben wir denn da? Ein gut gepolstertes Frauenzimmer.« Er trat einen Schritt zurück, um sie sich ansehen zu können.

Was für ein hässlicher Mensch, dachte Wally.

Im Gegensatz zu seinem Halbbruder, der laut Thekla eine Glatze hatte, war Arthur behaart wie ein Affe. Schmutzig gelbe Haare wuchsen kreuz und quer auf seinem Kopf, ragten in Büscheln aus Nase und Ohren, bildeten stachelige Balken über seinen Augen, die sie lüstern anschielten.

Seine fleischigen Lippen spitzten sich. »Kreil«, sagte er. »Arthur Kreil, Bauunternehmer. Und wer ist mir da vor die Füße gefallen?«

Wally betrachtete angelegentlich ihre Schuhspitzen. »Wally.«

»Hast du dir wehgetan, Wally?« Seine fette Hand legte sich auf ihre Schulter.

Wally sah ein, dass es ein Fehler gewesen war, nur ihren Vornamen zu nennen. Offensichtlich dachte er, das gäbe ihm das Recht, sie zu duzen.

Seine Hand knetete ihre Schulter. »Ob du dir wehgetan hast?«

Wally schüttelte den Kopf.

»Trotzdem«, sagte er. »Trotzdem solltest du ein Weilchen rasten. Komm.« Er schob sie von der Straße weg ans Bachufer, setzte sich ins Gras, zog sie zu sich hinunter und legte ihr den Arm um die Schultern.

Wally verhielt sich mucksmäuschenstill, während sie überlegte, wie sie an die Informationen kommen könnte, die sie von ihm haben wollte. Sollte sie sich mit ihm einlassen? Oh nein, ganz bestimmt nicht. Nicht für die wertvollste Auskunft der Welt, nicht einmal für ein Mordgeständnis.

»Warum machst du denn so ein trauriges Gesicht?«, fragte Kreil.

Selbst Wally hätte nicht sagen können, weshalb sie antwortete: »Weil eine gute Freundin von mir gestorben ist.«

Kreil klang hörbar desinteressiert, als er sich erkundigte: »So, wer denn?«

»Die Hanni Stern.«

Zu ihrer nicht geringen Verwunderung lachte er. »Tja, wer zu nah am Feuer sitzt …«

»Sie kannten Hanni?«

»Sowieso.«

Wally mahnte sich, jetzt nicht lockerzulassen. »Woher denn?« Er griff in Wallys Haare, zupfte sich eine Strähne zurecht und wickelte sie um seinen dicken Finger. »Du weißt das nicht? Und willst eine gute Freundin von ihr gewesen sein?«

Wally hätte sich ohrfeigen wollen. Wie hatte sie nur so töricht sein können. Sie hätte zugeben müssen, dass sie wusste, wo Hanni zuletzt gearbeitet hatte. Was für ein dummer, dummer Fehler.

Kreil sprach bereits weiter: »Als Hanni das Bauamt satthatte, hat sie bei mir in der Firma angefangen.«

»Warum?«, fragte Wally spontan.

»Warum was?«

»Warum hat sie das Bauamt sattgehabt? Hanni hat einfach nicht darüber reden wollen«, fügte sie zaghaft hinzu.

Nun lachte Kreil laut. »Sagen wir, es ist ihr zu heiß geworden.«

»Meinen Sie damit, dass Hanni im Bauamt krumme Sachen gemacht hat?«, fragte Wally, so zutraulich sie konnte, woraufhin ihr Kreil über die Wange strich wie einem Kind.

Sie ließ es geschehen. Sosehr sie sich auch vor ihm ekelte, so gern sie ihn von sich gestoßen hätte, eines war ihr klar: Kreil würde reden, solange er sie betatschen durfte. Je anschmiegsamer sie sich gab, desto unbedachter würde er auspacken.

»Ich glaube nicht, dass sie sich nachweislich was zuschulden hat kommen lassen«, sagte er. »Aber wenn man an der Quelle sitzt, kann man eine Sache so oder so bewerten; man kann ein Auge zudrücken oder beide; man kann hier strikt sein und da die Zügel schleifen lassen.«

»Und warum soll Hanni so etwas getan haben?«

Kreil sah sie eindringlich an. »Weil sie ein braves Mädchen gewesen ist und normalerweise gemacht hat, was man von ihr wollte.«

Wally musste sich unheimlich konzentrieren, um die Fährte, die sie aufgenommen hatte, zu verfolgen. Sie merkte kaum, wie Kreils linke Hand auf ihrem Oberschenkel Stellung bezog. »Was wer von ihr gewollt hat?«

»Das, mein Schnuckelchen, ist ein Geheimnis.«

Himmelmutter, dachte Wally.

Kreil brachte seine feisten Lippen ganz nah an ihr Ohr. »Du gefällst mir. Wie wär's, wenn wir uns heut Abend treffen? Jetzt hab ich leider keine Zeit mehr, muss mich um den defekten Kipper kümmern.«

Wally wollte lieber barfuß nach Altötting pilgern, als sich an welchem Abend auch immer mit Kreil auf ein Schäferstündchen zu treffen. Andererseits besaß er eine Information, die möglicherweise enorm wichtig war. Hilde würde ihr den Marsch blasen, wenn sie nicht damit aufwarten konnte. Sie musste Kreil irgendwie dazu bringen, sein »Geheimnis« preiszugeben.

Die ekligen Lippen stülpten sich über ihr Ohrläppchen. »Ich habe in Greising ein Wochenendhäuschen.«

»Und da verrätst du mir dann das Geheimnis?«

Das Ohrläppchen wurde eingesaugt. »Was bist du für ein neugieriges Mäuschen.«

»Verrätst du es mir?«

»Nur wenn du ganz besonders lieb bist.« Die schleimigen Lippen zogen sich zurück. Kreil stand auf. »Hier an der Brücke? Um sieben?«

Wally beeilte sich, auf die Füße zu kommen. »Kriege ich einen Vorschuss?«

Kreil sah sie verdattert an, bis Wally hinzufügte: »Auf das Geheimnis.«

Er drohte ihr schalkhaft mit dem Finger. »Neugierig und hartnäckig. Aber du wirst Geduld haben müssen. Wie ich auch«, fügte er anzüglich hinzu.

Dann schloss er die Hand um ihr Kinn und hob es so weit an, dass Wally nicht anders konnte, als ihm ins Gesicht zu sehen. »Um sieben?«

Wally senkte die Lider, was er als »Ja« werten konnte. Glattweg anlügen wollte sie ihn nicht. Andererseits wagte sie aber auch nicht, ihm zu gestehen, dass er vergebens auf sie warten würde. Wie würde der Kerl darauf reagieren? Mit einem Wutausbruch? Darauf wollte sie es lieber nicht ankommen lassen.

Kreil ließ sie los und wandte sich zum Gehen.

Wally hielt ihn am Ärmel fest. »Hast du Hanni den Job in deiner Firma gegeben, weil du ihr was schuldig warst?«

Er drehte sich unwillig um. »Was sollte ich ihr denn schuldig sein? Ich bin niemandem was schuldig, am allerwenigsten der kleinen Bauamt-Tussi. Den Job hat sie gekriegt, weil mein Bruder sie mir empfohlen hat, wenn du es genau wissen willst.« Damit schüttelte er sie grob ab und stiefelte in Richtung Baustelle davon.

Wally rührte sich nicht von der Stelle.

Sie sah Kreil mit schnellen Schritten auf den Kipper zugehen, der soeben seine Fuhre Sand abwarf. Offenbar hatte der Mechanismus repariert werden können.

Nach einigen Minuten schauderte sie, als würde sie aus einem Alptraum erwachen, in dem die Scheuerbacher Brücke eine unangenehme Rolle gespielt hatte. In nächster Zeit würde sie den Ort meiden wie die Pest. Fluchtartig machte sie sich auf den Heimweg.

Wally musste sich eingestehen, dass ihr der Vormittag ziemlich zugesetzt hatte. Sie beruhigte ihre Nerven mit einer Tasse heißer Schokolade und einer Doga-Schnitte. Am frühen Morgen hatte sie für ihre Schwiegertochter, die heute Verwandte zu Besuch bekam, ein ganzes Blech voll gebacken. Zwei Lagen Blätterteig, Eiercreme dazwischen, Marmelade und Zuckerguss darüber und Marzipanblüten obendrauf. Das war die ganze Zauberei. Aber schmeckte die Komposition nicht himmlisch? Wally tat es leid, dass sie sich nur eine Schnitte zurückbehalten hatte.

Eigentlich, fand sie, hatte sie für heute schon ein ganzes Tagespensum an Ermittlungsarbeit hinter sich gebracht. Aber Sepps Abwesenheit musste genutzt werden, und Hilde hatte ihr extra aufgetragen, einen zweiten Besuch bei Helga Weiss zu machen.

Sie entschloss sich jedoch, den Ausflug zum Sportheim erst in den Abendstunden zu unternehmen, denn am Nachmittag hatte sie noch einiges im Garten zu tun. Das Unkraut wucherte gnadenlos, die Wege mussten gefegt werden, die Hasenfamilie hatte Moos angesetzt, und für das neue Windspiel, das bei jedem Lufthauch so hübsch klingelte, musste sie einen anderen Platz finden, weil Sepp sich über den Lärm aufgeregt hatte. Angeblich konnte man das Klingeln in seinem Büro hören, und das störe bei der Arbeit. Wally hatte weder gefragt, wie so ein zarter Ton bei lautstark geführten Telefonaten oder bei der Durchsicht von Holzmustern und dem Blättern in Werkzeugkatalogen stören könne, noch hatte sie ihren Mann darauf hingewiesen, dass das Dröhnen und Kreischen aus der Werkstatt tagsüber sowieso alle anderen Geräusche überlagerte. Sie hatte sich einfach vorgenommen, das Windspiel woanders zu platzieren.

Erst gegen sieben Uhr abends machte sich Wally zum Fußballplatz auf. Als sie dort ankam, musste sie feststellen, dass er auch an diesem Tag verlassen wirkte. Offenbar fand zurzeit kein Training statt. Nicht einmal ein paar Rastlose kickten herum. Die Eingangstür zum Sportheim war verschlossen, und als Wally an Grandelwürmers Wohnungstür läutete, öffnete niemand.

Anscheinend hatten er und Helga den freien Abend genutzt und waren zum Essen ausgegangen oder machten einen Spaziergang.

Wally beschloss, sich eine Weile auf die Zuschauertribüne zu setzen. Zum einen, um sich auszuruhen, zum andern, weil es ja möglich war, dass das Paar bald zurückkehrte.

Von der Tribüne aus konnte sie die Eingänge zum Sportheim und zu Grandelwürmers Wohnung recht gut überblicken, wenn auch die drei übereinander angeordneten Holzbänke die Bezeichnung »Tribüne« ganz und gar nicht verdienten. Für das gewöhnliche Publikum gab es ohnehin nur Stehplätze rund um das Spielfeld herum.

Wally setzte sich auf die oberste der Bänke, wo ihr ein leichter Wind um die Nase wehte. Lange würde sie hier allerdings nicht sitzen bleiben können, denn die frische Brise kam aus Osten und hatte einen Nachgeschmack des böhmischen Winters dabei.

Ohne die üblichen Geräusche eines Spiels – Ballaufschlag, Zurufe, Pfiffe – war es sehr still in dieser Ecke von Scheuerbach.

Dort und da raschelten Blätter. Drüben am Waldrand glaubte Wally einen Kuckuck zu hören.

Eine Zeit lang genoss sie die Ruhe, blickte in die Runde, legte den Kopf in den Nacken und schaute in den Himmel, wo die Dämmerung aufzog. Sepp kam ihr in den Sinn. Was er wohl gerade trieb? Hatte er tatsächlich eine Frau an seiner Seite? Logierten die beiden im Best Western oder im Holiday Inn?

Wally schob den Gedanken beiseite, was nichts besser machte, weil ihr nun Kreil einfiel. Kipper-Kreil. Sie fühlte einen leichten Brechreiz aufsteigen und schluckte. Selbst wenn Hilde mit den Auskünften, die sie von ihm bekommen hatte, nicht zufrieden sein sollte, Wally würde sich den Kerl nicht noch einmal antun. Sie zog ihr Taschentuch heraus und rieb damit über das Ohrläppchen, an dem er gelutscht hatte.

Die Dämmerung warf graue Schleier über den Platz. Wally stand auf und streckte sich. Ihr war kalt geworden, der Rücken tat ihr weh. Es hatte keinen Sinn, hier noch länger herumzusitzen.

Sie ging gerade auf das Sportheim zu, als sie aus der Gegenrichtung eine junge Frau kommen sah, die zielstrebig auf den Anbau zuhielt, in dem sich Grandelwürmers und Helgas Wohnung befand.

Hannis Schwester Sonja?

Die junge Frau zückte einen Schlüssel und steckte ihn ins Türschloss.

Sonja. Niemand anders als Sonja.

Wally rief einen guten Abend. Sonja drehte sich um und schaute ihr entgegen.

»Sie sind doch Sonja Weiss?«, fragte Wally.

Die junge Frau nickte.

»Ich wollte Ihre Mutter besuchen«, erklärte Wally. »Sie scheint aber nicht da zu sein.«

»Wir sind in der Kirche gewesen«, sagte Sonja. »Beim Sterberosenkranz für meine Schwester. Mama und Bap kommen erst später zurück. Sie haben alte Bekannte von Mama aus Winzer getroffen, Günther —«

Wally hätte nicht erklären können, was sie veranlasste, herauszuplatzen: »Ah, die Kreils. Ich habe zufällig heute Vormittag mit Arthur gesprochen, und er hat zu mir gesagt ...« Sie verstummte, um sich nicht vollends zu verplappern.

»Nur Günther Kreil«, korrigierte Sonja. »Onkel Günther und jemanden, den ich nicht kenne.«

Wally musste scharf Luft holen. »Günther Kreil ist Ihr Onkel?« Sonja schüttelte lächelnd den Kopf. »Wir haben ihn nur so genannt. In Wirklichkeit ist er unser Nachbar gewesen. Hanni war sein erklärter Liebling. Ich selbst erinnere mich nicht so gut an ihn. Onkel Günther und Tante Frieda sind aus Winzer weggezogen, da war ich grade mal fünf.«

»Es tut mir so leid, dass Sie Ihre Schwester auf so tragische Weise verloren haben«, sagte Wally und schämte sich, nicht eher daran gedacht zu haben, Sonja ihr Beileid auszusprechen. Unsicher fuhr sie fort: »Helga hat mir erzählt, dass Sie und Hanni allerbeste Freundinnen gewesen sind.«

Sonja waren Tränen in die Augen getreten. »Onkel Günther hat uns immer ›Halm und Hälmchen‹ genannt.«

Wally dachte fieberhaft nach, wie sie mehr über das Verhältnis von Kreil zu Hanni herausbekommen konnte.

Schließlich sagte sie: »Sind Sie beide nicht traurig gewesen, als er weggezogen ist?«

»Bestimmt«, erwiderte Sonja. »Aber wie gesagt: Ich erinnere mich nicht mehr so gut. Ich war ja damals noch so klein.«

»Und Sie hatten ja Hanni«, sagte Wally. »*Sie* wird Onkel Günther vielleicht stärker vermisst haben.«

Sonja waren ein paar Tränen über die Wangen gelaufen. Sie wischte sie weg und sah Wally erstaunt an. »Komisch, dass Sie das sagen. Das könnte tatsächlich der Grund gewesen sein ...« Sie verstummte, fügte aber dann doch hinzu: »Mama hat nämlich immer gesagt, dass Hanni im selben Monat mit dem geheimnisvollen Weggehen angefangen hat, in dem Onkel Günther und Tante Frieda fortgezogen sind.«

»Haben Sie Ihre Schwester nie gefragt, wohin sie geht?«, hakte Wally rasch ein.

Sonja brachte ein kleines Lächeln zustande. »Anfangs ständig. ›Wo gehst du hin? Wann kommst du wieder?‹ Die zweite Frage hat sie immer ganz verlässlich beantwortet. Die erste gar nicht. So habe ich gelernt, sie nicht mehr zu stellen.«

Wally überlegte, ob Sonja je versucht hatte, herauszubekommen, was Hanni trieb, wenn sie fort war. Das brachte sie darauf, zu sagen: »Wahrscheinlich hat sie sich mit Bernhard getroffen.«

Zu Wallys Verblüffung lachte Sonja. »Bestimmt nicht. Und schon gar nicht heimlich. Bernhard war einer, den man den ganzen Sommer im Freibad oder am Badeweiher antraf. Niemand hat ihn ernst genommen. ›Er ist ein Riesenkindskopf‹, hat Hanni oft gesagt. Bernhard war immer lustig, immer auf Unfug aus. So klein ich noch war, *ich* hab ihn angehimmelt.« Sie verschränkte die Arme vor der Brust, als ob sie fröstele. Das Lächeln war verblasst, hatte wieder einer kummervollen Miene Platz gemacht.

Sie will mich loswerden, dachte Wally.

Was hätte sie auch noch sagen können? Was noch bereden? Es blieb ihr nur zu wiederholen: »Es tut mir so leid.«

Gedankenvoll machte Wally sich auf den Rückweg.

Sie befand sich etwa fünfzig Meter vor den Glascontainern, die die Einmündung der Turnvater-Jahn-Gasse in die Hauptstraße markierten, als sie Schritte in ihrem Rücken hörte. Neugierig drehte sie sich um, konnte jedoch niemanden entdecken. Hatte sie sich getäuscht?

Sie ging weiter, lauschte – und da waren sie wieder.

Furcht wollte in ihr aufsteigen, doch plötzlich kam sie ein Schmunzeln an. War nicht Micki, Sepps Lehrbub, an ihnen vorbeigelaufen, als sie sich mit Sonja unterhalten hatte? Er hatte wohl vor, ihr einen Schrecken einzujagen.

Sie würde dem Bürschlein einen Strich durch die Rechnung machen.

Wally war noch zehn Schritte von den Containern entfernt, als sie beschloss, Micki genau hier zu überrumpeln. Die Stelle eignete sich gut, denn die Behälter warfen einen scharfen Schatten in ihre ohnehin düstere Umgebung.

Sobald sie ihren Fuß auf den dunklen Wegstreifen gesetzt hatte, machte Wally einen Ausfall zur Seite und drückte sich in die Nische zwischen den ersten beiden Containern.

Die Schritte, die ihr gefolgt waren, kamen näher. Ziemlich genau auf Höhe der Nische hielten sie an.

»Hab dich«, rief Wally und sprang aus ihrem Versteck.

Es dauerte einige Augenblicke, bis sie begriff, dass es nicht der dunkelhaarige, ein wenig dickliche Lehrling war, dem sie gegenüberstand.

Der Kerl war um etliches älter, hellhaarig und schlaksig. Als er »Guten Abend, Frau Maibier« sagte, erkannte sie ihn.

»Was machen Sie denn hier?«

Daniel Hauser lachte. »Das könnte ich Sie aber auch fragen.«

»Wie kommt's, dass wir uns schon wieder über den Weg laufen?«, fragte Wally argwöhnisch.

»Vielleicht haben wir ja die gleichen Absichten«, erwiderte Daniel.

»Wollten Sie auch zu Hannis Mutter?«, fragte Wally.

Daniel schritt langsam weiter, und Wally tat es ihm gleich. Gemeinsam traten sie in den Lichtschein einer Straßenlampe, die soeben aufflammte.

Mitten auf dem hellsten Fleck blieb Daniel stehen und schaute sie herausfordernd an. »Ehrlich gesagt wollte ich auskundschaften, wo Sie hingehen.«

Wally war perplex. »Sie haben mich schon länger verfolgt?«

»Sagen wir: Ich habe Sie im Auge behalten«, antwortete Daniel. »Sie, Frau Westhöll und Frau Stein. Was wegen der getrennten Wege, die Sie meistens gehen, natürlich nur unzureichend möglich ist.«

Er schien nervös zu sein, denn er kratzte an einer verschorften Wunde an seinem Handrücken herum, bis sie blutete.

Wally zupfte ihn am Ärmel. »Wenn Sie das immer aufkratzen, heilt es nie. Sieht gar nicht schön aus«, fügte sie hinzu. »Wo haben Sie das denn her?«

Er warf einen angewiderten Blick darauf. »An einer scharfen Blechkante hängen geblieben, als ich Bernhard neulich mit der alten Dachrinne geholfen habe. Hanni musste mich noch schnell verarzten, bevor sie …« Er brach ab.

Wally verlangte es plötzlich nach Bewegung.

Daniel blieb an ihrer Seite, als sie weiterstiefelte.

Sie warf ihm einen entrüsteten Blick zu. »Warum, in Gottes Namen, halten Sie uns unter Beobachtung?«

Damit nahm sie zum ersten, zum allerersten Mal, seit die Ursulinen ihr einen unverbrüchlichen Glauben an Gott, die heiligen Heerscharen und den Klerus sowie eine tiefe Ehrfurcht gegenüber besagten Institutionen eingebläut hatten, den Namen Gottes ohne die erforderliche Devotion in den Mund, was zeigte, wie sehr sie aus der Fassung geraten war.

»Weil mir«, erwiderte Daniel, »vergangenen Montag auf der Landesgartenschau klar geworden ist, dass ich nicht der Einzige bin, der daran zweifelt, dass Hanni einen Unfall hatte.« Halb zu sich selbst fügte er hinzu: »Hat lange genug gedauert, bis mir was aufgefallen ist. Kleinigkeiten. Nebensächlichkeiten. Aber dann kam eins zum andern.«

Während er sprach, ging Wally durch den Sinn, was Thekla und Hilde am Abend zuvor über ihn gesagt hatten. Unvermittelt rutschte es ihr heraus: »Hilde meint, dass Sie der Vater von Hannis Kind sind.«

Daniel stutzte. »Sie war also schwanger. Das macht Sinn.« Er warf Wally einen scharfen Blick zu. »Woher wissen Sie, dass Hanni schwanger war?«

Wally stockte der Atem. Oh weh! Oh weh, oh weh! Was sollte sie darauf antworten? Sie konnte ja schlecht erzählen, dass Hilde heimlich Hannis Schreibtisch durchwühlt und das Ultraschallbild gestohlen hatte. Wenn das herauskam … Nein, das durfte es nicht.

Zum Glück sah es ganz danach aus, als würde ihr eine Antwort erspart bleiben, denn Daniel murmelte vor sich hin: »Der Vater von Hannis Kind … Ich wollte, ich wäre es.«

Abrupt blieb Wally stehen und schaute ihn an. »Sie sind in Hanni verliebt gewesen?«

Er ließ den Kopf hängen. »Eine Zeit lang. Bevor sie geheiratet hat.«

Wally strich ihm sanft über den Arm. »Dann nicht mehr?«

»Ich hab halt irgendwann gerafft, dass ich nicht ihr Typ bin. Ist mir doch nichts anderes übrig geblieben.« Der letzte Satz klang ein bisschen wie eine Frage.

Als Wally bestätigend nickte, fügte er hinzu: »Aber ihr Freund wäre ich trotzdem gern gewesen.«

»Waren Sie das nicht?«

»Nicht wirklich«, sagte Daniel bekümmert. »Sie hat mich einfach nicht an sich rangelassen. Obwohl wir so viel Zeit zusammen verbracht haben und sie einen echten Freund hätte brauchen können, so unglücklich, wie sie in der letzten Zeit gewesen ist.«

In stillschweigendem Einvernehmen setzten sie ihren Weg fort.

Nach einer Weile fragte Wally: »Haben Sie eine Vorstellung davon, was mit Hanni los gewesen sein könnte?«

Daniel hob die Hände, als wolle er sich dagegen verwahren, seine Anschauungen preiszugeben, antwortete jedoch: »Ich habe mir eine Menge Gedanken darüber gemacht und wie gesagt eins zum andern gefügt. Aber dass ich mit etwas Konkretem aufwarten könnte, lässt sich nicht gerade behaupten.« Kaum hörbar fügte er an: »Dass sie schwanger war ... Dass sie schwanger war, ist das der Aufhänger, der mir gefehlt hat?«

Wally dachte daran, dass es vielleicht zweckmäßig wäre, mit Daniel zusammenzuarbeiten.

Wenn er mit allem herausrückt, was er weiß, und wir ihm erzählen, was wir herausgefunden haben, überlegte sie, dann könnten wir gemeinsam auf etwas stoßen, das uns wirklich weiterbringt.

Sie wagte jedoch nicht, ihm einen dahingehenden Vorschlag zu machen. *Er* würde sich womöglich dazu bereit erklären. Aber Hilde würde Zeter und Mordio schreien, wenn einer ihrer Hauptverdächtigen auf einmal als Verbündeter angesehen werden sollte.

»Und Sie?«, fragte Daniel. »Haben Sie eine Spur?«

Wally verneinte. Und dann machte sie doch einen Vorstoß. »Vielleicht sollten wir uns einmal zusammensetzen, Sie, Hilde, Thekla und ich.«

Sie hoffte, dass es gegen eine unverbindliche Gesprächsrunde nichts einzuwenden geben würde. Hilde könnte Fragen stellen, Daniel könnte Fragen stellen. Was die Antworten betraf, würde man ja sehen.

»Von mir aus gern«, sagte Daniel. »Ich weiß sowieso nicht recht …« Er brachte den Satz nicht zu Ende.

Wally hakte nicht nach, weil sie eigenen Gedanken folgte: Was konnte Daniel in einem Gespräch über Hanni klären? Inwieweit konnte er ihnen auf die Sprünge helfen? Konnte er einen Hinweis auf den Kindsvater geben? Konnte er mit Beobachtungen aufwarten? Offenbar war er ja ständig unterwegs, um Nachforschungen anzustellen. Wusste er, ob Hanni sich am Unglückstag auf der Gartenschau mit jemandem getroffen hatte?

Der Gedanke ließ Wally zusammenzucken. Warum hatten sie das nicht längst geklärt? Was hatte Hannis Mutter dazu zu sagen gehabt? Wally musste zugeben, dass sie allmählich den Überblick verlor.

Aus einem Impuls heraus sagte sie: »Wo sind Sie denn gewesen, als Hanni den Unfall hatte?«

Daniel antwortete mit einem bitteren Lächeln. »Ich habe für meine Nichten und Neffen den Clown gespielt.«

Wally und Daniel waren inzwischen am Kirchplatz angekommen.

Er blieb stehen. »Hier trennen sich unsere Wege. Ich nehme diese Richtung.« Die Bewegung, die er dazu machte, schloss halb Scheuerbach ein.

Wally sah ihn befangen an. »Soll ich ein Treffen ausmachen?«

Er nickte. »Auf alle Fälle. Warten Sie, ich gebe Ihnen meine Handynummer.« Er kramte in den Taschen seiner Windjacke, förderte ein zerfleddertes Bahnticket sowie einen Stift zutage und kritzelte eine Telefonnummer darauf. »Rufen Sie mich an und sagen Sie mir, wann es den Damen passt. Ich habe auch tagsüber Zeit. Meine zwei Wochen Urlaub sind erst am Montag um.« Damit reichte er ihr den Zettel und war im nächsten Moment verschwunden.

11

Am selben Nachmittag in Moosbach

»Und wie geht es jetzt weiter?«, fragte Heinrich.

Thekla hatte ihm am Abend zuvor noch genauestens Bericht erstattet. Sie war nicht einmal davor zurückgeschreckt, ihm zu erzählen, dass Hilde an Hannis Leiche eine zweite Obduktion hatte vornehmen wollen.

»Ungewiss«, antwortete Thekla. »Wir haben zwei mögliche Motive, drei mögliche Täter und nicht den Schatten eines Beweises.« Nach kurzem Überlegen fuhr sie fort: »Und ich soll mehr Informationen über Günther Kreil ranschaffen. Was vielleicht kein so großes Problem wäre, wenn wir heute Montag hätten. Da würden wir ihn bei Pino antreffen. Aber heute ist Mittwoch, und ich habe keine Ahnung, wie ich an einem Mittwoch an Kreil rankommen soll.«

Heinrich blinzelte ihr zu. »Überlass es mir.«

Als sie ihn daraufhin ungläubig ansah, zog er einen Schlüsselbund aus der Hosentasche.

»Du hast seinen Schlüssel?«, fragte Thekla perplex. »Den Hausschlüssel von Günther Kreil?«

Heinrich grinste. »Ich habe ihn mittags getroffen, und er hat mich gefragt, ob wir heute noch eine Zustellung für ihn annehmen können. Einen Lehnstuhl. Kommt zwischen siebzehn Uhr dreißig und achtzehn Uhr mit der Spedition. Kreil muss auf eine Chorprobe, die er anscheinend unmöglich ausfallen lassen kann.« Er grinste breiter. »Ich habe ihm angeboten, die Lieferung direkt bei ihm in Empfang zu nehmen, damit er den Lehnstuhl nicht von hier nach Hause transportieren muss.«

Thekla sah ihn konsterniert an. »Du willst seine Wohnung durchsuchen?«

»Wolltest du nicht an Informationen gelangen?«

Pünktlich um halb sechs fanden sich Heinrich und Thekla vor Günther Kreils Haus ein. Der Lastwagen der Spedition ließ noch eine Viertelstunde auf sich warten, doch dann kam er. Der Sessel wurde im Wohnzimmer abgestellt, wie Kreil es gewollt hatte. Heinrich gab dem Fahrer den Zehn-Euro-Schein, den Kreil dafür bereitgelegt hatte, und damit wäre die Sache erledigt gewesen, hätten Thekla und Heinrich nicht noch eigene Pläne gehabt.

Heinrich schloss die Tür von innen ab, zog den Schlüssel heraus und steckte ihn ein.

»Rein rechnerisch haben wir eine gute Stunde«, sagte er. »Die Chorprobe dauert bis halb acht. Weil die Moosbacher Sänger im Waldvereinshaus proben, hat Günther einen ziemlich weiten Heimweg. Vor acht kommt er sicher nicht zurück.«

Thekla nickte. »Wir können uns also gründlich umsehen.«

Heinrich sah sie zweiflerisch an. »Leider wissen wir nicht, wonach wir suchen.«

»Stimmt«, pflichtete ihm Thekla bei. »Deshalb würde ich sagen, wir nehmen uns erst einmal seinen Schreibtisch vor. Vielleicht findet sich da was von Interesse.«

Letztendlich beschlossen sie, separat zu arbeiten. Heinrich sollte sich im oberen Stock umsehen, Thekla sollte den Schreibtisch filzen.

Der war antik und stand in einer Fensternische. Die blank polierte Arbeitsplatte gab nicht viel her: Schreibunterlage, Brille, Stift, das Übliche eben.

Thekla beugte sich zu den seitlichen Fächern hinunter. Sie zeigten sich sämtlich unverschlossen, ihr Inhalt war übersichtlich geordnet: Steuer, Versicherung, private Korrespondenz, das Übliche eben.

Thekla blätterte eine Weile in den Schriftstücken herum, entdeckte jedoch nichts, was ihre Aufmerksamkeit erregt hätte.

In einer Schublade fand sie Briefkuverts und Schreibpapier, Folien und ein ganz neues Kästchen mit Merkzetteln.

In der nächsten lagen Aktendeckel. Sie trugen den Aufdruck »Landratsamt Deggendorf Bauaufsichtsbehörde«. Es gab zwei Stapel, einen grauen und einen mintgrünen. Thekla nahm beide heraus, legte sie auf die Schreibtischplatte und stellte fest, dass sie gleich hoch waren. Zehn graue Aktendeckel und zehn grüne. Alle enthielten Niederschriften, manche mehr, manche weniger Blätter.

Thekla schlug eine graue Akte auf und sah, dass sich ein Bauantrag aus dem Jahr 2008 darin befand, für den eine Genehmigung erteilt worden war. Die nächste graue Akte enthielt den gleichen Vorgang. Einem Einfall gehorchend sah sich Thekla die Namen der Bauherren an. »Kallman« und »Groiß«.

Unbekannt, dachte sie, außerdem handelt es sich um verschiedene Antragsteller.

So auf den ersten Blick war nicht zu erkennen, warum Kreil die Unterlagen aufbewahrt hatte. Thekla würde sie mitnehmen müssen, wenn sie es herausfinden wollte.

Sie griff gerade nach einem der grünen Aktendeckel, als Heinrich die Treppe herunterkam. Sie winkte damit, sodass er eilig näher trat.

Thekla zeigte ihm ihren Fund und fragte ihn, ob sie es wohl wagen konnten, die beiden Stapel mitzunehmen.

Heinrich meldete Bedenken an. »Abgesehen davon, dass es Diebstahl wäre, fragt sich, ob das Zeug was Wissenswertes hergibt.«

Zweifellos hatte Heinrich recht. Möglicherweise riskierten sie, sich für nichts und wieder nichts in die Bredouille zu bringen. Möglicherweise aber …

»Ich fürchte, wir können es uns nicht leisten, diese Unterlagen nicht zu überprüfen«, sagte Thekla.

»Wahrscheinlich nicht«, antwortete Heinrich wenig überzeugt.

Thekla wertete seine Antwort als Zustimmung, die Akten außer Haus zu schaffen.

»Aber wir tragen sie keinesfalls durch die Haustür hinaus, wo uns jeder damit sehen kann«, bat Heinrich.

Thekla griff sich an die Stirn. »Wir hätten eine Tasche mitbringen sollen. Wie dumm von uns, dass wir daran nicht gedacht haben.«

»Waren wir denn von Anfang an auf Diebstahl aus?«, fragte Heinrich trocken.

Thekla schaute von ihm zu den Aktenstapeln, dann wieder zurück. »Wir müssen sie irgendwie hintenherum rausschaffen.«

Heinrich deutete Richtung Flur. »Wenn's denn sein muss.«

Die Frontseite des Kreil'schen Hauses präsentierte sich dem

Moosbacher Marktplatz mit Sprossenfenstern, einem Erker und einem schmalen Balkon, während die unansehnliche Rückseite an die Kellergasse grenzte, einen engen Durchschlupf, den Schulkinder als Abkürzung benutzten, wenn sie morgens zu spät dran waren. Die Gasse, beidseitig von Hausmauern begrenzt, war letztlich nichts anderes als ein modrig riechender Tunnel, der kaum mehr als die Sicht auf bröckelnden Putz, verbogene Dachrinnen, Klofenster und Kammerluken ermöglichte.

Kreils Haus wandte ihm das nördliche Küchenfenster zu.

Heinrich stapelte die Akten aufeinander, nahm den Packen und brachte ihn in die Küche. Dort öffnete er das Fenster auf der Nordseite und legte den Aktenstoß auf den äußeren Sims. Er wollte es schon wieder schließen, hielt jedoch inne, wandte sich ab und rannte hinaus. Thekla hörte ihn die Treppe hinauflaufen. Wenige Augenblicke später kam er mit einem Fotoalbum zurück, legte es auf den Aktenstapel und schloss das Fenster.

»Jetzt aber nichts wie raus hier. Falls ein aufmerksamer Nachbar Kreil steckt, wie lange wir hier gewesen sind, kommen wir in Teufels Küche.«

Sie warfen noch einen letzten Blick ins Wohnzimmer, um sich zu vergewissern, dass alles an seinem Platz war, dann schloss Heinrich die Tür auf, und sie traten auf die Straße hinaus.

Von der gegenüberliegenden Seite kam ihnen Günther Kreil entgegen. »Ah, Sie sind ja noch da. Hat die Spedition so lange auf sich warten lassen?« Offenbar war die Frage rhetorisch gemeint, denn Kreil redete sofort weiter. »Das tut mir leid, dass Sie so viel Zeit aufwenden mussten. Damit hatte ich nicht gerechnet.«

Heinrich beeilte sich, ihm zu versichern, dass es ihm und Thekla überhaupt nichts ausgemacht hätte, sich ein halbes Stündchen hier aufzuhalten, und dass sie sogar noch eine Weile den eleganten Sessel bewundert hätten.

Kreil lachte und machte eine einladende Geste. »Sie dürfen ihn auch ausprobieren. Und ich werde Ihnen einen ausgezeichneten Rotwein servieren. Er kommt fast an Pinos Bardolino hin.« Mit einem Blick auf seine Armbanduhr fügte er halb zu sich selbst hinzu: »Halb acht. Da bin ich ja viel früher zurück als gedacht. Zwei Tenöre waren krankgemeldet, und der dritte ist zwar da gewesen, hat aber über Kopfweh geklagt.« Er breitete die Hände aus, als wolle er Schuld von sich weisen. »Deswegen war früher Schluss.«

Als ihm Heinrich die Hausschlüssel zurückgab, wiederholte Kreil seine Einladung. Doch Heinrich und Thekla lehnten ab, denn der Aktenstapel draußen auf dem Fenstersims brannte ihnen unter den Nägeln.

Kreil schien ein wenig enttäuscht. »Schade, ich hätte mich über Ihre Gesellschaft gefreut.«

»Ein andermal gern«, entgegnete Heinrich lahm. »Heute haben wir noch etwas zu erledigen.«

Kreil sprach erneut seinen Dank aus, dann wünschte er ihnen eine gute Nacht. Mit einer kleinen Verneigung vor Thekla wandte er sich ab, begab sich ins Haus und ließ die Tür hinter sich zufallen.

Heinrich nahm Theklas Hand. Gezügelten Schrittes steuerte er quer über den Marktplatz in Richtung der Stein'schen Apotheke.

Erst als sie einen Mauervorsprung umrundet hatten, hinter dem man von Kreils Haus aus nicht mehr gesehen werden konnte, blieb er stehen.

»Lauf nach Hause, Thekla. Ich gehe allein zurück, schleiche mich über den Schulhof in die Kellergasse und hole die Akten. Einer kann sich leichter unsichtbar machen als zwei.«

Weil Heinrich recht hatte, nickte Thekla nur kurz und setzte ihren Weg fort.

Heinrich bog nach links ab.

Daheim angekommen, beeilte Thekla sich mit den Vorbereitungen fürs Abendessen.

Heinrich würde bald da sein, der Umweg über die Kellergasse war ja nicht groß, konnte höchstens fünfzehn Minuten beanspruchen. Auch Martin würde nicht mehr lange auf sich warten lassen.

Nachdem sie den Salat angemacht und die Soße abgeschmeckt hatte, warf sie einen Blick durch das Fenster zur Straße, weil sie längst mit Heinrichs Rückkehr rechnete.

Doch statt ihm sah sie ihren Bruder die Fahrbahn kreuzen und an die Haustür treten.

»Apotheke dicht?«, fragte sie, als er zu ihr in die Küche kam.

Er nickte und berichtete, bei der Kundschaft habe sich wie ein Lauffeuer herumgesprochen, dass sich die Steins zur Ruhe setzen würden.

»Aber ich rühre eifrig die Werbetrommel für unsere Nachfolger«, meinte er schmunzelnd.

Sie sprachen eine Zeit lang über die Pächter, die noch sehr jung und unerfahren wirkten, es aber – wie sich Thekla und Martin gegenseitig versicherten – bestimmt schaffen würden, die Kundschaft bei der Stange zu halten.

Martin warf einen Blick auf den Esstisch, wo Teller und Gläser darauf warteten, gefüllt zu werden.

»Warum stehen wir noch rum?«, wollte er wissen und griff nach der Flasche Wein, um einzuschenken.

»Weil Heinrich nicht da ist.«

Martin schaute suchend herum, als vermute er seinen Schwager irgendwo in einem versteckten Winkel. »Wo ist er denn?«

Thekla beschäftigte sich angelegentlich mit einer Falte in der Tischdecke, während sie über eine ausweichende Antwort nachdachte. Letztendlich sagte sie: »Er musste bei einem Bekannten noch was abholen.« Sie sah auf ihre Armbanduhr und erschrak. »Ich versteh gar nicht, wo er so lange bleibt.«

Martin zuckte die Schultern. »Hat sich wohl mit ihm verquatscht.«

Ausgeschlossen, dachte Thekla. Aber sie konnte ihrem Bruder nicht erklären, warum dem so war, ohne Farbe bekennen zu müssen. Deshalb hielt sie den Mund.

Indessen sagte Martin: »Ich geh nach oben, bis Heinrich zurück ist. Ruf mich, sobald er kommt.« Damit ließ er Thekla allein.

Eine Weile ging sie nervös im Zimmer auf und ab, dann zwang sie sich zur Ruhe und begann, die Tischwäsche in der Kommode zu sortieren. Was konnte Martin brauchen, was wollte sie behalten, was würde sie weggeben?

Als sie fertig war, schlug die Kirchturmuhr zur vollen Stunde.

»Neun!«, sagte Thekla laut. »Jetzt reicht es. Ich gehe ihn suchen.«

Sie eilte aus dem Haus und folgte dem Weg, den Heinrich genommen haben musste.

Wie zu erwarten, lag der Schulhof verlassen da. Die Kellergasse, die direkt in ihn mündete, wirkte wie der offene Schlund einer Bestie. Thekla atmete durch und schritt hinein.

Schon nach wenigen Metern bedauerte sie, keine Taschenlampe mitgenommen zu haben. Es war finster hier und feucht, die fast kahlen Rückseiten der beiden Häuserzeilen wirkten bedrohlich. Durch die wenigen Fenster zur Gasse hin fiel kaum ein Lichtstrahl.

Unter Theklas Schuhen knirschten Sand und Steine. Manchmal trat sie auf etwas Weiches, Abfall wahrscheinlich, weggeworfene Pausentüten, zerknülltes Papier. Und mit jedem Schritt wurde es dunkler. Gerade als sie sich entschloss, umzukehren, nach Hause zu laufen und eine Lampe zu holen, erschien irgendwo im ersten Stock ein erleuchtetes Rechteck. Es musste sich um ein Bad- oder Toilettenfenster handeln, so klein, wie es war. Aber es gewährte Thekla genug Licht, um schemenhafte Umrisse erkennen zu können.

Ihrer Rechnung nach konnte Kreils Haus eigentlich nicht mehr weit sein. Tatsächlich machte sie nach einigen weiteren Schritten rechter Hand ein relativ großes Fenster aus. Kreils Küchenfester?

Plötzlich ging dahinter das Licht an. Thekla warf sich auf die Knie und krümmte sich zusammen. Als weiter nichts geschah, richtete sie sich wieder auf und schielte nach oben. Das Erste, was ihr auffiel, war die Lampe, die ihr Licht durchs Fenster schickte. Sie hatte einen Schirm aus blumenbedrucktem Leinen. Kreils Küchenlampe.

Theklas Blick glitt über den Fenstersims. Der zeigte sich leer. In dem Schmutz darauf waren jedoch Wischspuren zu erkennen.

Heinrich hatte die Akten also abgeholt. Aber wo war er damit hingegangen? Thekla spähte die Gasse, die sich jetzt in einem schummrigen Lichtschein erstreckte, hinauf und hinunter.

Wenn Heinrich die Akten aufgelesen und den gleichen Weg, den er gekommen war, zurück genommen hatte, hätte sie ihm dann nicht begegnen müssen? Nicht unbedingt. Es war ja genug Zeit vergangen, dass er die Gasse längst zurückgelaufen sein konnte. Allerdings konnte er ihr auch weiter gefolgt sein. Thekla fragte sich, wohin sie eigentlich führte, bis ihr einfiel, dass sie im Hinterhof des Dorfwirtshauses endete. Von dort gelangte man durch eine kleine Pforte in den Biergarten des Wirtshauses, der auf der Ostseite des Marktplatzes lag.

Aus irgendeinem Grund konnte sich Heinrich für diesen Weg entschieden haben.

Thekla eilte geduckt unter Kreils erleuchtetem Küchenfenster hindurch.

Kaum hatte sie es passiert, ging das Licht wieder aus. Blind tappte sie weiter, mit erhobenen Armen und gespreizten Fingern, um ihr Gesicht gegen unsichtbare Hindernisse zu schützen. Zweimal stieß sie sich den Ellbogen an den seitlichen Mauern, einmal stolperte sie über einen Stein oder Holzklotz, konnte sich aber fangen.

Nachdem sie sich etliche Meter vorwärtsgekämpft hatte, tauchte erneut ein Lichtschein auf. Mit jedem Schritt wurde er ein wenig heller, und Thekla schätzte, dass er vom Wirtshaus kam. Weit vorne glaubte sie sogar den schmalen Torbogen zu erkennen, der in den Hinterhof führte. Allmählich nahm die obere Rundung Form an, während der untere Teil noch komplett im Dunkeln lag. Dennoch hielt Thekla forsch darauf zu, beschleunigte ihre Schritte – und fiel der Länge nach hin.

Sie landete auf etwas Weichem.

Erst als sie einen Arm und eine Hand spürte, ging ihr auf, dass es ein menschlicher Körper war.

Heinrich! Sie wusste es, bevor sie das Gesicht abtastete, die vertrauten Lippen, die gerade Nase.

»Heinrich!«

Er rührte sich nicht.

Thekla knetete seine Wangen. »Heinrich, bitte sag was.«

Er blieb still.

Thekla unterdrückte ein Keuchen.

Sie musste handeln – jetzt. Musste Hilfe holen – schnell. Aber zuvor musste sie wissen, ob Heinrich am Leben war.

Sie legte drei Finger an seine Halsschlagader.

Kein Puls. Oder doch? Wenn, dann bloß schwach.

Torkelnd kam Thekla auf die Beine, stürzte in den Hof, eilte durch den Biergarten, fand den Eingang zur Gaststube und wankte hinein.

Erschrockene Gesichter wandten sich ihr zu.

»Den Rettungsdienst. Bitte. Schnell. Alarmieren Sie sofort den Rettungsdienst!«

»Was ist denn los?«, fragte der Wirt und starrte auf Theklas blutbefleckte Hände.

Die Wirtin aber sprach bereits in ihr Handy.

Der Notarzt traf innerhalb von wenigen Minuten ein.

Der Krankenwagen ließ sich länger Zeit. Als er endlich da war, schien es Thekla ewig zu dauern, bis man Heinrich auf einer Trage ans Straßeneck transportiert hatte, wo das Fahrzeug auf ihn wartete. Der Arzt erlaubte ihr mitzufahren, gab jedoch keine Antwort auf ihre Fragen. Geschäftig beugte er sich über Heinrichs reglosen Körper.

Thekla machte sich ganz klein und dünn, um nicht im Weg zu stehen, versuchte jedoch, sooft wie möglich einen Blick auf ihren Mann zu erhaschen.

Heinrichs Gesicht starrte vor Schmutz und Blut. Sie hätte es gern sauber getupft, eine Maßnahme, die aber anscheinend überflüssig war, denn niemand kümmerte sich darum. Man hatte Heinrichs Hemd geöffnet und setzte ihm nun Elektroden auf die Brust.

EKG, dachte Thekla.

Einen Moment lang glaubte sie, Heinrichs Lider flattern zu sehen, fürchtete jedoch, ein Luftzug oder ein Holpern des Wagens habe ihr ein Trugbild geschickt.

Sie kniff die Augen zusammen und ballte die Fäuste.

Bitte, Heinrich, bitte bleib bei mir. Wir wollten doch … Ach, was wollten wir nicht alles.

Sie spürte etwas wie Unruhe im Wagen und riss die Augen auf. Als sie Heinrich ansah, erkannte sie, dass er mit dem Notarzt sprach.

12

Am folgenden Nachmittag im Café Bredl

»Hanni war definitiv schwanger«, sagte Hilde. »Steht im Autopsiebericht.«

Sie hatte im Café Bredl den Tisch in der abgelegensten Ecke für das Treffen ausgesucht. An und für sich wäre es ihr lieber gewesen, Thekla und Wally hätten sich wieder in ihrer Wohnung eingefunden, weil sich das Gespräch zwangsläufig um recht heikle Themen drehen würde. Aber Thekla hatte rigoros abgelehnt. Heinrich lag im Krankenhaus, und sie wollte keine Minute von seinem Bett weichen.

Mit Bitten und Vorhaltungen hatte Hilde sie dann doch so weit gebracht, für ein Stündchen ins Café Bredl zu kommen, das vom Krankenhaus aus recht günstig zu erreichen war.

Hilde ahnte nicht einmal, dass Thekla nur deshalb nachgegeben hatte, weil Heinrich sie dazu gedrängt hatte.

Noch im Krangenwagen war er wieder zu sich gekommen.

Er hatte die Fragen des Notarztes zufriedenstellend beantwortet, hatte von zehn rückwärts zu zählen vermocht, und er hatte sich erinnert, was in der Kellergasse geschehen war.

Gegen acht, als Heinrich in den Hohlweg einbog, war es zwar schon ziemlich dämmrig gewesen, aber man hatte noch eine schöne Strecke weit sehen können.

Der Aktenstapel lag da, wo er ihn deponiert hatte.

Er näherte sich vorsichtig dem Fenstersims, griff rasch nach den Unterlagen, klemmte sie sich unter den Arm und ging zügig weiter, denn er hatte sich kurzerhand entschlossen, die Flucht nach vorne anzutreten, weil er hinter sich ein Geräusch zu hören geglaubt hatte und eine Begegnung mit wem auch immer vermeiden wollte.

Es schien ihm einfach ratsamer, den etwas längeren, aber dafür verwaist wirkenden Weg über den Hinterhof des Dorfwirtshauses zu nehmen. Zügig schritt er voran, um das Ende der Kellergasse schnell zu erreichen.

Kurz vor dem Torbogen vernahm er Schritte hinter sich, dann ein Schleifen und Rascheln. Als er sich umwenden wollte, traf ihn mitten in der Bewegung ein kraftvoller Schlag auf dem rechten Ohr.

Heinrich ging zu Boden.

»Sie hatten Glück«, versicherte man ihm später. »Die Drehbewegung, die Sie gemacht haben, hat den Schlag abgelenkt. Hätte der Angreifer Sie am Hinterkopf erwischt, wer weiß, ob Sie das überlebt hätten.«

Heinrichs Ohr wurde mit etlichen Stichen zusammengeflickt, würde jedoch künftig verstümmelt sein, weil ein Eckchen der Ohrmuschel abgerissen war. Thekla hatte ihm versichert, so ein Schmiss ließe ihn als Mann nur noch interessanter wirken, was fraglos gelogen war.

Das Trommelfell war erstaunlicherweise intakt geblieben. Allerdings hatte er ein Schädelhirntrauma, weshalb man ihn im Krankenhaus behalten und strengstens ermahnt hatte, still zu liegen. Bleibende Schäden, hieß es, seien aber eher unwahrscheinlich.

Thekla wich ihm nicht von der Seite. Sie haftete wie eine Klette an der Bettkante, auch wenn man ihr noch so oft versicherte, ihr Mann würde über kurz oder lang wieder einigermaßen der Alte sein.

Und es war ihr herzlich egal, dass die Akten futsch waren. Samt und sonders verschwunden.

Heinrich hatte zwar niemanden darauf angesprochen, aber er und Thekla hegten keinen Zweifel daran, dass sie nicht gefunden worden waren.

Polizeibeamte hatten die gesamte Kellergasse in Augenschein genommen, Anwohner befragt und Heinrich im Krankenhaus aufgesucht, wo er seine Aussage machte und ihm mitgeteilt wurde, Hinweise und Spuren wären nicht vorhanden.

Nichts, demnach auch keine Schriftstücke. Die grauen und grünen Aktendeckel wurden nicht erwähnt, ebenso wenig das Fotoalbum, was umso mehr darauf schließen ließ, dass sie der Grund für den Angriff gewesen waren.

Aber wer war das Risiko eingegangen, Heinrich zu überfallen, um die Unterlagen in die Hand zu bekommen?

Günther Kreil?

Unwahrscheinlich, befanden Thekla und Heinrich, denn hätte Kreil beim Nachhausekommen die Akten außen am Fenstersims entdeckt, hätte er sie sich ja ganz einfach zurückholen und sich in aller Ruhe hinter der Gardine auf die Lauer legen können, um zu erfahren, was weiter geschehen würde.

»Also, Mädels«, sagte Hilde, nachdem sie ohne eine Spur von Skrupel berichtet hatte, wie sie an den Autopsiebericht gekommen war. »Hanni war schwanger. Fragt sich, von wem. Daniel streitet ja alles ab. Aber weißt du was, Wally? Ich glaube, er hat dich gründlich verarscht. Das verrät uns nämlich Hannis Schal in seiner Laube.«

»Ich glaube nicht, dass mich Daniel angelogen hat«, wagte Wally zu widersprechen. »Ein vergessener Schal ist doch kein Beweis für eine Liebesbeziehung.«

Hilde musste zugeben, dass ein etwas intimeres Kleidungsstück mehr Aussagekraft gehabt hätte.

Sie blickte argwöhnisch nach links und rechts, weil sie sich Sorgen machte, belauscht zu werden.

Das musste sie aber nicht, denn sämtliche Tische im Umkreis waren verwaist. Insgesamt zeigte sich das Bredl an diesem Tag recht schwach besetzt. Die Touristen, die wegen der Donaugartenschau nach Deggendorf reisten, schienen über den inneren Kern der Stadt nicht hinauszukommen.

»Also, Mädels«, sagte sie zum zweiten Mal, was ihr von Thekla einen missbilligenden Blick, von Wally dagegen ein leises Kichern eintrug. »Was haben wir?«

»Von allem zu wenig«, gab Thekla patzig zurück.

Hilde zwinkerte ihr zu. »Von einem vielleicht doch ein bisschen mehr. Bevor offenbar letztendlich Fremdeinwirken ausgeschlossen wurde, hat der Pathologe noch ein paar Fleißaufgaben gemacht. Schade, dass die Polizei sich nicht dafür interessiert hat. Eigentlich hätte es sie hellhörig machen müssen.« Erfreut stellte sie fest, dass sogar Thekla gespannte Aufmerksamkeit zeigte. Fast flüsternd fuhr sie fort: »Er hat an Hannis Leiche, genau gesagt an ihrem Jackenärmel, DNS-Material gefunden, das nicht von ihr stammte. Er hat sie mit allen möglichen Proben abgeglichen, aber keine Übereinstimmung gefunden. Warum er sie auch noch mit einer Gewebeprobe von Hanni Sterns Embryo verglichen hat, ist mir schleierhaft. Aber da ist er fündig geworden. Das Kind und derjenige, dessen DNS an Hannis Ärmel war, sind verwandt.«

»Der Kindsvater«, stellte Wally fest.

»Nein, nicht der Vater«, korrigierte sie Hilde. »Nur ein Verwandter.«

»Kapier ich nicht«, sagte Wally. »Wenn er verwandt ist, kann er ja auch der Vater sein.«

Hilde wollte ihr schon gereizt über den Mund fahren, als sich zu ihrem eigenen Erstaunen ihr Gewissen regte.

Wie kam sie auf einmal zu der Auffassung, Wally hätte es nicht verdient, behandelt zu werden wie ein dummes Schaf? Was bewog sie, einzusehen, dass Wally sich bei ihren Ermittlungen wirklich Mühe gegeben, sich alles andere als dumm angestellt und zu allem Übel auch noch Kipper-Kreils widerwärtige Avancen über sich hatte ergehen lassen müssen?

Hilde machte sich nicht die Mühe, darüber nachzudenken. Stattdessen entschloss sie sich, nachsichtig mit Wally zu sein und ihr eine Erklärung zu liefern. Ihren Recherchen im Internet nach verhielt sich die Sache recht einfach.

»Schau«, sagte sie, »die DNS ist so was wie eine Spirale aus kleinen organischen Bausteinen, auf der das Erbgut eines Menschen gespeichert ist.«

Wally nickte. »Und sie sieht bei jedem anders aus. Bei Fingerabdrücken ist das auch so.«

»Richtig«, lobte Hilde sie. »Aber im Gegensatz zum Fingerabdruck ist sich die DNS von zwei Menschen umso ähnlicher, je näher die beiden miteinander verwandt sind. Bei eineiigen Zwillingen ist sie sogar gleich.« Sie hob schulmeisterlich den Zeigefinger. »Verstehst du, Wally? Man kann sich quasi eine Tabelle machen: Fünfzig Prozent Übereinstimmung bedeutet, wir haben es mit Vater-Kind oder Mutter-Kind zu tun. Fünfundzwanzig Prozent Übereinstimmung heißt, es handelt sich um Geschwister. Liegt die Übereinstimmung unter diesem Prozentsatz, ist der Verwandtschaftsgrad niedriger. Welcher Art er in so einem Fall ist, lässt sich dann nicht mehr so einfach herausfinden. Man braucht sogenannte Referenzpersonen, um es feststellen zu können.«

»Und was steht nun in dem Bericht?«, fragte Thekla.

»Geringfügige Übereinstimmung nachweisbar«, antwortete Hilde lakonisch.

»Demnach sprechen wir nicht von Geschwistern«, konstatierte Thekla.

Hilde stimmte ihr zu. »Soweit ich das Ganze verstehe, sprechen wir von einem Onkel-Nichte- oder Cousin-Cousine-Verhältnis oder so was in der Art.«

Thekla starrte missmutig in ihre Teetasse. »Diese Verwandtschaftsgeschichte bringt uns kein bisschen weiter.«

Widerstrebend gab ihr Hilde recht. Weil das Gespräch daraufhin versiegte, griff sie nach dem Teller mit dem belegten Brot, das sie sich bestellt hatte. Sie wollte es gerade anschneiden, überlegte es sich nach einem Blick auf das stumpfe Messer jedoch anders, nahm es in die Hand und biss hinein.

Wally hatte ihr Obsttörtchen bereits aufgegessen. Sie hatte sich um der Figur willen heute mit einem Mineralwasser begnügen wollen, dabei aber so verlangend zur Kuchentheke hinübergeäugt, dass Hilde gesagt hatte: »Verdammt, Wally, hol dir halt ein Stück Torte, damit die Kuchentheke abgehakt ist.« Wally war sofort aufgesprungen, allerdings mit einem Obsttörtchen zurückgekehrt.

Thekla hatte sich geweigert, außer einer Tasse Tee etwas zu sich zu nehmen. In jenen Tee starrte sie nun, während sie wiederholte: »Diese Verwandtschaftsgeschichte bringt uns kein bisschen weiter. Vergessen wir die Sache.«

Hilde warf ihr einen finsteren Blick zu, konnte jedoch nicht antworten, weil sie einen großen Bissen Brot mit Käse und Tomate im Mund hatte.

Wally hatte sich vorgebeugt und fragte verwirrt: »Du meinst, wir sollen die Flinte ins Korn werfen? Uns nicht einmal fragen, wo die DNS an Hannis Ärmel herkommt?«

Nach wie vor in den Tee blickend, als würde er Auskünfte erteilen, erwiderte Thekla: »Die kann sie auf dem Bahnhofsklo aufgewischt haben oder an der Boje, gegen die sie gefallen ist. Ich fahre jetzt ins Krankenhaus zurück.«

Sie machte Anstalten, sich zu erheben, aber Hilde hielt sie am Ärmel fest. »Warte. Wir hatten eine Stunde ausgemacht. Davon ist erst die Hälfte um.«

Thekla ließ sich auf den Sitz zurückfallen, stützte die Ellbogen auf den Tisch, legte das Kinn auf die Hände und sah sie mit leeren Augen an.

Hilde schluckte den letzten Rest ihres Bissens hinunter, dann stieß sie einen hörbaren Seufzer aus. Sie begriff ja recht gut, dass Thekla sich mutlos fühlte; dass sie besorgt war, beunruhigt, angsterfüllt sogar.

Vermutlich steht sie unter Schock, dachte Hilde. Und sie kreidet es *mir* an, dass Heinrich verletzt im Krankenhaus liegt, mir ganz persönlich.

Es war ihr nicht verborgen geblieben, dass Thekla am Anfang nur widerwillig mitgemacht hatte, was dem Versprechen geschuldet war, das sie Heinrich bei der Hochzeit gegeben hatte. Und jetzt war ausgerechnet er verletzt worden.

Der Teufel soll mich holen, wenn ich den Sündenbock spiele, dachte Hilde.

Laut sagte sie: »Jetzt hör mir mal zu, Thekla. Heinrich ist niedergeschlagen worden. Das ist schlimm. Fatal, wenn dir der Ausdruck lieber ist. Aber wirklich tragisch ist es nicht. Die paar Blessuren hat er in einigen Tagen weggesteckt. Ja, ich weiß, sein Ohr wird nicht mehr wie neu sein, aber das muss es ja auch nicht.« Sie sah Thekla, die mit keiner Wimper zuckte, geradezu kämpferisch an. »Dass der Anschlag auf ihn mit unseren Ermittlungen zusammenhängt, können wir nicht beweisen, von Rechts wegen nicht einmal behaupten. Aber wenn es so wäre …« Sie machte eine bedeutsame Pause. »Meinst du nicht auch, dass es dann ratsam wäre, den Fall möglichst schnell zu klären?«

Thekla hatte zum Löffel gegriffen und rührte in ihrem unangetasteten Tee herum.

»Ich möchte«, fuhr Hilde fort, »dass du uns eine Zusammenfassung der wesentlichen Ermittlungsschritte gibst – mit Schlussfolgerungen, brauchbaren Hypothesen, auffälligen Zusammenhängen, einfach allem, was uns einen Überblick verschafft. Du hast schon ein paarmal demonstriert, dass du das am besten von uns kannst, Thekla.«

Thekla nippte vom Tee, dann schüttelte sie den Kopf. »Heute kann ich es nicht und morgen wahrscheinlich genauso wenig.« Sie wirkte so flügellahm, dass Hilde es unterließ, weiter in sie zu dringen.

Unvermittelt entschied sie sich für eine andere Taktik. »Gut, dann muss *ich* es halt versuchen.«

Sie setzte sich zurecht und dachte eine Weile nach, bevor sie zu sprechen begann: »Zum einen war Hanni schwanger, und mit dem Kindsvater ist es so eine Sache. Da könnte ein Mordmotiv stecken.« Sie machte eine Kunstpause. »Zum andern hat sie sich von Jugend an so seltsam verhalten, dass wir gedacht haben, sie könnte vielleicht missbraucht worden sein. Und prompt stoßen wir auf *Onkel* Günther.«

»So funktioniert das nicht«, unterbrach sie Thekla. Sie hatte das Zugticket mit Daniels Mobiltelefonnummer, das Wally während ihres Berichts über die Ereignisse vom Vortag auf den Tisch gelegt hatte, zu einer Rolle geformt, die sie sich jetzt über den Zeigefinger stülpte.

Hilde musste ein Grinsen unterdrücken. »Wie funktioniert es dann?«

»Man braucht quasi eine systematisch aufgebaute Gliederung.«

Daraufhin schwieg Hilde mit Bedacht. Doch Thekla ging ihr nicht auf den Leim.

Nach einigen Augenblicken Stille stand Wally auf und legte Thekla den Arm um die Schultern. »Bitte, Thekla. Bitte versuch es. Du musst uns helfen. Uns und Heinrich und Hanni Stern und Ali – und Daniel. Er kommt mir so ausgestoßen vor, so sorgenvoll. Ich glaube, dass er ein guter Mensch ist, auch wenn Hilde Hannis Schal in seiner Laube gefunden hat und er uns dauernd nachspioniert.« Sie nahm Thekla das Zugticket aus der Hand, strich es glatt und schob es zur Seite. »Ich hol dir jetzt was Leckeres vom Kuchenbüfett, und während du das vertilgst, machst du eine Aufstellung.«

Damit eilte Wally zur Theke.

Hilde klopfte ihr in Gedanken auf die Schulter. Sie rechnete es Wally hoch an, dass sie Thekla herumgekriegt hatte. Denn das hatte sie, wie an Theklas unverhofft konzentrierter Miene mühelos zu erkennen war.

»Wir haben nur sehr wenig Beweise«, begann Thekla, als Wally wieder mit am Tisch saß. »Nur wenig fixe Bezugspunkte, genau gesagt. Deshalb müssen wir ein Kartenhaus bauen, das eventuell dort und da verstärkt werden kann. Im Laufe der Baumaßnahmen werden wir sehen, inwieweit es hält.«

Wally nickte begeistert. Theklas Herangehensweise gefiel ihr sichtlich. Selbst Hilde lächelte wohlwollend.

Thekla fuhr fort: »Der Grundstein unseres Kartenhauses – leider ist er nicht ganz standfest – ist die Voraussetzung, dass Hanni ermordet worden ist. Um darauf aufbauen zu können, brauchen wir ein Motiv. Das Motiv benötigt Stützen und Balkenträger, und da haben wir durchaus etwas vorzuweisen ...«

»Die Schwangerschaft und die begründete Annahme, dass Bernhard Stern nicht der Vater ist«, warf Hilde ein.

Thekla nickte ihr beifällig zu. »Diese Verstrebungen ergeben ein Gerüst, auf das man ein ganzes Gebäude aufbauen könnte. Es würde folgendermaßen aussehen: *Hannis Ehemann hat herausbekommen, dass sie ihn jahrelang hintergangen hat, und hat mit ihr abgerechnet.* Ein solches Haus würde aber nur sehr wacklige Mauern besitzen, weil ...«

»Weil Stern ein Alibi hat«, schaltete sich Hilde wieder ein.

Thekla nickte. »Als der angebliche Unfall auf der Gartenschau geschehen ist, hatte Stern – was du ja nachgeprüft hast, Hilde – Dienst in der Abteilung für Bodenbeläge. Wir müssen uns also nach weiteren Stützpfosten umsehen, auf die wir bauen können, und hätten dafür den Kindsvater zu bieten.«

»Dessen Rolle wir Daniel zugedacht hatten«, sagte Hilde.

»Für ihn als Täter spricht dreierlei«, fuhr Thekla fort. »Erstens, er hätte, wäre die Sache herausgekommen, einiges zu verlieren gehabt. Zweitens, er war oft mit Hanni zusammen, hatte auch Gelegenheit, sie heimlich zu treffen. Drittens, er interessiert sich auffällig für unsere Ermittlungen. Gibt vor, uns unterstützen zu wollen.«

»Recht solide«, meinte Hilde.

Thekla machte eine Bewegung, als würde sie ein imaginäres Kartenhaus vom Tisch wischen. »Wir können es aber auch mit einer ganz anderen Konstruktion versuchen und prüfen, wie tragfähig die Brüder Kreil als Balkenlager sind. Bauklotz und Kipper.«

»Kipper Kreil ist ein Saubär«, sagte Wally.

Hilde musste lachen. Wally wollte ihn in der Hölle braten sehen.

»Aber weniger verdächtig als sein Bruder«, entgegnete Thekla. »Ich muss wohl nicht mehr aufzählen, was ihn so verdächtig macht.«

Hilde tat es still für sich. Die Onkelnummer; Hannis Veränderung, nachdem er fortgezogen war – etwas paradox, zugegeben, aber gab es nicht die merkwürdigsten Abhängigkeiten –, die alten Akten in seinem Schreibtisch. Der Überfall auf Heinrich, bei dem sie gestohlen wurden.

Theklas Stimme riss sie aus ihren Gedanken. »Was mich an der ganzen Sache stört, ist, dass – egal, wie man baut – kein rechtes Ganzes entsteht.« Sie hatte inzwischen häppchenweise das Stück Nusstorte aufgegessen, das Wally für sie ausgesucht hatte. Ihre Wangen hatten etwas Farbe angenommen, und sie wirkte lebhafter.

Ich gehe jede Wette ein, dachte Hilde, dass sie seit gestern Abend nichts mehr in den Magen bekommen hat.

Sie bat Wally, noch mal an die Kuchentheke zu gehen und für Thekla Nachschub zu holen.

»Es ist, als ob der Balken fehlt, der beides unterstützen kann: die Vaterschaftsgeschichte und den Umbruch, als Hanni siebzehn war«, sagte Thekla.

Wally stellte ein Stück Erdbeerkuchen vor Thekla hin, das sie gleich selbst mitgebracht hatte. Thekla stach von der Spitze ein Dreieck ab und steckte den Bissen in den Mund.

»Deshalb ist der gesamte Bau womöglich zum Einstürzen verurteilt«, fügte sie hinzu, nachdem sie geschluckt hatte, »und wir haben nichts als Schutt und Trümmer.«

Wally machte ein trauriges Krötengesicht.

»Ein Stützpfeiler muss her«, murmelte Hilde.

»Wie wär's mit dem Clown, von dem du uns erzählt hast?«, fragte Thekla.

»Der Clown«, wiederholte Hilde. »Der Clown bringt uns bloß schnurstracks zu Daniel zurück.« Sie pochte auf das Zugticket mit seiner Telefonnummer. »Der inzwischen so dreist ist, eine Berichterstattung von uns zu erwarten. Der glaubt, er kann uns um den Finger wickeln, und allmählich leichtsinnig wird.«

»Leichpfinnig?« Thekla hatte gerade eine Erdbeere im Mund.

»Allerdings«, sagte Hilde. »Hat er nicht gesagt, dass er an Hannis Todestag für seine Neffen und Nichten den Clown gespielt hat? Ich fürchte, da hat er sich verplappert.«

Hilde dachte daran, wie sie die Telefonnummer von Herman und Eleonore Waltz gewählt hatte und denkbar unfreundlich abgefertigt worden war. Nein, hatte es geheißen, der Clown sei nicht vermittelbar, er gehöre zur Familie und habe nur für die Kinder ein paar Späße gemacht.

Hilde hatte verärgert aufgelegt, ohne daran zu denken, dass sie selbst im umgekehrten Fall ganz genauso reagiert hätte.

»Du meinst also, Daniel ist der Clown gewesen, den Grandelwürmer kurz vor Hannis Tod in der Nähe des Bojengartens gesehen hat?«, fragte Thekla.

»Das muss er wohl«, sagte Hilde vehement. »Oder meinst du, auf der Doga wachsen Clowns wie Tagetes?«

»Daniel kann doch ganz woanders aufgetreten sein«, mischte sich Wally ein. »Irgendwo bei jemandem zu Hause.«

Hilde sah sie geringschätzig an. »Seltsamer Zufall – oder?«

Thekla hatte jetzt auch den Erdbeerkuchen aufgegessen und spielte wieder mit Daniels Zugticket herum. Plötzlich warf sie einen scharfen Blick darauf. »Daniel kann Hanni nicht umgebracht haben. Er ist an dem Tag mit dem Siebzehn-Uhr-Zug nach München gefahren.«

Hilde riss ihr den Fahrschein aus der Hand und studierte ihn eine halbe Minute lang. Dann warf sie ihn auf den Tisch. »Er will uns hinters Licht führen. Der Kerl glaubt, er kann uns nach Strich und Faden verarschen, weil er uns für drei verschrobene alte Scharteken hält. Zuerst präsentiert er Wally die Sache mit dem Clown, und dann jubelt er ihr einen Bahnfahrschein als Alibi unter. Den kann er doch aus einem Abfalleimer gefischt haben.«

Hilde war außer Atem geraten. Dieser Daniel Hauser war glitschig wie ein Hering. Kaum meinte man, ihn gepackt zu haben, flutschte er einem wieder aus der Hand.

Wie war er nur in die Finger zu bekommen?

»Du kannst es ja noch mal mit dem Kindergeburtstag-Trick versuchen«, sagte Thekla.

Hilde sah sie verständnislos an.

Thekla angelte ihr Tablet aus der Handtasche, auf das sie sichtlich stolz war. Heinrich hatte es ihr zu Weihnachten geschenkt, und sie hielt sich viel darauf zugute, damit umgehen zu können. Geradezu professionell rief sie die Internetseite mit dem örtlichen Telefonbuch auf. »Du könntest Daniels Mutter die gleiche Story erzählen, die du der Frau von der Doga-Verwaltung aufgetischt hast. Allerdings musst du so tun, als hätte dir jemand verraten, Daniel sei der Clown gewesen und −«

Thekla unterbrach sich, weil Hilde bereits in Aktion getreten war: Sie las die Telefonnummer von Herbert und Ella Hauser ab und tippte sie in ihr Handy.

»Ella Hauser«, vernahm sie nach nur einmaligem Läuten.

Hilde musste sich erst räuspern, bevor sie etwas sagen konnte. Als sie dann zu sprechen anfangen wollte, kam nur ein »Ähem« heraus, weil sie auf einmal nicht wusste, wie sie die Sache aufziehen sollte.

Thekla legte ihr die Hand auf den Arm.

Verdammt, dachte Hilde, ich hätte nicht so übereilt …

Thekla umfasste ihr Handgelenk mit festem Griff.

Da riss sie sich zusammen und nannte ihren Namen.

Zuerst holprig, später flüssig tischte sie Ella Hauser das Märchen vom Kindergeburtstag auf und fuhr fort: »Eine gute Bekannte hat mir erzählt, dass Daniel auf der Doga für seine Nichten und Neffen als Clown eine tolle Vorstellung hingelegt hat.« Sie lachte gekünstelt. »Da habe ich mir gedacht, ich frage mal, ob er sich überreden lassen würde, seinen Auftritt für uns zu wiederholen.«

Ella Hausers Stimme klang belustigt. »Er ist wirklich gut gewesen, obwohl er sich zuerst so dagegen gewehrt hat. Mein Mann musste ihm das Kostüm geradezu aufdrängen. Aber die Kinder waren begeistert. Als Daniel um halb fünf Schluss gemacht hat, gab es ein Riesengeschrei.« Sie lachte. »Aber dann ist mein Mann eingesprungen, und der war auch nicht schlecht.«

Hilde zuckte dermaßen zusammen, dass sich Theklas Finger noch fester um ihr Handgelenk schlossen.

Ella Hauser schien eine Erwiderung zu erwarten, aber Hilde brachte kein Wort heraus.

Nach einer unbehaglichen Pause sagte Daniels Mutter mit neutraler Stimme: »Ich richte ihm Ihr Anliegen aus. Er kann sich ja dann selbst mit Ihnen in Verbindung setzen.«

»Danke«, krächzte Hilde.

Nachdem sie sich voneinander verabschiedet hatten, saß Hilde da, als wäre sie versteinert wie Lots Frau, die verbotenerweise auf die dem Untergang geweihten Städte Sodom und Gomorra zurückgeblickt hatte.

Sie hielt das Mobiltelefon in der Hand und starrte es unverwandt an. Den Kontakt abzubrechen hatte sie vergessen. Offenbar hatte auch Ella Hauser noch nicht aufgelegt, denn gedämpft war eine männliche Stimme zu hören. »Wer war denn das?«

Thekla wand Hilde das Handy aus den steifen Fingern, betätigte die Taste mit dem roten Hörersymbol und legte es auf den Tisch.

»Hilde, du bist ja ganz käsig geworden«, rief Wally. »Was ist denn los? Was hat dich denn so erschreckt?«

Hilde setzte zum Sprechen an, aber es kam nur ein Stöhnen heraus. Thekla packte erneut ihr Handgelenk. Hilde atmete durch, machte einen weiteren Versuch, und jetzt gelang es ihr, wiederzugeben, was Ella Hauser gesagt hatte.

Daraufhin herrschte eine ganze Weile Schweigen am Tisch. Da die Bedienung im Café an diesem Nachmittag nicht viel zu tun hatte, fiel ihr die eigenartige Stille am Ecktisch anscheinend auf. Sie trat heran und fragte, ob die Damen einen Wunsch hätten. Thekla bestellte drei Cognac.

Erst nachdem Hilde ihr Glas geleert hatte, fühlte sie sich wieder halbwegs im Gleichgewicht.

»Herbert Hauser. Wer hätte das gedacht.«

»Aber er passt«, sagte Thekla. »Er passt wie für unser Kartenhaus zugeschnitten und gibt dem Ganzen eine Stabilität, von der wir nicht zu träumen gewagt hätten.«

Hilde nickte. »Hanni ist nicht deswegen eine so verschlossene Person geworden, weil Günther Kreil aus ihrer Nachbarschaft weggezogen ist, sondern weil sie was mit Herbert Hauser angefangen hat.«

»Wo sie ihn wohl kennengelernt hat?«, sagte Thekla halb zu sich selbst.

»Am Hackerweiher oder am Greisinger. Beim Schwimmen jedenfalls«, antwortete Hilde so bestimmt, als wäre sie selbst dabei gewesen.

Auf Theklas und Wallys verständnislose Blicke hin berichtete sie kurz, was sie bei einem der Gespräche mit Herbert Hauser erfahren hatte.

»Er muss sie schwer beeindruckt haben.«

»Und er hat es verstanden, sie zu fesseln«, spekulierte Thekla.

»Sie zu versklaven«, knurrte Hilde.

»Er könnte sie auf Geschäftsreisen mitgenommen haben«, mutmaßte Thekla.

»Sie ist ihm gefolgt wie ein Hündchen«, ergänzte Hilde.

»Man kann sich vorstellen, dass er ihr einiges geboten hat«, machte Thekla weiter. »Teure Restaurants, vielleicht Musical oder Theater.«

»Dafür hat sie zuverlässig die Klappe gehalten«, sagte Hilde. »Die Sache hat sich so eingespielt, dass ihr lange Zeit nicht in den Sinn kam, etwas zu ändern.«

»Bernhard«, warf Wally schüchtern ein.

»Ja, Bernhard«, stimmte ihr Hilde zu. »Warum hat sie Bernhard geheiratet? Weil Hauser das für opportun hielt? Oder weil sie es doch irgendwann satthatte, die Schattenfrau zu spielen, und neu anfangen wollte.«

»Was Hauser nicht zulassen konnte«, sagte Thekla. »Einem Herbert Hauser kehrt man nicht den Rücken. Womöglich ist ihm Hanni auch durch ihren Posten im Bauamt von Nutzen gewesen. Er hat jedenfalls alles darangesetzt, sich auch weiterhin heimlich mit ihr zu treffen. Bernhard hat es den beiden bestimmt nicht besonders schwer gemacht.«

»Und wieder lief alles wie am Schnürchen«, resümierte Hilde.

»Aber vor ein paar Monaten ist etwas passiert, das alles hätte zunichtemachen können«, fuhr Thekla fort. »Hanni ist schwanger geworden – und rebellisch. Das konnte Hauser sich erst recht nicht bieten lassen. Was, wenn Hanni nach all den Jahren anfing auszupacken. Hauser hatte einen Ruf zu verlieren.«

Hilde schluckte. War sie nicht selbst auf seine Gutmensch-Fassade hereingefallen? Sie griff nach Theklas Cognacschwenker, in dem sich noch ein Rest befand, und kippte ihn hinunter. »So ein Drecksack.«

»Seid ihr wirklich sicher«, meldete sich Wally zaghaft, »dass Herbert Hauser Hanni Stern auf dem Gewissen hat? Vielleicht haben wir ja einen Denkfehler gemacht?«

»Ganz bestimmt nicht«, antwortete Hilde grimmig. »Und wenn ich nicht so vernagelt gewesen wäre, hätte ich schon viel früher draufkommen können.«

»Wie denn?«, fragte Wally mit großen Augen.

»Weil Hauser den Beutel mit meinen Fundstücken aus der Laube genommen haben muss. Ich habe Daniel ja noch zugesehen, wie er in sein Auto gestiegen ist, die Tür zugeschlagen hat und weggefahren ist. Und auf dem Pfeiler lag der Beutel. Gut, er hätte ihn später holen können, aber woher hätte er wissen sollen, dass ich ihn vergessen würde? Bleibt nur Hauser. Den hatte ich nicht im Blick, als er wegfuhr.«

»Warum er ihn wohl mitgenommen hat?«, fragte Thekla nachdenklich.

»Weil er den Schal erkannt hat und allmählich nervös wurde. Wahrscheinlich ist ihm längst aufgefallen, dass wir uns für Hannis Tod interessieren«, erwiderte Hilde ungeduldig. »Jedenfalls hätte ich da schon merken müssen …«

Sie verstummte, als Thekla ihr den Arm tätschelte. »Hinterher ist man immer klüger.«

Wally lächelte ihren Gefährtinnen mütterlich zu. »Wir sind halt keine Profis, die mit reinem Spürsinn eine Stecknadel im Heuhaufen aufstöbern.«

Hilde machte das Victory-Zeichen. »Trotzdem haben wir ihn. Wir haben ihn an den Eiern.« Sie warf einen verlangenden Blick auf die leeren Cognacschwenker, hätte gern eine zweite Runde bestellt, um den Durchbruch zu feiern. Doch die Vernunft siegte. Weder sie noch Thekla würden sich dann noch erlauben können, sich ans Steuer zu setzen.

Mit triumphierender Miene fuhr sie fort: »Und die Polizei wird ihm den Mord nachweisen können, wenn wir ihr auf die Sprünge helfen.«

In Theklas Gesicht spiegelten sich tonnenweise Zweifel, aber Hilde grinste breit. »Ich habe die Clownshandschuhe, und man wird feststellen, dass Herbert Hauser die Dinger als Letzter angehabt hat. Hautpartikel und Schweißreste von ihm müssen noch genügend vorhanden sein.«

»Damit kann man ihn doch nicht als Mörder festnageln«, wandte Thekla ein.

Hilde sah sie herausfordernd an. »Grandelwürmer wird bezeugen, dass der Clown kurz vor Hannis angeblichem Unfall in der Nähe vom Bojengarten war. Und die Bedienung vom Ruderhaus wird bezeugen, dass er gut zwanzig Minuten später als die anderen gekommen ist.«

»Aber man wird uns entgegenhalten«, erwiderte Thekla, »dass laut gerichtsmedizinischem Bericht keine Fremdeinwirkung im Spiel war. Wenn Hanni gestoßen worden wäre, hätte man Druckstellen finden müssen.«

Hilde lachte bitter auf. »Du solltest dir mal diese Handschuhe ansehen. Sie sind aus weichem Schaumstoff und groß wie Kissen. Druckstellen verursacht man mit so einer Polsterung ganz bestimmt nicht. Außerdem wird sich wahrscheinlich Abrieb von dem Schaumstoff auf Hannis Kleidung finden, wenn man gezielt danach sucht.«

Thekla nickte begreifend, zeigte sich jedoch noch immer skeptisch. »Der Hergang gibt allerdings Rätsel auf. Woher hätte Hauser wissen können, dass Hanni zur richtigen Zeit am Bojengarten auftauchen würde?«

Hilde legte die Stirn in tiefe Falten, dachte lange Zeit nach. Schließlich sagte sie: »Hanni war im vierten Monat schwanger.

Für eine Abtreibung war es zu spät. Sie hat rebelliert, ihn unter Druck gesetzt, wollte, dass er sich zu ihr und dem Kind bekennt. Hauser wusste sich nicht mehr zu helfen. Der einzige Ausweg, den er sah, war, sie samt seinem Kind umzubringen. Aber wie, wenn er ungestraft davonkommen wollte?« Hilde musste durchatmen, weil sie immer schneller gesprochen hatte. »Da sieht er sie, als er bei der Familienfeier für die Kinder den Clown spielt, allein bei den Bojen stehen. Im selben Moment kommt der Regenguss. Alle retten sich überstürzt ins Trockene. Hauser – nicht zu erkennen, weil er das Clownskostüm trägt – nutzt die Gunst der Stunde.«

Thekla reagierte zurückhaltend. »So *könnte* es gewesen sein. Oder auch nicht. Beweise dafür wird es kaum geben.«

Hilde schlug mit der flachen Hand auf den Tisch, dass die Gläser hüpften. »Wisst ihr was? Es ist mir scheißegal, wie es im Einzelnen abgelaufen ist. Damit kann sich die Polizei befassen. Vielleicht bringen die ja Hauser zum Reden.«

»Gehen wir jetzt gleich zur Polizei?«, fragte Wally.

Darüber musste Hilde ein wenig nachdenken. Dann sagte sie: »Ich schlage vor, wir reden zuvor mit Daniel. Wir haben ihn zu Unrecht verdächtigt. Er wollte tatsächlich mit uns zusammenarbeiten. Und nach dem, was er zu Wally gesagt hat, kann man davon ausgehen, dass er seinem Vater auf der Spur war. Vielleicht hat er Hannis Schal bei ihm gefunden und als Beweisstück mit in die Laube genommen.«

»Jetzt ergibt auch die Sache mit der Fremd-DNS einen Sinn«, sagte Thekla unvermittelt.

Hilde und Wally sahen sie verständnislos an.

»Von Daniel muss irgendwie Körperflüssigkeit an Hannis Jackenärmel gekommen sein«, erklärte Thekla.

Sie brach ab, weil Wally kräftig nickte. »Ja, er hat sich geschnitten, und Hanni hat ihn verarztet.«

Hilde ging auf, wovon Thekla redete. »Als der Gerichtsmediziner die Fremd-DNA mit der des Embryos verglichen hat, konnte er eine gewisse Übereinstimmung feststellen. Kein Wunder. Daniel war der Halbbruder.«

Daraufhin herrschte Schweigen am Tisch. Es gab eine Menge zu verdauen.

Irgendwann stand Thekla auf.

Diesmal hielt Hilde sie nicht zurück. Die ausgemachte Stunde war längst um. Höchste Zeit für Thekla, wieder zu Heinrich ins Krankenhaus zu fahren.

Sie lächelte ihr ein wenig spöttisch zu. »Schöne Grüße an den Herrn Gemahl. Und lass das Portemonnaie stecken. Halt dich nicht mit Bezahlen auf. Ich mach das schon.«

Sie hatte noch nicht ganz zu Ende gesprochen, da war Thekla bereits an der Ausgangstür.

Nachdem Hilde die Rechnung beglichen hatte, sagte sie zu Wally: »Na schön, dann werde ich dich mal nach Hause kutschieren.«

Sie bekam eine überraschende Antwort: »Das musst du nicht. Der Flieger, mit dem Sepp zurückkommt, landet erst gegen zehn in München. Da wird es fast Mitternacht, bis er daheim ist. Ich hab also noch jede Menge Zeit. Und deswegen hab ich mir gedacht, wo ich doch schon in Deggendorf bin, könnte ich noch eine Runde auf der Doga drehen. Vielleicht gibt es am Abend noch eine schöne Vorführung. Nachmittags war Volksmusik.« Wally schien ernsthaft zu bedauern, dass sie die Veranstaltung verpasst hatte. Rasch fuhr sie fort: »Heimfahren kann ich mit dem Neun-Uhr-Bus. In der Doga-Broschüre steht drin, dass es zum Bahnhof nur zehn Gehminuten sind.«

»Dann hoffen wir mal, dass heute Abend Helene Fischer auftritt«, antwortete Hilde trocken.

13

Am Abend im Umkreis von Deggendorf

Wally betrat das Gelände der Donaugartenschau durch den Eingang bei den Stadthallen. Weil kühles, regnerisches Wetter herrschte, hielt sie sich lange Zeit im Innenbereich auf, wo es warm und feucht war und Blütenduft die Luft so schwer machte, als wäre sie aus Watte.

Wally bestaunte die Blumenarrangements, studierte Detail für Detail. Sie liebte es, mit Pflanzen zu arbeiten, und wollte sich die Gelegenheit nicht entgehen lassen, sich hier auf der Gartenschau, wo ausnahmslos Profis am Werk waren, Inspiration und Anregungen zu holen.

Nach einer guten Stunde im Treibhausdunst verlangte es sie jedoch nach frischer Luft. Sie verließ das Gebäude und spazierte durch den Stadthallenpark gemächlich zum Donaupark. Dort verweilte sie kurz bei den Sandstatuen aus Písek, bevor sie zu den Deichgärten weiterschlenderte. Weil sie müde wurde, setzte sie sich für ein paar Minuten auf eine der Bänke, die wegen der niedrigen Temperaturen samt und sonders leer waren. Die dunklen Wolken hingen tief, und es fing bereits an zu dämmern.

Wally spielte kurz mit dem Gedanken, ihren Ausflug zu verkürzen und bereits den Acht-Uhr-Bus nach Hause zu nehmen. Wenn sie sich beeilte, konnte sie ihn noch erwischen. Heute wirkte auf der Gartenschau alles ein wenig trist, und leider war auch keine Abendveranstaltung angekündigt.

Letztendlich entschied sie aber doch, sich die Zeit bis zum Neun-Uhr-Bus noch zu vertreiben. Sie wanderte zu den Verkaufsständen hinüber, wo sie ein Zehnerpack Tulpenzwiebeln erwarb, aus denen dunkellila Pflanzen mit dem phantasievollen Namen »Elfenschleier« sprießen sollten. Daraufhin lungerte sie ein Weilchen vor den Buden herum, die Modeschmuck und Handtaschen in allen Regenbogenfarben anboten, fand die Preise jedoch überteuert, weshalb sie einen Kauf nicht ernsthaft in Betracht zog.

Um kurz vor halb neun suchte sie die öffentliche Toilette auf, wobei ihr einfiel, wie Hilde sich darüber mokiert hatte, dass man hier schon wieder abkassiert wurde. Sie wusch sich die Hände, frischte den Lippenstift auf und entrichtete ihren Obolus.

Zehn Minuten nach halb neun verließ Wally die Gartenschau durch den Nebenausgang. Bei ihrer Ankunft hatte sie den Stadtplan, der am Eingang aushing, gründlichst studiert und war zu dem Schluss gekommen, dass der schnellste und angenehmste Weg zum Bahnhof vom Ankerstüberl über den Volksfestplatz, durch die Unterführung der Neusiedler Straße zum Hochschulparkplatz und von da an der Feuerwache vorbei über die Güterstraße zu den Bushaltestellen führte.

Aus den schwarzen Wolken fiel nun wieder Regen, dessen dichte Schlieren die zunehmende Dunkelheit gespenstisch, geradezu bedrohlich erscheinen ließen.

Unglücklicherweise erwies sich die Strecke, die Wally gewählt hatte, als einsam und verlassen.

Wally schauderte es.

Mit einem Mal wurde ihr klar, dass sie wohl besser beraten gewesen wäre, wenn sie eine der Hauptrouten genommen hätte, wo der Verkehr floss und Lichter brannten.

Vor der Unterführung, die ihr wie ein dunkles Verlies erschien, das sie gefangen nehmen und nie wieder freigeben würde, hätte sie am liebsten kehrtgemacht, um eine andere Route einzuschlagen, tat es jedoch nicht, weil sie ja den Bus erwischen wollte.

Sie straffte sich, tauchte in die Unterführung und brachte sie mit einem Spurt hinter sich. Danach behielt sie ein forsches Tempo bei, bis sie den Hochschulparkplatz erreicht hatte.

Drei Autos standen dort, wo Platz für mehr als hundert war.

Na, immerhin ist der Ort nicht völlig verlassen, dachte Wally und fühlte sich gleich sicherer. Erleichtert blieb sie stehen, um durchzuatmen.

Nach einigen Augenblicken ging sie in Richtung Feuerwache weiter.

Wally passierte das Tor am nördlichen Ausgang des Parkplatzes, als sie Schritte hinter sich hörte. Sie erwog gerade, nachzuschauen, wer sich außer ihr noch für diesen einsamen Weg entschieden hatte, da traf sie ein Schlag auf den Hinterkopf. Im nächsten Moment wurde ihr schwarz vor Augen.

Als sie das Bewusstsein wiedererlangte, lag sie rücklings auf etwas, das sich anfühlte und roch, als sei es ein Haufen schmutziger Lumpen. Sie machte die Augen auf, schloss sie jedoch sofort wieder, weil sie beim Öffnen schmerzhafte Stiche hinter der Stirn verspürt hatte.

Wo war sie bloß? Was war mit ihr passiert?

Sie war auf der Gartenschau gewesen und hatte Tulpenzwiebeln gekauft. Ja, daran erinnerte sie sich. Bald darauf hatte sie sich auf den Weg zum Bahnhof gemacht. Sie hatte den Hochschulparkplatz überquert, und dort … Natürlich, dort hatte sie etwas am Kopf getroffen, und sie war hingefallen.

Hatte man sie etwa ins Krankenhaus gebracht? Ins Deggendorfer Klinikum, wo auch Heinrich lag?

Aber hier roch es ganz gewiss nicht nach Krankenhaus. Es roch nach Staub, nach Moder und Unrat. Sie würde trotz des fiesen Stechens die Augen öffnen müssen, wenn sie wissen wollte, wo sie sich befand.

Einen Moment noch, entschied sie, bis die Schmerzwelle ein wenig abgeklungen ist.

Sie fragte sich, wie schwer sie wohl verletzt war. Vorsichtig versuchte sie, die Beine zu bewegen. Das funktionierte bis zu einem gewissen Grad. Sie konnte das linke Bein etwa zehn Zentimeter hochheben und genauso weit zur Seite verlagern. Mit dem rechten verhielt es sich ähnlich.

Das war allerdings seltsam. Warum zog und zerrte es am rechten Knöchel, wenn sie den linken davon wegbewegte, und umgekehrt?

Wally riss die Augen auf.

Ihr Blick fing sich im Lichtkreis einer von der Decke baumelnden Glühbirne. Der helle Fleck ließ kreuz und quer verlaufende Balken erkennen, über die sich Spinnweben zogen.

Behutsam, um keine weitere Schmerzattacke heraufzubeschwören, drehte Wally den Kopf.

Neben ihr lag haufenweise Unrat und Gerümpel. Sie selbst

befand sich auf einem frei geräumten Plätzchen. Ihre Beine waren gefesselt und offenbar auch ihre Arme, die unter ihrem Körper feststeckten.

»Na, endlich aufgewacht? Wurde auch langsam Zeit.«

Wally sah schwarze Schuhe und graue Hosenbeine. Als Nächstes erschienen drei glänzende Knöpfe an dezent gemustertem Wollstoff, dann der Reverskragen eines Sakkos, ein Krawattenknoten und gleich darauf ein strenges, kantiges Gesicht mit schmaler, gerader Nase.

Wally starrte es unverwandt an. Plötzlich glaubte sie, Hildes Stimme in ihrem Kopf zu hören: »… wie ein römischer Feldherr …«

Ja, so hatte Hilde Herbert Hauser beschrieben, nachdem sie das erste Mal mit ihm zusammengetroffen war.

Herbert Hauser!

Wenn Wally ihre Situation bisher eher mit klinischem Interesse als mit Bestürzung betrachtet hatte, so änderte sich das jetzt schlagartig.

Herbert Hauser befand sich zusammen mit ihr in einem von einer nackten Glühbirne matt erhellten Raum, in dem Spinnweben von der Decke hingen. Sie lag mit gefesselten Händen und Füßen auf stinkenden Lumpen, und Hauser, den Hilde als Hannis Mörder ermittelt hatte, sah mit bösem Blick auf sie hinunter.

Wally klappte schleunigst die Augen wieder zu. Sie träumte, anders konnte es nicht sein. Ein schlimmer Traum gaukelte ihr vor, Herbert Hauser hätte sie gekidnappt und …

Sie schrie auf, als ihr der Tritt, den Hauser ihr versetzte, zwei Rippen prellte. »Wollte die Westhöll auf der Stelle zur Polizei?«

Wally konnte nicht sprechen, weil das Atmen auf einmal so wehtat. Sie versuchte, den Kopf zu schütteln.

»Gut«, brummte Hauser. »Was hat sie davon abgehalten? Nach dem Anruf bei meiner Frau muss ihr ja einiges klar geworden sein.«

Wally gab keine Antwort.

»Wenn du nicht reden willst«, sagte Hauser, »bricht dir der nächste Tritt den Kiefer.«

Wally atmete vorsichtig ein. »Hilde wollte …« Nein, sie konnte Daniel da nicht hineinziehen.

Hausers Fußspitze traf sie an der Schulter. »Hilde wollte zuvor noch alles, was wir herausgefunden haben, genau aufschreiben und die Beweisstücke verpacken.« Die beiden letzten Silben waren nur noch ein Flüstern.

Hausers Gesicht kam näher. Es hatte einen ungläubigen Ausdruck. »Was für Beweise? Den blöden Schal, der in meinem Wagen gelegen haben muss, habe ich doch an mich genommen.«

Wally schwieg.

Hausers Faust krachte auf ihr Schlüsselbein. »Rede!«

»Hilde hat die Handschuhe … die vom Clown … da müssen Spuren …«

»Die alte Hexe hat was?«

Hauser erwartete offenbar keine Antwort auf seine Frage, denn er richtete sich auf und machte ein paar Schritte von Wally weg. Aber schon einen Augenblick später kam er zurück. »Wann will sie die Sachen der Polizei übergeben?«

»Morgen.«

»Morgen«, sagte Hauser mit hörbar zufriedener Stimme. »Bis dahin habe ich sie mir geschnappt.«

Seine Schritte entfernten sich erneut, doch abermals kehrte er zurück. »Falls du vorhast, dir die Seele aus dem Leib zu schreien: Niemand wird dich hier hören. Kein Mensch kommt hierher, alles ist versperrt und verriegelt. Die Tür ist aus Eisen und hat ein Sicherheitsschloss, als wäre sie extra für meine Zwecke eingebaut worden.« Er lachte hämisch. »Du wirst also verstehen, dass es am klügsten ist, sich ruhig zu verhalten.« Erneut lachte er. Diesmal klang es niederträchtig. »Wenn ich zurückkomme, bringe ich dir Gesellschaft mit.«

Damit ließ er Wally allein.

14

Am nächsten Morgen im Umkreis von Deggendorf

Das Klingeln des Telefons schreckte Thekla gegen sechs Uhr früh auf.

Heinrich! Es hatte Komplikationen gegeben! Er hatte eine Gehirnblutung erlitten, war ins Koma gefallen!

Mit einem Satz sprang sie aus dem Bett und rannte auf den Flur hinaus. Dabei stieß sie mit der Schulter an den Türstock, rempelte an die Wandlampe und warf einen Stapel der Apotheken Umschau von der Kommode.

»Stein.«

»Wally ist verschwunden.« Hildes Stimme klang schockiert.

Ihre Worte drangen in Theklas Ohr, lösten in ihrem Kopf jedoch keine sinnvolle Rückmeldung aus.

»Verschwunden? Wie verschwunden? Wann verschwunden? Wohin? Warum?«

»Verdammt, Thekla, wach auf, konzentrier dich und hör mir zu. Maibier hat vorhin bei mir angerufen. Er ist weit nach Mitternacht nach Hause gekommen, und Wally war nicht da. Er hat sich nicht lang Gedanken gemacht, sondern gleich herumtelefoniert. Bekannte, Verwandte, was weiß ich. Aber niemand hatte eine Ahnung, was los sein und wo Wally stecken könnte. Da hat er sich auf der Polizeidienststelle gemeldet, wo er erfahren hat, dass kein Rapport über einen Unfall mit Verletzten vorliegt. Daraufhin wollte er eine Vermisstenanzeige machen. Das konnte er zwar, aber man hat ihm gesagt, dass die Polizei nicht nach Wally suchen wird. Jedenfalls nicht gleich. Wally sei ein erwachsener Mensch, hieß es, und könne ihre Nächte verbringen, wo sie wolle. Wahrscheinlich würde sich die Sache im Laufe des Tages in Wohlgefallen auflösen. Wally würde zu Hause hereinspazieren und erzählen, dass sie bei einer Freundin übernachtet habe. Wegen dieser Auskunft ist Maibier anscheinend ziemlich ausgerastet, was ihm wohl nicht gerade Sympathien eingetragen hat. Jedenfalls hat man ihm nahegelegt, ein, zwei Tage abzuwarten und dann wieder aufs Revier zu kommen.

Kurz und gut, man hat ihn nach Hause geschickt. Und jetzt hat er mich angerufen.«

Thekla kapierte immer noch nicht. »Aber wo ist sie denn? Hast du sie denn gestern vom Bredl nicht heimgefahren?«

»Nein«, erwiderte Hilde. »Sie wollte noch auf die Doga und dann den Neun-Uhr-Bus nehmen.«

Endlich blinkte in Theklas Kopf ein Alarmsignal auf. »Glaubst du –«

Hilde unterbrach sie. »Ja, das glaube ich. Hauser war dabei, als ich mit seiner Frau telefoniert habe. Ich hab ihn am Schluss fragen hören, wer am Apparat gewesen ist. Er weiß jetzt, dass wir die Clownsgeschichte herausgefunden haben, und muss davon ausgehen, dass wir ihn über kurz oder lang drankriegen.«

»Aber Wally«, wandte Thekla mit zittriger Stimme ein. »Warum hat er sich ausgerechnet Wally geschnappt? Woher hat er überhaupt gewusst –?«

»Der Kerl ist doch nicht blöd«, fuhr Hilde ihr über den Mund. »Der hat genau gewusst, was im Busch ist. Erinnerst du dich? Er hat Wally nach dem Anschlag auf Ali nach Hause gefahren. Ich will gar nicht wissen, was er ihr bei der Gelegenheit alles entlockt hat.«

Theklas Verstand funktionierte immer noch nicht zufriedenstellend. »Du meinst, Hauser hat Ali –«

»Ja verdammt noch mal!«, schrie Hilde. »Und frag jetzt nicht *wieso*, *warum* und *was, wenn nicht*. Wir haben Wichtigeres zu tun.«

Doch Thekla war noch nicht so weit. »Aber, aber warum Wally …?«

»Herrgott noch mal!« Hildes Stimme überschlug sich. »Er hat sie halt als Erstes erwischt. Glaub bloß nicht, dass er nicht auch versucht hat, uns zu schnappen. Ist ihm bis jetzt nur nicht gelungen.«

Thekla dachte daran, dass Martin sie spätabends im Krankenhaus abgeholt und nach Hause gebracht hatte. Hilde war wohl gleich nach ihrem Treffen bei Bredl heimgefahren und in ihre Wohnung gegangen. Hatte sie versucht, Daniel zu erreichen? Thekla schüttelte den Gedanken unwillig ab. Spielte keine Rolle im Moment. Jedenfalls waren sie und Hilde in Sicherheit gewesen. Ins Haus einzubrechen hatte Hauser denn doch nicht gewagt. Wally dagegen war leichte Beute gewesen …

Ihre Überlegungen rissen ab, weil Hilde einen ihrer schlimmsten Flüche ausstieß. »Himmelherrgottsakra. Hannis Mörder hat unsere Wally in seiner Gewalt.«

Erst als es ihr Hilde so deutlich vor Augen führte, begriff Thekla das Ausmaß der Gefahr, in der Wally schwebte.

Sie rang nach Atem. »Wir … wir müssen die Polizei informieren.«

Von Hilde kam ein neuerlicher Fluch. »Damit sie uns stundenlang verhören, uns wegen wer weiß was beschuldigen? Im Gegenzug aber nichts unternehmen, um Wally zu finden, was sowieso keine Rolle mehr spielt, wenn Hauser sie mittlerweile abgemurkst hat?«

Thekla fühlte sich, als wäre sie von einem Vorschlaghammer getroffen worden. »Wally könnte schon tot sein.« Sie merkte gar nicht, dass sie es laut ausgesprochen hatte.

»Ich glaube, dass Hauser sie am Leben gelassen hat«, sagte Hilde. »Lebendig ist sie ihm mehr von Nutzen.«

Ja, dachte Thekla. Hauser tut gut daran, Wally leben zu lassen. Sie entschied, dass Hildes Argument Hand und Fuß hatte, und klammerte sich mit allen Fasern daran.

»Wir werden sie suchen«, sagte Hilde.

Thekla schluckte. »Nur wir beide?«

»Zusammen mit Ali und Daniel«, beschied ihr Hilde. »Aber zuvor müssen wir alle gemeinsam überlegen, wo er sie hingebracht haben könnte. Wir treffen uns in einer halben Stunde bei mir. Ali und Daniel bestelle ich ebenfalls her.«

Bevor Thekla antworten konnte, hatte Hilde schon aufgelegt.

Thekla traf um sechs Uhr fünfunddreißig vor dem Bestattungsinstitut ein. Am Straßenrand parkten bereits zwei Autos. Ali und Daniel waren also schneller gewesen.

Als Thekla Hildes Wohnung betrat, saßen die beiden bereits am Esstisch und tranken Kaffee. Daniel wirkte sichtlich bedrückt.

Kein Wunder, dachte Thekla. Schließlich ist es eine Sache,

den eigenen Vater einer Mordtat zu verdächtigen, und eine ganz andere, ihn plötzlich überführt zu sehen.

Daniel tat ihr leid, und es war ihr peinlich, dass sie ihm derart misstraut hatten. Er war ein guter Kerl. Ob er wohl ahnte, wie lange er ganz oben auf der Täterliste gestanden hatte?

Theklas Überlegungen wurden unterbrochen, als Hilde eine Platte mit belegten Broten auf den Tisch knallte.

Trotz aller Anspannung, trotz aller Gefahr fühlte sich Thekla ein wenig erleichtert. Hilde hatte sich den Sinn fürs Praktische bewahrt. Ali und Daniel waren zu Hilde geeilt. Daniel würde herausbekommen, wohin sein Vater Wally verschleppt hatte. Ali konnte auf Ressourcen der Feuerwehr zurückgreifen.

Hauser würde den Kürzeren ziehen, denn Hilde hatte die Zügel fest in der Hand.

Hildes Auftreten zeigte jedoch, wie erregt sie war.

Gerade eben packte sie Daniel an der Schulter und schüttelte ihn. »Denk verdammt noch mal nach, wo er sie hingeschafft haben könnte. Habt ihr irgendwo ein Ferienhaus, eine Hütte im Wald, irgendwas?«

Daniel verneinte.

Thekla umfasste Hildes Handgelenk und zog sie von ihm weg. »Du musst ihn in Ruhe nachdenken lassen.«

»Wir haben in Gerlos eine Skihütte, aber da wird mein Vater Frau Maibier wohl kaum hingebracht haben«, sagte Daniel.

»Und wo *hat* er sie hingebracht?«, schrie Hilde.

Ali stand auf, führte sie auf die andere Seite des Tisches und drückte sie auf einen Stuhl. Dann setzte er sich wieder hin. »Wir sollten nicht vergessen, dass Herbert Hauser Immobilienmakler ist. Bestimmt hat er etliche leer stehende Objekte an der Hand, für die man ihm einen Schlüssel überlassen hat.«

Daniel nickte, machte den Mund auf, kam jedoch nicht zu Wort.

Hilde stach mit dem Zeigefinger in seine Richtung. »Wir brauchen eine Liste.«

Daniel nickte erneut, und Hilde fuhr ihn an: »Auf was wartest du noch?«

Ali hob die Hand, als wolle er ein Taxi anhalten. »Wenn

Daniel in die Firma marschiert und eine Liste der leer stehenden Objekte zusammenstellt, schöpft sein Vater womöglich Verdacht.«

Hilde warf einen Blick auf die Uhr über der Anrichte. »Kurz vor sieben. Da ist bestimmt noch niemand im Büro. Du musst dich halt beeilen.«

Daniel schaute betreten in die Runde. »Mein Vater kommt immer schon um halb acht ins Büro. Von hier aus brauche ich zwanzig Minuten für den Weg. Ich fürchte –«

»Verdammte Scheiße!«, schrie Hilde.

»Ich weiß aber zufällig«, fuhr Daniel fort, »dass er heute um zehn einen Termin mit Kreil hat.«

Hilde schnappte nach Luft. »Sollen wir etwa drei Stunden hier sitzen und Däumchen drehen?«

Daraufhin entstand ein kurzes Schweigen, das Thekla nutzte. »Daniel, sprichst du von Kipper-Kreil?« Unbewusst war sie – wie Hilde schon zuvor – zum Du übergewechselt.

»Kipper-Kreil«, wiederholte Daniel. »Guter Name.« Er grinste schief, wurde aber sofort wieder ernst. »Ja, sie müssen eine Lösung wegen der Transportprobleme für die Scheuerbacher Brückenbaustelle finden.« Als er ringsum verständnislose Mienen sah, griff er sich an die Stirn. »Ah, das könnt ihr ja nicht wissen. Vor zwei Jahren saß Kipper-Kreil gehörig in der Tinte, weil er die Finger nicht vom Glücksspiel lassen kann. Er hätte Konkurs anmelden müssen, wenn Vater nicht eingesprungen wäre. Aber seitdem gehört Kreils Firma jetzt Immo-Hauser.«

Thekla nickte begreifend. »Das erklärt dann wohl auch, wie dein Vater an dieses Baustellenfahrzeug gekommen ist, mit dem er versucht hat, Ali vom Damm zu drängen. Allerdings frage ich mich, warum er es eigentlich auf dich abgesehen hatte.« Sie sah Ali aufmerksam an, der reglos dasaß und ins Leere starrte, als hätte er eine Vision.

»Ali?«

Er schreckte auf. »Ich habe sie zusammen gesehen. Ich habe Hauser und Hanni vor ein paar Wochen in einem Hotel in Regensburg gesehen. Wir hatten dort ... egal. Es war um acht in der Früh. Wir von der Deggendorfer Delegation waren gerade eingetroffen und haben im Foyer die Landshuter begrüßt. An der Rezeption stand ein Paar, wollte wohl gerade auschecken …« Ali rieb sich die Stirn. »Hauser musste annehmen, dass ich aus der Begegnung die richtigen Schlüsse ziehen würde.«

»Und warum hast du Idiot uns nicht schon früher davon erzählt?« Hildes Stimme ähnelte dem Knurren eines wütenden Hundes.

»Weil mir damals die Tragweite nicht klar war«, verteidigte sich Ali. »Ist es dir denn noch nie passiert, dass du eine Beobachtung gemacht, die Bedeutung aber nicht erkannt hast, weil deine Aufmerksamkeit anderweitig beansprucht war?«

Einen Moment lang wirkte Hilde, als wollte sie ihm die Kaffeetasse an den Kopf werfen, doch dann atmete sie tief ein und sagte: »Spielt sowieso keine Rolle mehr. Konzentrieren wir uns lieber darauf, Wally zu finden.«

»Kreil«, sagte Thekla. »Hat Wally nicht erwähnt, er hätte von einem Wochenendhaus in Greising gesprochen?«

»Hat sie«, bestätigte Hilde.

Drei Augenpaare schwenkten zu Daniel.

Er räusperte sich. »Ich kenne das Häuschen. Kreil hat uns mal dorthin eingeladen. Aber ich glaube nicht, dass mein Vater einen Schlüssel dafür hat. Der Privatbesitz von Kreil ist nicht auf Immo-Hauser übergegangen.«

»Trotzdem sehen wir nach«, entschied Hilde. »Allemal besser, als hier herumzusitzen.«

Sie wedelte mit der Hand, als wären ihre Gäste ein Fliegenschwarm, der vom Kaffeetisch weggescheucht werden musste.

Daniel bot an zu fahren, weil er den Weg zu Kreils Hütte kannte.

Ohne weitere Diskussion stiegen die vier in seinen Honda. Thekla und Hilde setzten sich auf die Rückbank.

Trotz seines recht jugendlichen Alters erwies sich Daniel als bedachtsamer, beinahe übervorsichtiger Fahrer. Schon nach kurzer Zeit spürte Thekla, wie Hilde unruhig auf ihrem Sitz hin und her rutschte. Als die Tachonadel wieder einmal unter sechzig stand, explodierte sie: »Herrgott noch mal, warum schneckst du denn so?«

Daniel musste lachen, sagte dann aber ernst: »Schon mal was von Geschwindigkeitsbegrenzungen gehört?«

Hilde grunzte unwillig, hielt aber den Mund.

Eine Viertelstunde später erreichten sie Deggendorf, ließen die Martinskirche rechts liegen und bogen in die Ruselstraße ab. Sie passierten Mietraching und Maxhofen, kamen an Hackermühle vorbei und gelangten wenig später zu der Abzweigung nach Greising. Sie fuhren durch den Ort und noch einige Meter weiter, bis sie einen unbefestigten Weg erreichten, der links in den Wald führte.

Daniel stellte das Auto am Straßenrand ab. »Wir müssen ein kleines Stück laufen. Der Weg ist voller Gräben und Löcher. Auf dem kann man nur mit einem Geländewagen fahren. Oder mit einem von Kreils Baustellenfahrzeugen«, fügte er murmelnd hinzu.

Im Gänsemarsch machten sie sich auf den Weg. Daniel, Ali, Hilde, Thekla.

Nach kaum zehn Minuten tauchte hinter den Bäumen ein weiß getünchtes Häuschen mit Sprossenfenstern auf.

Ali drehte sich zu Thekla und Hilde um. »Besser, ihr wartet außer Sicht. Daniel und ich versuchen, uns von der Seite anzuschleichen. Falls Hauser hier ist statt im Büro, muss er uns ja nicht gleich zu Gesicht bekommen.«

Thekla fand den Vorschlag vernünftig, aber Hilde zog ein Gesicht. Sie blieb jedoch stehen und sah den beiden Männern nach, die sich eilig entfernten.

Thekla erlaubte sich ein paar Schritte nach rechts, wo die Bäume weniger dicht standen, und reckte den Hals.

An der Hausecke konnte sie die schmutzverkrustete Schnauze eines Fahrzeugs hervorspitzen sehen.

War Hauser tatsächlich hier? Und vor allen Dingen: War Wally hier?

Thekla und Hilde warteten schweigend und horchten. Minutenlang war außer den üblichen Geräuschen des Waldes nichts zu hören. Ein Vogel flog auf, ein Ast knackte, ein Insekt summte.

Als die Stille besorgniserregend wurde, warf Hilde Thekla einen auffordernden Blick zu.

Thekla nickte, und wie auf Kommando setzten sie sich in Bewegung.

Im nächsten Augenblick sprangen sie zurück.

»Spanner! Saukerle! Geile Böcke! Hauts bloß ab, sonst mach ich euch Beine.« Die Stimme hörte sich an wie Donnergrollen.

Thekla fuhr aufgeschreckt zu Hilde herum. »Was hat das zu bedeu–« Sie unterbrach sich und wandte den Kopf ruckartig nach links, weil es sich anhörte, als würden da Hirsche durchs Gehölz brechen.

Einen Augenblick später wurden Ali und Daniel sichtbar. Außer Atem blieben sie vor ihnen stehen.

»Feiglinge!«, schrie Hilde und wollte in Richtung Hütte losrennen.

Ali erwischte Hilde am Jackenzipfel. Sie wirbelte herum, und Thekla glaubte schon, sie würde ihm einen Faustschlag versetzen.

Daniels Ausruf brachte sie zur Räson. »Wally ist nicht in der Hütte!«

»Wer dann?«

Urplötzlich brach Daniel in prustendes Lachen aus. »Kreil, Kipper-Kreil mit einer ...« Er konnte nicht weitersprechen.

Ali verbiss sich sichtlich ein Grinsen, als er sagte: »Wir haben durchs rückwärtige Fenster geschaut und Kreil mit einer – ähm – Dame im Bett gesehen. Offenbar haben sich die beiden heute Nacht in der Hütte vergnügt und waren gerade dabei, die Sache abzurunden.«

Hilde runzelte die Stirn. »Seid ihr sicher, dass nicht Wally ...?«

Ali tätschelte ihre Hand. »Ganz sicher.«

Geknickt zogen sie ab, zockelten den Weg zurück, den sie eine knappe halbe Stunde zuvor gekommen waren.

Als sie Daniels Wagen erreichten, sah Thekla auf ihre Armbanduhr. Kurz nach acht. Die erste Etappe ihrer Suche nach Wally war zu einer Posse geworden. Unvermittelt fühlte sie sich schwach und mutlos. Ob Wally noch am Leben war?

15

Zur gleichen Zeit im ehemaligen Rusel Berghotel

Wally hatte die Nacht in einer Art Dämmerzustand verbracht. Ihr ganzer Körper fühlte sich taub an. Sie öffnete die Augen und registrierte, dass es in der Dachkammer heller geworden war. Durch ein winziges Fenster gegenüber der Stelle, wo sie lag, fiel ein Streifen Licht.

Mit einem Mal überkam sie das panische Gefühl, ihre Arme und Beine könnten abgestorben sein. Vorsichtig schob sie zuerst das linke, dann das rechte Bein ein paar Zentimeter hin und her. Kurz darauf stellte sie erleichtert fest, dass es in den Waden zu kribbeln begann. Die Arme zu bewegen war weniger einfach. Sie lagen eingeklemmt und zudem zusammengebunden unter ihrem Körper.

Wally sah ein, dass sie sich zur Seite drehen musste, um sie freizubekommen. Sie ahnte, dass das wehtun würde, und zögerte. Doch als ob ihre Arme eigenmächtig beschlossen hätten, sich von der Last zu befreien, kippte ihr Körper ohne ihr bewusstes Zutun zur Seite.

Wally keuchte, als ihr die Schmerzen in die Brust schossen.

Nachdem sie eine Weile reglos dagelegen hatte, ließ das Stechen ein wenig nach. Gleichzeitig spürte sie ihre Arme. Sie waren noch da, machten sich mit einem Brennen und Ziehen bemerkbar.

Ohne Fesseln müssten sie sein, dachte Wally.

Der Gedanke führte dazu, dass sie an den Stricken herum-zunesteln begann. Sie zog und zupfte, wand die Handgelenke, hakte die Finger mal in diese, mal in jene Schlaufe.

Wally erschrak fast, als die Schnur sich löste und von den Gelenken glitt. Hauser schien sich beim Zubinden nicht viel Mühe gegeben zu haben. Offenbar ging er davon aus, dass sie, gefesselt oder nicht, sowieso nicht entkommen konnte.

Gut, dachte Wally, das habe ich gut gemacht. Und jetzt muss ich versuchen aufzustehen.

Sie stützte sich auf den rechten Ellbogen, sank aber sofort

wieder zurück. Oh nein, oh nein, sich aufzurichten würde sie nicht schaffen. Niemals. Das Stechen in der Brust würde sie umbringen.

Tränen stiegen auf und liefen ihre Wangen hinunter. Sie würde hier sterben, würde ihre Familie nie wiedersehen, ihren Garten, ihre Freunde. Thekla. Hilde.

Hilde! Was Hilde wohl sagen würde, wenn sie sie so sehen könnte? Wally schrak zusammen, weil sie Hildes Stimme plötzlich in ihrem Kopf dröhnen hörte: »*Verdammt noch mal, reiß dich zusammen. Schlepp dich irgendwie ans Fenster und schrei um Hilfe! Kriech, wenn es nicht anders geht.*«

Wally dachte über diese Möglichkeit nach. Mal angenommen, sie schaffte es bis zu dem kleinen Fenster hinüber, durch das der Lichtstreifen drang. Würde sie jemand hören, wenn sie rief? Hauser hatte gesagt, hier käme kein Mensch her.

»*Wally! Verdammt und zugenäht! Beweg deinen Arsch!*«

Sie musste es versuchen. Hilde würde ihr niemals verzeihen, wenn sie es nicht wenigstens versuchte.

Wally biss die Zähne zusammen, stützte sich erneut auf den Ellbogen, dann aufs Handgelenk. Langsam zog sie die Beine unter den Po und drückte sich in die Hocke. Um ganz auf die Füße zu kommen, benutzte sie ein loses Brett als Stütze. Dann stand sie schwankend und keuchend da. Sie schaute zum Fenster. Zehn Schritte, mehr nicht. Als sie den ersten machen wollte, merkte sie, dass ihre Füße noch immer zusammengebunden waren. Um sie freizubekommen, würde sie sich bücken müssen. Aber bücken konnte sie sich auf keinen Fall, dafür schmerzten ihre Rippen zu sehr. Während Wally ratlos auf ihre Füße hinunterblickte, registrierte sie, wie locker die Fessel saß.

Tippelschritte mussten also möglich sein.

Wie ein verletztes Hühnchen tappte Wally vorwärts, überwand die Distanz zum Fenster und erkannte dort mit Bestürzung, dass sich die kleine verglaste Luke gut fünfzehn Zentimeter über ihrem Kopf befand.

Erneut sank ihr das Herz. Die ganze Schinderei war umsonst gewesen.

Ebenso gut hätte sie liegen bleiben können.

»Zwecklos«, flüsterte Wally niedergeschlagen. »Du musst zugeben, Hilde, dass es zwecklos ist.«

Aber die Hilde in ihrem Ohr ließ nicht locker. *»Such dir was zum Draufsteigen, verdammt noch mal. Da wird sich doch was finden lassen.«*

Wally sah sich um. Überall lag Unrat. Lose Bretter wie jenes, das sie benutzt hatte, um sich aufzurichten, Blechstücke, Fetzen von Isoliermaterial, nichts, was als Sockel dienen konnte.

In der Ecke links vom Fenster ragte ein ganzer Berg Gerümpel auf.

Wally tippelte vorsichtig hinüber und entdeckte zwischen zersplitterten Holztrümmern eine intakte Stufe. Ächzend schob sie einen Haufen Latten beiseite, um näher heranzukommen. Als die Stufe freilag, erfasste sie, dass es sich um ein altes Siegertreppchen handelte. Offenbar waren hier vor Jahren einmal Meisterschaften ausgetragen worden.

Wally stützte sich auf das Podest und schob es zentimeterweise zum Fenster. Zwischendurch musste sie mehrmals stehen bleiben, um zu verschnaufen. Als sie es endlich an Ort und Stelle hatte, merkte sie, dass die Fesseln sie daran hindern würden, das Treppchen zu besteigen.

»Ich kann nicht mehr«, wimmerte Wally.

Hilde hielt dagegen: *»Klar kannst du, mach jetzt bloß nicht schlapp. Schnür endlich die blöden Stricke auf.«*

»Himmelmutter, hilf mir.«

Wally setzte sich aufs Podest, beugte den Oberkörper ganz langsam nach vorne und tastete sich an die Fußknöchel, wo sie die Verschnürung zu lösen begann.

Wenig später kringelten sich die Stricke neben ihren Füßen auf dem Boden. Nach Luft schnappend erhob sie sich.

Dann bestieg sie das Siegertreppchen.

Die Glasscheibe war so schmutzig, dass es ihr vorkam, als herrsche draußen dichter Nebel.

Wally fragte sich, wie sie sie sauber bekommen könnte, als ihr einfiel, dass sie sie ja sowieso öffnen musste, wenn sie wollte, dass ihre Hilferufe gehört würden. Aber nirgends war ein Fenstergriff.

»Man kann es nicht aufmachen.«

»*Aber einschlagen, Herrgott noch mal*«, rief ihre innere Hilde unnachgiebig.

Wally nickte, quälte sich vom Podest, griff nach einem der losen Bretter und stieg wieder hinauf.

Da sie kaum Kraft aufwenden konnte, musste sie fünf- oder sechsmal zustoßen, bis die Scheibe zersplitterte. Mit Hilfe des Brettes fegte sie die Scherben nach draußen und achtete darauf, dass keine spitzen Zacken am Fensterrahmen zurückblieben.

Jetzt hatte sie freie Sicht. Sie überblickte einen Teil eines ehemaligen Parkplatzes, der öde und verlassen dalag. Von der etwa fünfzig Meter entfernten Straße her vernahm sie Verkehrsgeräusche. Wo war sie hier bloß?

»Wie soll mich jemand rufen hören?«, weinte sie.

»*Dann mach dich halt anderweitig bemerkbar, verdammt. Wo ist eigentlich dein Handy?*«

Das Handy. Klar, das Handy. Damit war ja alles ganz einfach.

Wallys Blick schoss zu der Stelle, wo sie gelegen hatte, und suchte ihre Handtasche.

Nichts.

Natürlich. Hauser war nicht so dumm gewesen, sie ihr zu lassen.

Sie wandte sich wieder der Luke zu, starrte auf den von Furchen und Grasbewuchs durchzogenen Parkplatz und dachte darüber nach, wie sie ein Geräusch erzeugen konnte, das weithin zu hören war. Letztendlich stieg sie vom Podest, suchte sich ein handliches Eisenstück und kletterte wieder hinauf. Dann begann sie, mit der Eisenstange auf die Dachziegel unterhalb der Luke zu trommeln.

»Hört mich jemand? Hilde, Thekla, hier bin ich!«

»Kurz nach acht«, sagte Daniel. »Vor zehn kann ich die Liste mit den leer stehenden Objekten nicht besorgen.«

Er, Ali, Hilde und Thekla standen an der Abzweigung des Waldweges um seinen Wagen herum.

»Ob dein Vater wohl mitbekommen hat, dass du wegen Hannis Unfall Nachforschungen anstellst?«, fragte Thekla.

»Hat er.«

»Und?«, hakte Thekla nach.

»Er hat sich darüber lustig gemacht. Das hat mir zu denken gegeben.«

»Du hattest ihn also tatsächlich in Verdacht?«, stellte Thekla fest.

Daniel nickte unglücklich.

Thekla schloss für einen Moment die Augen. Was für eine Misere, den eigenen Vater als Mörder verdächtigen zu müssen und ihn schließlich überführt zu sehen.

»Er würde also tatsächlich Lunte riechen, wenn du dir die Liste unter einem Vorwand besorgst?«, fragte Thekla.

»Auf alle Fälle.«

»Dann müssen wir eben vorerst noch ohne Liste auskommen«, entschied Hilde. »Aber wir werden Wally trotzdem nicht hängen lassen, lieber pflügen wir in den nächsten zwei Stunden den gesamten Landkreis um. Wally braucht uns, sie muss vor Angst schier wahnsinnig sein.«

»Aber es nützt doch nichts −«, begann Ali, doch Hilde ließ ihn nicht ausreden. Sie grub ihre Finger in Daniels Arm.

»Du arbeitest im Bauamt, Daniel, *und* du hast Zugang zur Firma deines Vaters, da kommt dir doch dies und das zu Ohren. Also denk nach. Wo steht was leer in der Gegend?«

Daniel lehnte sich seufzend an den Kotflügel seines Honda. »Es steht einiges leer. Aber längst nicht alles eignet sich dafür, eine gekidnappte Person zu verstecken. Die Nachbarn könnten was merken, Passanten könnten aufmerksam werden −«

»Schon klar«, schnauzte Hilde ihn an. »Sag uns einfach, wo was *Geeignetes* leer steht im Landkreis.«

Daniel legte die Stirn in nachdenkliche Falten.

»Ein abgelegener Bauernhof vielleicht«, schlug Thekla vor.

»Ich wüsste von keinem«, erwiderte Daniel.

»An der Strecke nach Regen gibt es ein verlassenes Wirtshaus«, sagte Ali nach einer Weile.

»Steht nicht zum Verkauf«, teilte ihm Daniel mit. »Vater kann also keinen Schlüssel haben.«

»Und wenn er eingebrochen hat?«

Daniel winkte ab. »Unwahrscheinlich. Liegt ziemlich nah an der Straße.«

»Wir sehen es uns trotzdem an«, sagte Hilde. »Besser, als hier rumzustehen.«

Folgsam setzte sich Daniel ans Steuer.

Sie fuhren nach Greising zurück und weiter zur Ruselstraße, wo sie links abbogen. In der Wegmacherkurve hielt sich Daniel wieder exakt an die Geschwindigkeitsbegrenzung.

»Man kann ja wirklich alles übertreiben«, maulte Hilde.

Bald nach der lang gezogenen Kurve passierten sie das Langlaufzentrum am Ruselabsatz, ab dem die Straße sanft talwärts verlief. Der Wald wich zurück und machte linker Hand dem Golfgelände Platz.

Ali saß wieder neben Daniel auf dem Beifahrersitz. Er schaute aus dem rechten Seitenfenster, wo der Parkplatz auftauchte, der zum ehemaligen Skilift gehörte. Am nordöstlichen Rand ragte das verfallene Berghotel auf.

Plötzlich machte Ali einen Satz. »Halt! Stopp, Daniel! Halt an! Das ehemalige Ruselhotel! Steht es nicht schon seit Jahren zum Verkauf?«

Daniel trat so hart auf die Bremse, dass sich Theklas Sicherheitsgurt straffte. Dann setzte er den Blinker und bog auf den Parkplatz ab.

Bereits als sie die Wagentür öffnete, hörte Thekla ein Klappern, wie vom Sturm abgedeckte Dachziegel es verursachen, wenn sie herunterkollern. Ihr Blick eilte die bröckelnde Fassade des Hotels hinauf und fand ein tränenüberströmtes Gesicht sowie eine kleine Hand, die, um ein Stück Eisen gekrampft, ein Stakkato aufs Dach trommelte.

Wally sah aus wie das heulende Elend. Aber sie lebte.

Hilde schwenkte beide Arme über dem Kopf und schrie aus Leibeskräften: »Wally! Hier sind wir! Wir holen dich! Wir sind jetzt bei dir!«

Wally starrte einen Moment lang fast ungläubig auf die kleine Menschengruppe, die sich unter ihrem Fenster versammelt hatte. Dann spiegelte sich Erleichterung in ihrem Gesicht und gleich darauf tiefe Erschöpfung. Sie ließ die Eisenstange fallen, mit der sie sich bemerkbar gemacht hatte. Das Ding polterte herunter und blieb auf einem Grasbüschel liegen.

»Wally«, schrie Hilde erneut. »Halt durch. Wir holen dich raus.« Allerdings stellte sich die Frage: Wie?

Ali und Daniel hatten das Gebäude im Laufschritt umkreist und kamen soeben niedergeschlagen zurück. »Alles verriegelt. Teilweise zugebrettert. Wir kommen nicht rein.«

»Wir müssen aber«, zeterte Hilde.

»Schlüsseldienst«, schlug Daniel vor.

Hilde winkte ab. »Dauert viel zu lange.«

»Polizei«, sagte Thekla, korrigierte sich jedoch sofort. »Aber was kann die schon tun?«

»SEK«, verlangte Hilde.

»SEK?«, echoten drei erstaunte Stimmen.

»Feuerwehr«, entschied Ali. Er hatte bereits sein Handy gezückt und tippte eine Nummer ein.

Offenbar wurde die Verbindung umgehend hergestellt, denn Ali gab seinen Standort durch und forderte ein Fahrzeug mit Drehleiter an. Nach kurzem Zuhören sagte er: »In Ritzmais? Keine drei Kilometer von hier entfernt? Das nennt man Dusel. – Nein, die Katze auf dem Wellblechdach wird noch warten müssen. Wurzer soll auf der Stelle umkehren.«

Thekla musste lächeln. Wurzer! Würde er wieder der Retter in der Not sein, wie damals, als sie, Hilde und Wally nahe daran gewesen waren, mit Haut und Haar abgefackelt zu werden?

»Wurzer ist ganz in der Nähe mit der großen Drehleiter auf Probefahrt und kann in wenigen Minuten hier sein«, verkündete Ali euphorisch. »Wir haben echt saumäßiges Glück.«

Tatsächlich bog wenig später ein großes rotes Fahrzeug auf den Parkplatz ein. Mit einem Aufatmen registrierte Thekla die silbern glänzende Leiter auf der Ladefläche.

Ali wies den Fahrer an, die Drehleiter auf einer ebenen Fläche schräg unter der Dachluke in Position zu bringen. Während Wurzer aus dem Fahrzeug sprang, löste sie sich bereits aus ihrer Verankerung. Er bestieg den Rettungskorb am Ende der Leiter, und schon schwebte er Wally entgegen.

Wally hatte beide Arme aus der Luke gestreckt, als wolle sie ihm um den Hals fallen.

Als er bei ihr ankam, griff er nach ihren Händen, hielt sie fest, suchte Wallys Blick und redete beruhigend auf sie ein.

Nach einer Weile drehte er sich um und rief nach unten: »Wird eng.«

Ali nickte, wirkte auf einmal besorgt. Er winkte Wurzer herunter und stieg selbst hinauf. Oben angekommen, sagte er etwas zu Wally, die daraufhin den Kopf schüttelte. Da beugte er sich zu ihr hin, strich ihr behutsam über die Schläfe und sprach leise auf sie ein.

Irgendwann nickte Wally, und kurz darauf war sie verschwunden. Ali stieg durch die Luke ins Haus und verschwand ebenfalls. Als er einige Minuten später wieder in Sicht kam, rief er nach unten: »Versuchen wir es!«

Offenbar glaubte er, Wally durch die Luke auf die Leiter bugsieren zu können.

»Dass sie bloß nicht stecken bleibt«, sagte Hilde.

»Glaube ich nicht«, erwiderte Thekla. »Ali ist ja nicht gerade der hagere Typ, und er ist problemlos durchgekommen.«

Sie schauten so angespannt zum Dachfenster hinauf, dass sie nicht bemerkten, wie ein weißes Mercedes Cabriolet auf den Parkplatz einbog und abseits des Geschehens mit laufendem Motor stehen blieb.

Erst auf Daniels Ausruf hin wurden sie darauf aufmerksam.

Daniel hatte, zum x-ten Mal auf der Suche nach einem Schlupfloch ins Innere, das Gebäude umrundet und kam gerade von der Nordseite her. Vor ihm lag der Parkplatz in seiner ganzen Länge und Breite. Selbstverständlich erkannte er den Wagen seines Vaters auf Anhieb.

Ohne Zögern hechtete er darauf zu.

Bevor Hauser den Gang einlegen und das Weite suchen konnte, hatte Daniel die Fahrertür aufgerissen und seinen Vater gepackt. Nach kurzem Gerangel lag Herbert Hauser am Boden.

Durch Daniels Warnschrei aufgeschreckt, hatten sich Hilde und Thekla umgedreht. Noch bevor Hauser den Widerstand aufgab, setzte Hilde sich in Bewegung. Thekla hastete hinter ihr her.

Kaum waren sie bei Hausers Wagen angekommen, ertönte Alis Kommandostimme: »Daniel! Hierher! Wir brauchen einen vierten Mann!«

Daniel schien einen Moment lang unschlüssig, dann packte er eine abgebrochene Schneestange, die im Gebüsch lag, und drückte sie Hilde in die Hand. »Haltet ihn in Schach.« Damit sprintete er davon.

Hauser versuchte sich an einem gewinnenden Lächeln und wollte aufstehen.

Hilde zog ihm eins über.

Er fiel auf den Boden zurück und sah sie vorwurfsvoll an.

Hilde hob den Stock erneut und ließ ihn auf sein rechtes Knie niedersausen. »Das ist für Hanni. Warum hat sie sterben müssen?«

Hauser hatte die Augen geschlossen und stöhnte.

»Rede!«

Er schlug die Augen wieder auf. »Sie hat alles kaputtmachen wollen.«

»Weiter«, befahl Hilde. »Die ganze Geschichte.«

»Jahrelang haben wir eine wunderbare Beziehung gehabt«, sagte Hauser in einem Ton, als hätte er bitteres Unrecht erlitten. »Wir haben uns in jeder Hinsicht hervorragend ergänzt. Im Bauamt hat mir Hanni ein bisschen zugearbeitet – nichts Kriminelles, bestimmt nicht – und ist recht gut dabei gefahren. Für einen Makler kann es von großem Vorteil sein, im Voraus zu wissen, wo Baugebiete ausgewiesen werden, was vom Amt für Denkmalschutz zu erwarten ist …« Er stockte.

Hilde nickte gereizt. »Ich kann es mir denken.« Ihre Stimme klang wie ein Scheppern, als sie hinzusetzte: »Aber leider ist Hanni schwanger geworden.«

»Nach all den Jahren«, seufzte Hauser. »Und auf einmal war sie wie ausgewechselt. Hat nicht mehr mit sich reden lassen.« Er verstummte wieder, doch als Hilde ihren Stock hob, fuhr er hastig fort: »Und sie wollte das Kind haben – auf Biegen und Brechen. Und nicht nur das. Sie wollte offenlegen, wer der Vater ist. Es gab ja keinen Zweifel. Stern konnte es nicht sein. Er hatte mal irgendeine Krankheit, die ihn zeugungsunfähig gemacht hat.«

»Also mussten Hanni und das Kind weg«, sagte Hilde mit einer Stimme, die vor Zorn und Wut bebte.

»Ein paar Tage vor dem Geburtstag meiner Tochter hat Hanni damit gedroht, meiner Frau alles zu erzählen«, erklärte Hauser.

»Und am Geburtstag selbst fanden Sie sie quasi auf dem Präsentierteller vor. Sie mussten sie nur gegen eine der Bojen schleudern, und das Problem war gelöst.« Hilde konnte sich nicht mehr beherrschen, holte aus und traf Hauser an der Hüfte. »Hanni hat ganz arglos bei den Bojen gestanden, und Sie sind auf sie zugestürzt und haben ihr den Kopf zerschmettert.« Hilde hob erneut den Stock und schlug mit voller Wucht auf Hausers linkes Knie. Er heulte auf, woraufhin Hilde den Stock erneut heruntersausen ließ. »Das ist für Ali. Warum Sie ihn umbringen wollten, wissen wir inzwischen.« Daraufhin krachte der Stock ein drittes Mal auf Hausers Kniescheibe. »Und das ist für Heinrich. Warum hatten Sie es auch auf Heinrich abgesehen?«

Hauser keuchte.

»Rede, sonst trifft dich der nächste Hieb.«

Hauser deutete auf Thekla. »Ich habe die beiden vor Kreils Haus entdeckt, als ich am Mittwoch vom Stammtisch bei Pino kam. Und ich war sowieso argwöhnisch, weil sie ein paar Tage zuvor dort aufgekreuzt sind und seltsame Fragen gestellt haben. Deshalb bin ich ihnen an dem Abend gefolgt. Als sie sich getrennt haben, bin ich an dem Mann drangeblieben. Er ist in die Kellergasse eingebogen und hat auf Höhe von Kreils Haus einen Aktenstapel vom Fenstersims genommen. Obwohl ich ein ganzes Stück weit weg war, habe ich die grünen Aktendeckel vom Bauamt erkannt. Kreil muss im Laufe der Jahre einiges mitbekommen haben. Wie gesagt, was Hanni für mich gemacht hat, war in keinster Weise kriminell. Aber wenn alles rausgekommen wäre, hätte man uns einen Strick daraus drehen können. Warum Kreil Unterlagen darüber aufbewahrt hat ...« Er hob die Hände. »Aber ich musste sie haben.«

»Hauser«, sagte Hilde kalt. »Sie sind ein ekelhaftes Dreckschwein.« Sie hob wieder den Stock, kam jedoch nicht mehr dazu, zuzuschlagen, denn Thekla wand ihn ihr aus der Hand und schleuderte ihn in die Büsche.

Der Stock war bereits verschwunden, als Ali noch gut zehn Schritte entfernt war.

Ali sah ungerührt auf Hauser hinunter, der sich aufgestützt hatte und offensichtlich zu einer Beschwerde ansetzte. »Bleiben Sie liegen, Hauser, und halten Sie die Klappe. In ein paar Minuten ist die Polizei da, die hilft Ihnen auf die Beine.« Zu Thekla und Hilde gewandt sagte er: »Der Sanka kommt gleich. Wally muss ins Krankenhaus. Sieht nach angeknacksten Rippen aus.«

Thekla war bereits auf dem Weg zum Einsatzwagen, wo Erwin Wurzer, der wieder einmal als rettender Engel erschienen war, über Wally wachte. Sie sah sich nach Hilde um, die noch einen vernichtenden Blick auf Hauser warf und ihr dann folgte.

Wally schien unter Schock zu stehen. Sie lachte und weinte gleichzeitig, dabei klammerte sie sich an Wurzers Hand, die er ihr mit sichtlich gemischten Gefühlen überließ.

»Mensch, Wally«, sagte Hilde. »Gut, dass du ein paar Pfund abgespeckt hast. Bis vor ein paar Monaten hättest du nicht durch diese Dachluke gepasst.«

Dann tat sie etwas, das Thekla nie für möglich gehalten hätte.

Hilde schloss Wally in die Arme, wiegte sie wie ein kleines Kind, und Thekla hätte schwören mögen, dass sie sich heimlich ein paar Tränen abwischte.

Danksagung

Wie bei »Mord mit Streusel« hat Ali Schraufstetter auch diesmal wieder prompt geliefert: Informationen, Tipps, Rückhalt. Dafür und fürs Durcharbeiten des Manuskripts danke ich ihm herzlich.

Wie immer gilt mein Dank auch meinen Kindern und Schwiegerkindern, meinem Mann und meiner lieben Freundin Caro für ihre unendliche Geduld mit mir.

Ganz besonders danke ich meinem Agenten Dr. Matthias Auer, der mir seit vielen Jahren zur Seite steht.

Dank gebührt nicht zuletzt dem Team des Emons Verlags, allen voran meiner Lektorin Stefanie Rahnfeld, die mit bewundernswerter Ausdauer gegen meine Unzulänglichkeit ankämpft.

Jutta Mehler
SAURE MILCH
Broschur, 208 Seiten
ISBN 978-3-89705-688-6

»*Jutta Mehler hat einen Volltreffer gelandet. Aus dem Leben gegriffen, bisweilen schreiend komisch sind ihre Beobachtungen und Detailschilderungen.*« Deggendorfer Zeitung

»*Ein ebenso spannend wie durchaus humorvoll geschriebener Krimi.*« Bayern im Buch

Jutta Mehler
HONIGMILCH
Broschur, 208 Seiten
ISBN 978-3-89705-784-5

»*Düsterer Wald, eine Frauenleiche und eine neugierige Hausfrau – mit Jutta Mehlers ›Honigmilch‹ um die Hobbyermittlerin Fanni Rot gibt es nun einen weiteren spannenden Krimi mit Lokalkolorit – nicht nur für Niederbayern lesenswert.*« BR, Abendschau

»*Ein munterer, rasanter, ironisch gefärbter Krimi.*«
Passauer Neue Presse

www.emons-verlag.de

Jutta Mehler
MILCHSCHAUM
Broschur, 208 Seiten
ISBN 978-3-89705-803-3

»*Eigenwillig, mit beachtlicher Menschenkenntnis und bayerischer Bodenhaftung löst die bayerische Miss Marple ihre Fälle im dörflichen Mikrokosmos. Ein großes Lesevergnügen.*«
Deggendorf Aktuell

»*Langsam, aber sicher wird die Bernrieder Romanautorin Jutta Mehler ihrer englischen Kollegin Agatha Christie immer ähnlicher.*«
Wochenblatt Zeitung

Jutta Mehler
MAGERMILCH
Broschur, 208 Seiten
ISBN 978-3-89705-898-9

»*Jutta Mehler hat sich innerhalb weniger Jahre eine breite Leserschicht erschlossen. Mit Menschenkenntnis und Humor zeichnet sie ihre Figuren, und mit Ironie spinnt sie die Fäden der vertrackten Geschichte.*«   Bayerwald-Bote

www.emons-verlag.de

Jutta Mehler
MILCHRAHMSTRUDEL
Broschur, 208 Seiten
ISBN 978-3-89705-963-4

Jutta Mehler
ESELSMILCH
Broschur, 224 Seiten
ISBN 978-3-95451-006-1

www.emons-verlag.de

Jutta Mehler
MILCHBART
Broschur, 192 Seiten
ISBN 978-3-95451-285-0

Als ob es nicht genug wäre, dass sich Fanni Rot nach einem knapp überlebten Mordanschlag in Marokko in psychologische Behandlung begeben muss. Zu allem Überfluss findet sie ihre Seelenklempnerin eines Morgens tot hinter dem Schreibtisch – ermordet. Ärgerlich auch: Als Täter kommen eigentlich nur zwei Personen in Frage: Fanni selbst und ein junger Mitpatient. Was bleibt den beiden anderes übrig, als mit vereinten Kräften zu ermitteln?

Jutta Mehler
WOLFSMILCH
Broschur, 208 Seiten
ISBN 978-3-95451-532-5

Fanni Rot zieht sich nach Birkenweiler zurück, um in Ruhe und Abgeschiedenheit über ihre Zukunft nachzudenken, doch daraus wird nichts: Wieder einmal stolpert sie über eine Leiche, diesmal in ihrer unmittelbaren Nachbarschaft. Wer hat den Naturschützer Ole auf dem Gewissen, warum ist sein Körper mit Wolfsmilch eingerieben und vor allem: Weshalb musste er sterben? Mit der ihr eigenen Hartnäckigkeit beginnt Fanni zu ermitteln – und gerät dabei einmal mehr in Lebensgefahr.

www.emons-verlag.de

Jutta Mehler
MORD UND MANDELBAISER
Broschur, 224 Seiten
ISBN 978-3-95451-168-6

»Mehlers neuster Coup. Verbrecherjagd statt Kaffeeklatsch. Humorvoll erzählt die Autorin von der Mörderjagd der drei rüstigen alten Damen zwischen Kaffeeklatsch und Likörchentrinken. Die drei liebevoll gezeichneten Figuren sind den Lesern schnell nahe, die kleinen Nickeligkeiten unter den Damen sind amüsant und lebensecht. Wie ihre Vorgängerromane liest sich auch ›Mord und Mandelbaiser‹ locker und leicht. Der Krimiplot ist stimmig konstruiert, rasant und spannend – ein echter Wohlfühl-Krimi! Auf eine Fortsetzung darf man gespannt sein.« Deggendorf aktuell

Jutta Mehler
MORD MIT STREUSEL
Broschur, 192 Seiten
ISBN 978-3-95451-396-3

Bei dem Versuch, eine Explosion vorzuführen, kommen zwei junge Feuerwehrleute der Deggendorfer Feuerwache ums Leben. Ein Unfall, meinen Polizei, Gutachter und Staatsanwalt. Ein Mord, glaubt der Kommandant. Und bittet das rüstige Rentnerinnen-Trio Thekla, Hilde und Wally um Hilfe. Doch die Ermittlungsarbeit der drei Damen erweist sich als lebensgefährlich …

Jutta Mehler
MOLDAUKIND
Gebunden, 304 Seiten
ISBN 978-3-89705-452-3

»Ein äußerst lesenswertes und spannendes Stück Zeitgeschichte.«
Donau-Anzeiger

»Eine eindrucksvolle Familiensaga.«   Süddeutsche Zeitung

Jutta Mehler
AM SEIDENEN FADEN
Gebunden, 240 Seiten
ISBN 978-3-89705-504-9

»Ein außergewöhnliches, mutmachendes Buch über eine intensive Mutter-Tochter-Geschichte.«   Donau-Anzeiger

»Das Schicksal eines todkranken Teenagers, frei von Weinerlichkeit und voller Humor.«   Buchmarkt

www.emons-verlag.de

Jutta Mehler
SCHADENFEUER
Gebunden, 288 Seiten
ISBN 978-3-89705-580-3

»*Jutta Mehler schafft eine verblüffende Harmonie von bitterer Realität und mystischer Spiritualität.*« Passauer Neue Presse

»*Wohltuend karg, realistisch und pointiert.*« Unser Bayern

Jutta Mehler
DER KLEINE FLÜCHTLING
Gebunden, 288 Seiten
ISBN 978-3-95451-090-0

»*Alle Erzählstränge und Lebenslinien verknüpft Jutta Mehler zu schicksalhaften Begegnungen, die bisweilen erschütternd drastische Folgen haben. Beim Lesen lässt sich nur erahnen, wie viel Recherchearbeit die Bernrieder Autorin investiert hat. ›Der kleine Flüchtling‹ ist trotz aller fiktiven Einschübe ein sehr realistischer Roman.*« Deggendorfer Zeitung

www.emons-verlag.de